Né en 1955 à Reykjavik, Einar Kárason est l'un des auteurs les plus populaires d'Islande. Ses livres – dont *La Trilogie de Thulé* qui s'est vendue à 70 000 exemplaires, dans un pays qui compte 250 000 habitants – ont été traduits en plusieurs langues.

Einar Kárason

LA SAGESSE
DES FOUS

ROMAN

*Traduit de l'islandais
par François Émion*

*Publié avec le concours de la Fondation
pour la promotion de la littérature islandaise*

Éditions du Seuil

TEXTE INTÉGRAL

TITRE ORIGINAL
Heimskra Manna Ráð
ÉDITEUR ORIGINAL
Mál og Menning, Reykjavik
© Einar Kárason, 1992
ISBN original : 9979-3-0733-1

ISBN 978-2-7578-1491-8
(ISBN 2-02-031291-3, 1ʳᵉ publication)

© Éditions du Seuil, avril 2000, pour la traduction française

I

Hommes ivres et femmes malades
Parqués comme des cargaisons d'ordures.

Einar Ben

Premier chapitre

Je me rendis tout d'abord à Lækjarbakki. L'état du chemin qui partait de la grand-route s'était dégradé et des cailloux venaient heurter le dessous de la voiture ; il fallait espérer que le réservoir d'essence tienne le coup. Puis les bâtiments apparurent : la peinture blanche presque entièrement écaillée sur les murs, les toitures effondrées et les carreaux des fenêtres brisés. Pour un peu on en deviendrait sentimental.

Un vent doux soufflait sur la lande. Il avait plu au cours de la journée et, dans l'air, flottait une odeur de bruyère et d'humus. Et le chant des oiseaux. Dans ce qui avait été une bergerie, quelques vieilles portières de voiture étaient encore adossées à la mangeoire ; elles ne seraient jamais plus vendues. À l'intérieur de la maison, rien ne pouvait évoquer la famille qui avait vécu là pendant des décennies. Je m'étais figuré que j'y trouverais peut-être les gribouillages que mon père avait faits sur les murs lorsqu'il était gosse, ou l'illustre Vilhjalm Edvard, ou bien les jumeaux, ou bien encore les sœurs ; mais il n'y avait rien de tout cela. Sur une vieille boîte en carton était écrit en lettres maladroites : Sigfus Killian, Lækjarbakki. C'était probablement de Sigfus junior qu'il s'agissait.

En contrebas, dans le pré, à moitié submergé par les mauvaises herbes, reposait cette antiquité reptilienne, le bulldozer de mon père. Un monstre de plusieurs tonnes, rouillé et hors d'usage.

J'allai rôder vers la mine d'or. Ou plus exactement à l'endroit qui, autrefois, avait constitué l'entrée de la galerie, aujourd'hui complètement écroulée. Un tas de ferrailles recouvertes de mousse s'y trouvait encore, vestiges d'anciennes machines servant à l'extraction de l'or, supposai-je, que mon grand-père n'avait pas réussi à revendre comme pièces détachées pour automobile. Le Musée national ne devrait-il pas sauver tout cela ? C'est en ce lieu qu'aurait dû s'engager la reconstruction de la nation, après tous ces siècles de famine.

Ni grand-père ni papa n'ont cessé un seul instant de croire qu'ici, il y avait de l'or à découvrir. « Il reste encore pas mal de choses à dégoter », disaient-ils parfois. Et il est possible qu'un jour, ce soit moi qui revienne à pied jusqu'ici, avec mon sac à dos auquel seront accrochées une pioche et une cuvette. Et je laverai les graviers dans le ruisseau.

La remise à pommes de terre de Valdi le niveleur de bosses était tombée en ruine. Aucune importance. En revanche, je décidai d'aller faire un petit tour du côté de chez Julli et d'y acheter un enjoliveur. Non pas que j'aie réellement eu besoin d'un tel élément de décoration, la voiture n'était même pas à moi, mais c'était pour les besoins de mon enquête.

Julli l'enjoliveur était toujours en activité, au même endroit. Je conduisais une vieille Zodiac qui appartenait à papa. C'était carrément déplacé d'investir dans un enjoliveur pour cette épave, mais j'avais envie de voir ce fameux bonhomme.

Il apparut à la porte d'entrée au moment où je pénétrais dans la cour, les gestes vifs, accusant son âge lorsqu'on le voyait de près, mais avec des attitudes et une coiffure d'adolescent. Il portait des lunettes de soleil réfléchissantes qu'il maintenait au moyen d'une bande élastique noire sur la nuque. Sans me regarder, il dit : « Ah, bonjour ! », d'un ton amical qui s'adressait à la voiture. J'eus immédiatement le sentiment qu'elle et lui se connaissaient. Julli l'enjoliveur parlait avec ce ton neutre et machinal qui m'était familier pour avoir entendu papa l'imiter dans les moments de rigolade.

– J'ai besoin d'un enjoliveur pour ma voiture, dis-je en essayant de paraître sûr de moi.

Mais j'étais un peu nerveux. Peu habitué à de pareilles missions d'investigation, je ne me sentais pas dans mon élément. J'étais seul, et peut-être des chiens méchants allaient-ils accourir ?

– *Est-est-est-ce* que tu es chauffeur de véhicule professionnel ? demanda Julli d'un ton neutre.

Je fus surpris d'entendre Julli l'enjoliveur s'exprimer dans un langage aussi cérémonieux, « chauffeur de véhicule professionnel », et plus encore de la manière rapide et posée avec laquelle il avait articulé ces mots. Chauffeur-de-véhicule-professionnel : la plupart des gens auraient hésité à prononcer cela aussi vite que l'avait fait Julli l'enjoliveur.

– Non… dis-je, ça n'est pas le cas.

– C'est pas un ancien taxi ? Est-ce que ça ne se pourrait pas qu'il ait appartenu à Sigtrygg Sigurdsson ? De chez Borg ?…

– Oui, c'est bien possible, dis-je, sachant que papa avait connu un certain Sigtrygg qui travaillait parfois comme chauffeur pour cette compagnie de taxis, et qu'il lui avait probablement acheté cette voiture.

– R 14 59 ?

– Oui, peut-être…

11

– Est-ce que c'est ta voiture ? Tu l'as achetée à Sigtrygg ?

Julli parlait si vite et avec tant d'assurance qu'il était parvenu à poser toutes ces questions en tournant rapidement autour de la voiture afin de l'observer.

– Oui, dis-je, pensant que cette réponse lui suffirait pour le moment…

– Et qu'est-ce qu'il devient, Sigtrygg ? Il conduit toujours son camion ? Tu as l'intention de prendre des enjoliveurs pour les deux roues avant ? Je ne suis pas certain d'en avoir.

– Eh bien, un seul, ce sera parfait.

Alors Julli, pour la première fois, me regarda d'un œil vaguement inquisiteur à travers ses lunettes opaques, comme s'il mettait en doute le fait que je sois tout à fait normal.

– Un seul ? Mais il t'en faut deux ? Tiens, je vais te dire un truc. Suis-moi…

Il s'en alla précipitamment, allongeant le pas à l'angle du bâtiment, penché en avant et chancelant du fait de la vitesse. Je le suivis avec réticence. J'entendis alors qu'il me demandait quelque chose et je le rattrapai.

– Tu n'es pas chauffeur de véhicule professionnel. Qu'est-ce que tu fais, alors, comme travail ?

Que pouvais-je bien répondre ?

– En réalité, ce que je fais, c'est que j'écris, je fais des choses dans ce genre…

– Ah, tu es écrivain ? demanda-t-il aussitôt. Il se mit à bourrer sa pipe tout en marchant. Tu as l'intention d'écrire un bouquin sur moi ?

Je rougis instantanément. Ce sacré bonhomme n'était manifestement pas si bête pour s'y prendre de cette façon avec moi. Il n'attendit pas la réponse, ouvrit brusquement la porte de la remise et entra, toujours penché en avant. Je n'osai rien faire, sinon l'attendre au-dehors, mais il m'appela.

– Viens là et regarde un peu !

Il y avait des milliers d'enjoliveurs, en tas, en rangs, en piles. Julli tira sur sa pipe et fouilla dans tout cet entassement. Il trouva aussitôt un enjoliveur et me le montra, juste celui qu'il fallait. Il le sortit du bas de la pile, l'essuya à la hâte avec la manche de son pull-over et me le brandit sous les yeux :

– Je n'ai que ça pou-pou-pour une Ford Zodiac.

Il avait une légère tendance à bégayer.

Je voulus lui payer tout de suite l'enjoliveur et en rester là, mais il ne l'entendait pas ainsi. Il ne me laissa pas le choix et se précipita sur la voiture, y fixa l'objet et me laissa comprendre que j'y gagnerais en en achetant deux au lieu d'un seul. Sur quoi il enleva les quatre.

– C'est bon ! ça va comme ça, dis-je, un seul suffira pour l'instant.

Je murmurai cela sans grande conviction et lui emboîtai le pas, obéissant comme un jeune chien. Je le suivis de nouveau jusqu'à la remise où il trouva quatre enjoliveurs identiques non adaptés à ce type de voiture, mais qui s'ajustèrent néanmoins aux jantes. Il me les vendit. Le prix était moins élevé que je ne m'y attendais et j'avais assez d'argent pour payer. Julli l'enjoliveur me les installa. Puis nous refîmes le tour de la voiture afin d'en admirer l'élégance et, à ce moment, comme si de rien n'était, je lançai une question sur le rythme endiablé qu'il avait fini par m'insuffler :

– Est-ce que tu connais Sigfus Killian ?

– Sigfus Killian. Fusi ! Ce vieux Fusi et ce vieux Valdi. Ce sont mes meilleurs potes. Ah, Fusi et Valdi ! Tu les connais ?

– Je suis le petit-fils de Fusi.

Il s'arrêta, me regarda et retira sa pipe de sa bouche. Il fronça les sourcils derrière ses lunettes.

– De Fusi et de Valdi ? Est-ce que tu es le pe-petit-fils de Fusi et de Valdi ?

– Oui, Sigfus de Lækjarbakki, c'est mon grand-père.

– Sigfus de Lækjarbakki ? Il a bien eu sept enfants ?

– C'est ça, il a eu sept enfants. Deux filles et cinq garçons.

– Sept enfants, dit Julli qui était manifestement en train de fouiller dans ses souvenirs. Deux filles et cinq garçons ?

– Oui, et je suis le fils de Bardur.

– Tu es le fils de Bardur ? Combien est-ce qu'il a eu d'enfants ?

– On est trois, deux frères et une sœur.

– Vous êtes trois frères et sœur ? Deux frères et une sœur.

Julli l'enjoliveur se creusait les méninges pour se rappeler toutes ces choses. Puis il dit :

– Nous, on était trois frères, tous des garçons.

Il s'était mis à regarder en direction de Lækjarbakki. Les oiseaux gazouillaient dans la lande. C'était une journée d'été et la chaleur produisait un léger effet de miroitement sur la plaine. Au loin, on apercevait les bâtiments dans le flottement d'une faible brume ; les murs des communs où, autrefois, les pièces détachées étaient entreposées sur des étagères et dans des casiers ; ainsi que la maison blanche où avait habité la famille. L'endroit était toujours imposant. On ne voyait pas que les toitures s'étaient pratiquement toutes effondrées, ni que les fenêtres étaient éventrées. Les robustes clôtures que mon oncle paternel Sigfus junior avait construites autour du stock de carcasses de voitures tenaient toujours debout. S'y trouvait encore un monticule d'épaves rouillées qu'il ne valait pas la peine d'enlever.

– Plus personne ne vit là-bas, dis-je.

– Solveig de Lækjarbakki, elle était toujours gentille avec moi, dit Julli.

Son regard restait perdu dans le miroitement de la chaleur, et son visage reflétait le brouillard dans lequel flottaient ces lointains souvenirs.

– Oui, n'est-ce pas ?

– Ah, on ne peut pas en dire autant de tout le monde. Bardur, il disait toujours : « Tu vois, mon gars ! » Comment il va, celui-là ?

– Mon père ?

– Tu es le petit-fils de Bardur ?

– Je suis le petit-fils de Sigfus et de Solveig de Lækjarbakki.

– Tu lui feras mes amitiés, à Bardur. Dis-lui : « Tu vois, mon gars ! »

Je lui tendis la main pour lui dire au revoir et m'installai dans la voiture. Je mis le moteur en route, baissai la vitre de la portière avant et saluai :

– Au revoir, Julius, et merci.

– Ne m'appelle pas Julius. Tiens, je vais te dire un truc : tu n'as qu'à m'appeler Julli l'enjoliveur, dans ton bouquin.

***

Les jumeaux Fridrik et Salomon étaient les aînés. Ils étaient nés très prématurément et beaucoup disaient que, pour cette raison, ils étaient un peu hébétés. Tous deux avaient une mauvaise vue et portaient d'épaisses lunettes qui leur donnaient une apparence empruntée ; ils semblaient indifférents à la plupart des choses qui les environnaient, vivant sans doute dans leur monde intérieur, un univers qui, pour l'essentiel, se réduisait à eux deux, sans inclure grand-chose d'autre. Ils s'étaient fabriqué un langage particulier, truffé d'expressions d'adultes. Dieu sait où ils étaient allés chercher ça. Ils avaient à peine un an lorsque la famille s'installa à Lækjarbakki.

Cette année-là naquit Vilhjalm Edvard, robuste gaillard, qui allait devenir l'un des grands hommes du pays. Puis vint Lara, d'un an sa cadette, qui devint en quelque sorte le leader de la fratrie.

Ces quatre-là étaient surnommés « le premier paquet ». C'étaient les grands. Et pourtant, à peine deux ans s'étaient écoulés quand naquit le suivant, Sigfus junior, qui n'avait rien d'un petit frère, sinon au sens propre du terme, car il ne tarda pas à devenir le plus désagréable et le plus renfrogné d'entre eux. Sigfus junior était un bricoleur-né. Ce qu'il préférait, c'était rester seul à rafistoler toutes sortes de choses, crasseux des pieds à la tête, et plutôt irascible quand on lui adressait la parole. Son frère Bardur était seulement d'un an son cadet, c'était en tous points un gamin ordinaire et il n'y a rien d'étonnant à ce qu'il ait disparu dans le groupe et qu'on ne lui ait accordé que peu d'attention.

La plus jeune était Hrodny. Elle aussi fut précoce, mais différemment de Sigfus. Hrodny était boiteuse. Elle était née avec un pied bot et, lorsqu'elle put enfin tenir sur ses jambes, elle adopta une démarche louvoyante. Elle se déplaçait en boitillant et faisait ce qu'elle avait à faire la bouche crispée, sans dire un mot.

À cette époque-là, il était bien plus long d'aller de Lækjarbakki en ville que de nos jours. C'était un trou perdu. Sigfus et Solveig étaient venus s'installer là au début de leur mariage. Elle était une enfant de la ville qui n'aurait jamais songé à venir habiter à la campagne si Lækjarbakki n'avait été source d'espoir d'or et de profit. Mais cet espoir s'évanouit et la famille s'agrandit. Ils seraient bien revenus vivre en ville s'ils avaient eu quelque chose vers quoi se tourner, mais il était difficile d'y trouver du travail, sans même parler d'un logement. Si bien qu'ils se fixèrent définitivement à la campagne. Là, au moins, ils disposaient d'une habitation correcte. Pour ce qui était de l'argent, la situation était plus inconfortable, car ici il n'y avait pas de travail du tout. Il semble cependant que Sigfus ait disposé d'un peu d'argent pour mettre en route son entreprise, puis qu'il ait eu l'espoir de gagner plus d'argent quand les réserves s'épuiseraient, ce qui bien sûr n'arriva jamais. Il y avait sur place des machines et des appareils qui faisaient bien l'affaire pour extraire l'or du sous-sol mais qui n'étaient pas revendables tels quels dans le pays. Sigfus trouva alors par hasard une solution efficace : vendre ces machines en pièces détachées. La pénurie de pièces de rechange était un fléau national qui allait en s'amplifiant dans ce contexte de récession économique, et qui empira pendant les années de guerre. Un business considérable s'organisa et le matériel, destiné à l'origine à l'extraction de l'or, fut rapidement liquidé. Fusi prit goût à la chose, et se mit à amasser un tas de pièces mécaniques. Il récupéra d'anciens engins d'entretien des routes, des vieux tracteurs, des voitures hors d'usage ou accidentées ; il récupéra également des moteurs de bateaux, ou bien les acheta pour une bouchée de pain. Il se monta ainsi un stock considérable. On lui donna le surnom de Fusi la récupe, le faiseur de miracles. Les hommes d'affaires les plus actifs de la ville avaient tous une histoire à raconter à ce propos : ils s'étaient forcément retrouvés un jour bloqués alors qu'ils avaient un marché important à conclure, tout allait de travers parce qu'il manquait ici un bouchon, là un arbre moteur, et que cette chose-là était totalement introuvable. Rien ne marchait plus. Jusqu'au moment où, alors qu'il n'y avait plus d'espoir, quelqu'un demandait :

– Et alors ! Tu n'es pas allé voir chez Fusi la récupe ?

– Fusi la récupe ? répondait l'autre. Cette espèce de fou excentrique qui habite la ferme abandonnée, là-bas, sur la lande ?

Eh oui, les banquiers commençaient à appeler au téléphone et les employés menaçaient de faire grève ; des ruptures de contrat s'annonçaient. Alors, il fallait bien agir. Pas d'autre solution que d'y aller. Le type en question se rendait dans cet infâme bourbier sans électricité. L'endroit regorgeait de vieux moteurs rouillés, des gamins traînaient partout. Et lui, Fusi la récupe en personne, le célèbre original, véritable surdoué de l'école, était venu s'enterrer ici. Et le type demandait : « Mon cher ami, si tu as un axe moteur pour une Overland 24, tu me sauves la vie. » Et l'autre disparaissait dans son fatras, montrait du doigt une carcasse de voiture et disait : « Voilà, ça fera deux cents tickets, mais tu l'enlèves toi-même. » Et à la fin de la journée, la voiture redémarrait !

« Ce foutu Sigfus Killian, il a été conçu sans père. » Quelqu'un avait dit ça.

Conçu sans père. Ça voulait peut-être dire alors que sa mère n'avait jamais connu l'homme, ni avant, ni après. Et quand elle finit par entrer au conseil municipal en qualité de représentante du parti féministe, lorsqu'elle prit la parole pour la première fois, il fut dit qu'on avait entendu un discours de vierge authentique. Son unique fils ne reçut donc pas le nom de son père, lequel nom ne fut jamais mentionné ; elle donna seulement au garçon, en guise de nom de famille, le nom d'un saint irlandais, « Killian », qui semble avoir été à la mode dans le pays au début du siècle.

* * *

Solveig, la dame de Lækjarbakki, fut élevée dans « *et hjem med klaver* » : « il y avait un piano à la maison », comme disaient au début de ce siècle les marchands de Reykjavik qui utilisaient volontiers des expressions danoises. Dès l'enfance, Solveig, qui était la seule fille, la petite princesse de la maison, étudia cet instrument, prenant des leçons avec l'organiste de la cathédrale. Lorsqu'elle fut adolescente, Solveig nourrit un rêve qu'elle avait eu en commun avec sa mère : elle voyagerait à l'étranger, fréquenterait les opéras, les théâtres et les musées d'art. Elle épouserait si possible un ténor, un chef d'orchestre ou un de ces aristocrates qu'on voyait dans les magazines hebdomadaires danois. Elle était de grande taille, avait de l'allure, et elle était riche. Par la suite, elle ne parvint pas à comprendre, suivant en cela la plupart des gens, ce qui l'avait poussée à épouser Sigfus Killian, ce petit homme à la mine sévère, fils d'une femme de ménage de l'Hôpital des lépreux, un individu dont l'ascendance paternelle était si peu glorieuse que sa mère n'avait jamais osé en faire mention.

Sigfus éveilla d'abord l'attention de Solveig parce qu'il sortait en compagnie d'un de ses amis qui tapait dans l'œil de toutes les filles : ce très beau jeune homme à l'allure romantique – qui, en y regardant d'un peu plus près, s'avéra être fiancé –, prénommé Kristmann, était un doux rêveur complètement fauché et peu instruit. En revanche, Sigfus était renommé pour son aptitude aux études et pour ses projets grandioses. Il avait foi en ceux qui soutenaient que l'Islande était une sorte d'Eldorado, et pensait que, pour réaliser cette aspiration à la richesse, il ne fallait qu'un peu d'imagination et un tempérament viking : à portée de main se trouvaient tout l'or et l'argent de l'océan, l'énergie des cours d'eau et la puissance vitale de la terre. Croyance que l'on a appelée « l'idéal de la génération 1900 ».

Mais Solveig n'eut jamais à participer à cette vie intense et culturelle dont elle avait rêvé quand elle était jeune, si ce n'est au travers des gazettes danoises illustrées. Et quand bien même Sigfus et elle n'auraient pas fondé leur foyer à Lækjarbakki, ce coin désert, elle n'aurait de toute manière pu connaître les opéras et les ballets à Reykjavik, car il n'existait rien de tel dans cette belle capitale lors des années de récession et de guerre mondiale ; pas plus qu'il n'y avait de cour royale ou de châteaux. Le seul luxe que Solveig se permettait à Lækjarbakki était d'acheter régulièrement les magazines danois ; elle les lisait et les relisait dans son lit lorsqu'elle ne se sentait pas très bien, adossée à des oreillers, dans sa chambre fermée à clef, les rideaux tirés, à la seule lumière d'une petite lampe de chevet. Elle découpait les images les plus romantiques de ces magazines, allait acheter en ville du verre taillé, puis, avec des feuilles de carton dur et un genre de chatterton noir, elle confectionnait des cadres aux allures mortuaires tout autour de ces images miteuses. Après quoi elle les accrochait aux murs. Et parmi ceux qui venaient à Lækjarbakki pour voir si Fusi la récupe n'avait pas en stock un bouchon ou un arbre moteur, certains eurent l'occasion d'admirer ces élégantes expressions artistiques et éprouvèrent une sorte de choc culturel ; ils demandèrent où il était possible d'acquérir ces objets de valeur. Ainsi naquit en Solveig l'idée qu'elle pouvait détenir là une source de revenus. Dans un accès d'optimisme, Solveig plaça sous verre quelques dizaines de ces images et les entoura d'un cadre mortuaire ; en particulier les peintures à l'aquarelle qui illustraient les histoires d'amour relatées dans les magazines et montraient des jeunes femmes coiffées de chapeaux estivaux, tenant des ombrelles, vêtues de longues robes très cintrées à la taille qui allaient en s'évasant, et des hommes arborant d'élégantes moustaches, portant des chemises à jabot, ceints de larges ceintures de tissu. Ce furent les enfants qui se rendirent en ville avec cette délicate marchandise dans de lourdes valises. Ils allèrent frapper aux portes des maisons pour vendre ces œuvres d'art. La première tournée fut effectuée par les frères aînés, uniquement les jumeaux, mais ce fut un échec total, et, le soir, ils reprirent le chemin de la maison, la tête un peu ailleurs. On s'aperçut qu'ils avaient en fait perdu dès le début l'une des deux valises qui contenait dix tableaux. Personne n'avait voulu acheter l'unique œuvre qu'ils se bornaient à tendre avec insistance aux habitants des maisons auxquelles ils venaient frapper. Elle représentait des gens assis à une table dressée dans une courette, en train de prendre le café.

– Et les autres tableaux, demanda Solveig dépitée, personne n'a voulu les acheter ?

– Quoi, répondirent les frères, les autres tableaux ?

En réalité, ils avaient complètement oublié de les proposer. Solveig pensa que tout cela était parfaitement inutile et sans espoir. Elle alla se mettre au lit et entama la lecture d'un nouveau paquet de magazines danois que les garçons avaient daigné lui rapporter de la ville.

Mais les enfants puînés dans la fratrie, Vilhjalm Edvard et Lara, qui avaient respectivement un et deux ans de moins que les jumeaux, avaient, quant à eux, peu confiance dans les talents de démarcheurs de leurs frères et étaient convaincus qu'il était possible de vendre les tableaux. Le lendemain, ils se débrouillèrent pour se rendre en ville par leurs propres moyens, ayant trouvé un camion pour les y emmener. Ils partirent donc avec la valise pleine de tableaux, accompagnés de leurs trois cadets, Hrodny avec son pied bot, Bardur et Sigfus junior. Au cours de la journée, ils vendirent tous les tableaux aux cadres mortuaires. Ils allèrent ensuite chez leur grand-mère maternelle, à présent devenue veuve, qui habitait dans un quartier passable de la ville. Ils y retrouvèrent la valise de tableaux que leurs frères avaient perdue la veille. Tout cela prit la dimension d'une glorieuse expédition et représenta pour Solveig une rare opportunité de se soustraire à l'emprise du malheur qui planait sur la cruelle destinée de l'existence. Les enfants firent plusieurs autres voyages de démarchage en ville. La semaine qui suivit, ils vendirent le contenu de la valise égarée, si bien qu'ils durent refaire le plein afin d'aller sillonner toutes les rues de la capitale. Et, en dépit d'une nette diminution des profits et de la raréfaction des maisons où il se trouvait encore quelque acheteur potentiel – car lorsqu'ils arrivaient dans les beaux quartiers où habitaient des marchands, des fonctionnaires et des capitaines de bateau, les domestiques qui venaient ouvrir menaçaient de lâcher les chiens sur eux s'ils ne déguerpissaient pas –, ils vendirent en fin de compte tous les tableaux, à l'exception d'un seul. Ils réussirent à en écouler à peu près cinquante, au décuple du prix de revient ou dans ces eaux-là. « Ça n'était pas un petit bénéfice », comme avait dit leur grand-mère.

Ces grands jours de commerce, les frères commençaient par chercher le moyen de se rendre en ville, et ils allaient directement chez leur grand-mère. Puis ils s'appropriaient la rue et là, répartissaient les effectifs : Lara faisait les maisons situées d'un côté de la rue, accompagnée de la petite Hrodny au pied bot et de Sigfus junior. C'était bien entendu elle qui dirigeait les opérations et qui parlait pour eux trois, ce qui ne suscitait aucune dispute. De l'autre côté de la rue, il y avait les deux aînés, Vilhjalm Edvard et Bardur le gamin, qui se disputaient pour savoir s'il revenait ou non au plus âgé de prendre l'initiative. Vilhjalm imposait à Bardur de traîner la valise, de se tenir en retrait et de la fermer, ce que le plus jeune ne pouvait supporter. Il essayait constamment de protester mais ne faisait pas le poids face au pouvoir du plus vieux et du plus fort. Une fois rentré à la maison, il s'exclamait qu'il était extrêmement ennuyeux de faire équipe avec son frère Villi. Ce n'était qu'un sale rapace. En réalité, il trouvait que ce petit boulot de démarcheur était quelque chose d'aussi stupide que ridicule et aurait préféré pouvoir s'y soustraire. À plusieurs reprises, il se débrouilla pour filer en douce, échappant à l'autorité de Vilhjalm, et il se fit réprimander pour sa conduite une fois rentré à la maison. Lorsqu'ils eurent achevé de tout vendre, hormis le fameux tableau qui, un peu différent des autres, ne représentait rien d'autre que des bourgeois attablés dans une courette, Solveig trouva que c'était quand même incroyable de ne pas avoir réussi à l'écouler. On décida donc que ce serait le petit Bardur qui irait en ville et ferait du porte-à-porte pour vendre ce tableau. Il réussit à se faire emmener par Valdi le niveleur de bosses, qui venait d'emménager dans le coin. Comme d'habitude, il se rendit chez sa grand-mère, puis alla frapper à chacune des maisons de sa rue, puis à celles des deux rues suivantes. Cela l'occupa presque toute la journée, mais personne n'était intéressé par ce qu'il venait proposer. Ce fut en fin de compte la pire des humiliations. Le soir, il retourna chez sa grand-mère et lui raconta, triste et plein d'amertume, que personne ne voulait lui acheter le tableau. La grand-mère lui répondit, le visage empreint d'une expression douce et céleste :

– Je connais une dame qui voudra bien te l'acheter, ton tableau.

– Hein ? Où ça ? Qui ça ? Que…

– Elle est là, juste à côté de toi…

– Hein ? Où ça ? Qui ça ?

Le petit Bardur regarda dans tous les coins mais ne vit pas de femme.

– Eh bien, c'est moi, cette dame. Je vais te l'acheter, ce tableau, et je te le donnerai, mon petit chéri à sa mamie.

Alors le garçon réalisa que c'était elle, sa grand-mère, qui avait l'intention de le tirer de cette difficulté, de résoudre ce problème pour la famille. Et le soir, lorsqu'il rentra à la maison en compagnie de Valdemar le niveleur de bosses, il fit irruption dans le salon et se précipita sur sa mère, tenant le gros billet avec lequel la grand-mère avait payé le tableau : elle avait refusé qu'il lui rende la monnaie. Il prit la même expression que la vieille femme, se contentant de dire : « Il y avait une dame qui désirait acheter le tableau et elle a payé avec tout cet argent. » Il y eut alors grande liesse au palais et les autres gamins accoururent pour voir. Bardur était fier et hautain. Sa mère recommença à voir le bon côté des choses, jusqu'au moment où, alors que les enfants s'apprêtaient à aller se coucher, quelqu'un eut la présence d'esprit de demander qui donc était cette femme magnanime et amatrice d'art qui avait accepté de payer si cher l'élégant chromo. Alors le petit garçon, la joie dans les yeux, s'écria :

– C'est grand-mère, et elle a dit que je pouvais garder le tableau, mais je l'ai laissé sur le siège à côté de Valdi !

Il s'attendait à ce qu'il y ait une nouvelle explosion de joie. Mais l'ambiance retomba vite, les aînés rigolèrent ironiquement tandis que sa mère fut encore plus éprouvée et remplie d'amertume qu'auparavant. Cette opportunité prometteuse qu'elle avait entraperçue s'achevait en défaite. Et jamais plus par la suite elle n'encadra les images découpées dans des magazines danois…

* * *

Ils n'étaient toutefois pas tout à fait seuls à Lækjarbakki. Il y avait là Kristgeir Leopoldsson, un vieux fermier qui faisait partie des lieux. Il était octogénaire à l'époque où ils vinrent s'installer. Un gaillard increvable qui s'était aménagé une chaumière à l'orée de la propriété.

Geiri de Lækjarbakki n'avait jamais été perçu comme quelqu'un de doué pour l'agriculture. Il venait d'une famille de gros fermiers qui avaient fait tourner l'exploitation des générations durant. Mais depuis que lui, Kristgeir, était devenu le patron du lieu, l'année où l'on avait célébré le millénaire de la colonisation du pays, en 1874, les choses avaient périclité à Lækjarbakki. Il faut dire que le nouveau fermier n'était pas franchement attiré par l'agriculture et l'élevage. Il se consacrait plutôt aux recherches généalogiques et au folklore national, ce qui ne l'empêchait pas de tremper dans les chamailleries de voisinage et les conflits de démarcation de parcelles. Il n'avait jamais moins de trois ou quatre procès en cours. Il ne s'était jamais marié mais avait parfois pris des gouvernantes, qui ne restaient pas très longtemps avec lui. Petit à petit, il avait revendu les terrains annexes et le bétail, il avait loué les terres et lui-même s'était endetté à un degré tel qu'Arcturus, une compagnie qui extrayait de l'or, avait fini par s'emparer de ses terres à des conditions avantageuses, avec une clause cependant : le vieux fermier avait la permission de rester sur les lieux jusqu'à la fin de ses jours.

Sa vision du monde était entièrement conditionnée par la généalogie. C'est pour cette raison qu'il vouait une certaine méfiance à l'égard de Sigfus Killian. Sigfus était pour lui à peu près comme un livre fermé, dans la mesure où il n'en savait pas plus que les autres sur sa lignée paternelle.

Geiri était un homme de grande taille, maigre et longiligne, les épaules un peu voûtées. Il avait un nez gigantesque qui lui emportait le visage, un nez fait pour le tabac, aux ailes largement déployées. Sa voix était forte et assez désagréable. Une voix de bandit de grand chemin. Dès qu'il était en présence d'un interlocuteur quelconque, il ne cessait de parler, mais lui n'écoutait pas ce que les autres avaient à dire. Lorsqu'ils étaient venus s'installer ici, il avait tout de suite pris langue avec la maisonnée. Il s'asseyait dans la cuisine ou dans le salon et remontait les lignées familiales des gens. Il prisait tellement qu'il se formait souvent des cercles de tabac autour du tabouret sur lequel il avait pris place. Au début, Sigfus le trouvait assez drôle et prenait plaisir à écouter les préjugés de ce vieil homme et ses bavardages sur la généalogie des minables d'ici ou d'ailleurs. Mais la maîtresse de maison et les enfants le considéraient comme un véritable fléau. Ils étaient excédés par les reliquats de tabac et ses puissants éternuements. Sans compter l'odeur qui se dégageait du vieillard. Des relents de puanteur, car il ne se lavait probablement jamais. Il mettait ainsi en pratique l'une de ses théories sur la décadence et le déclin de l'époque moderne, sur la cause de la dégénérescence des Islandais, cette race de héros qui était en passe de se transformer en une bande d'avortons et de minables. Cette théorie incriminait l'obsession de la propreté que l'on s'était mis à prêcher dans le pays. En se récurant avec de l'eau, les gens se délavaient et finiraient par se retrouver sans défense face aux maladies et autres tracas. Si lui n'était jamais malade, s'il n'avait même pas attrapé la grippe espagnole, c'est parce qu'il n'était pas atteint de cette manie de se nettoyer inutilement.

Il représentait la principale compagnie de la famille à Lækjarbakki.

Les conditions de logement sur place étaient vraiment médiocres, et l'une des premières tâches de la compagnie d'extraction fut d'acheter une bâtisse convenable à Reykjavik, une maison en bois qui fut démontée puis remontée à Lækjarbakki. On la peignit en blanc. Un entrepôt fut ensuite construit à côté des anciens bâtiments. Le premier été où Sigfus Killian vint habiter à Lækjarbakki, des géologues allemands et des ouvriers locaux dynamitaient le sol, posaient des rails pour acheminer les wagons chargés de gravats et installaient des concasseurs de cailloux. Mais, à l'automne, tous semblaient avoir perdu leur enthousiasme au travail. Les nouveaux venus s'étaient volatilisés.

La grand-route qui traversait la lande n'était pas visible de Lækjarbakki parce qu'elle passait derrière une colline qui la dissimulait. Et il n'y avait pas le moindre bâtiment d'habitation à la ronde. C'était comme habiter une vallée déserte. Le maître de maison errait dans l'entrepôt ou dans la cuisine avec un sourire ironique et impénétrable. Il écoutait le vieux Geiri qui considérait comme un grand privilège d'avoir quelqu'un à qui parler. Et il parlait sans s'arrêter. En ce qui le concernait, le vieux fermier était assez contrarié que l'exploitation de la mine d'or semblât devoir tourner court. Il disait avoir du mal à comprendre que les Allemands, cette race de Nibelungen et de tueurs de dragons, puissent se décourager dès la première tentative. Pour lui, le principal responsable, c'était sans aucun doute le poète Einar Benediktsson. Il avait d'ailleurs entendu dire que ce dernier avait commencé à déraisonner considérablement. Et il n'y avait rien de très étonnant à cela. Car, quand bien même Einar avait été un homme intelligent, quelqu'un de doué pour quantité de choses, il n'avait jamais été un cérébral. C'était même un type que l'on pouvait qualifier d'assez étrange. Et il ne fallait pas aller chercher bien loin la cause de cela : c'était depuis longtemps dans sa famille. Inutile de remonter au-delà de son père, le magistrat Benedikt, qui avait gâché ses chances et ses talents dans la débauche et les sales affaires.

« Un cérébral. » C'était un terme que Kristgeir, le fermier de Lækjarbakki, avait toujours en réserve. Et qu'il attribuait positivement. Cela signifiait que l'homme en question était quelqu'un de sensé, qu'il savait se débrouiller. Il donnait souvent des explications complémentaires : « C'était un cérébral, il s'est construit une maison. » Ou bien : « Un cérébral qui a acquis un bateau. » Le contraire des cérébraux, c'étaient « les médiocres », « les minables ». Pour certains d'entre eux, la sentence était expéditive : « Il ne fichait pas grand-chose, il buvait du schnaps. »

Sigfus se demandait de temps en temps quelle image Geiri pouvait se faire de lui-même, du fond de son bouillonnant mépris pour les gens. Il n'était pas un cérébral. Il n'avait pas fichu grand-chose. Et il buvait volontiers du schnaps.

De ses informateurs dignes de confiance, Geiri disait qu'ils étaient « particuliers ». « C'est ce que m'ont dit des gens particuliers », affirmait-il parfois à propos de choses inhabituelles. Geiri était-il lui-même particulier ? se demandait Sigfus. Mais il n'aurait pas été jusqu'à poser de telles questions, à mettre en doute les allégations du vieil homme ou à le contredire d'une façon ou d'une autre. D'ailleurs, il était inutile d'essayer de contredire Kristgeir, le fermier de Lækjarbakki. Il ne voulait rien écouter, se contentait d'élever la voix et d'accabler son interlocuteur. Même s'il avait déjà monologué des heures durant, il ne laissait aucune chance aux autres lorsqu'ils essayaient de placer un mot. Il disait alors : « Minute ! minute ! », et il allongeait le bras comme un agent de police arrêtant la circulation à un carrefour. Ou bien il criait : « Du calme ! Du calme ! », comme s'il avait entrepris d'apaiser un chien méchant.

Geiri était royaliste, bien qu'ayant vécu au siècle de la lutte pour l'indépendance. À vrai dire, il ne voyait pas où se trouvait la contradiction. Selon lui, depuis le Moyen Âge, les Islandais avaient conclu un accord avec le roi. Le roi de Norvège, s'entend. Mais concernant la lutte pour la souveraineté nationale, il s'agissait de nous libérer du contrôle de l'assemblée et du gouvernement des Danois auxquels on n'avait jamais demandé le moindre soutien pour résoudre nos problèmes. Mais on voulait bien quand même être des sujets du roi. Et par la déclaration de souveraineté, ces dernières années, on était parvenu au meilleur arrangement que l'on pouvait imaginer dans cette affaire. Car à présent, l'Islande et le Danemark étaient devenus deux États indépendants ayant à leur tête le même roi. Celui-ci était roi d'Islande tout autant que du Danemark. La royauté présentait un avantage capital, car elle permettait d'observer de près les familles royales. C'était là une source inépuisable d'intérêt pour ceux qui s'adonnaient aux recherches favorites de Geiri de Lækjarbakki. En règle générale, les membres de la famille royale étaient fondamentalement des gens vertueux, des lignées dotées d'une grande noblesse d'âme, qui avaient su acquérir distinctions et pouvoir. Mais par la suite, d'inquiétantes dispositions héréditaires s'étaient introduites, ici ou là, à la faveur d'alliances avec des individus plus que douteux, et il n'était pas du tout exclu que les membres de notre dynastie royale, les rois d'Islande, qui bien entendu résidaient à Copenhague, aient pu subir les conséquences de ces désordres. L'actuel roi, Christian X, était certainement un homme de valeur, quelqu'un de cérébral et de courageux, de l'avis de tous. Mais autour de lui, il se passait des choses plutôt troubles, au sein de sa proche famille. Et encore, on ne savait pas tout. Vers la fin du siècle dernier, la dynastie, celle des Oldenbourg, s'était pour ainsi dire éteinte, puisque Frederik VII, qui n'avait pas de frère, était mort sans laisser d'enfants ; on avait dû aller chercher l'un de ses parents de la branche de Glucksbourg pour lui succéder, lequel reçut le nom de Christian IX. Cette branche-là était, à n'en pas douter, une race plus vigoureuse, à cause d'une disposition héréditaire. En outre, les Oldenbourg étaient devenus embarrassants ces derniers siècles. Il suffit de mentionner Christian VII, dont il faut dire que c'était un zéro et un malade mental, comme on a pu s'en rendre compte lorsqu'il vit les gardes espagnols marcher au pas : le roi était tout simplement mort de peur. C'était sa femme qui avait le pouvoir, pour l'essentiel. Une débauchée, qui entretenait une liaison avec Struense, cet ennemi du royaume…

Et Geiri était capable de continuer à parler ainsi, de façon rythmée, avec persévérance, s'exprimant sans hâte et répétant volontiers les derniers mots de ses phrases afin de donner plus de poids à ce qu'il disait, plus de poids à ce qu'il disait.

– Et de nos jours ! continuait Geiri. Il y a encore quelque chose qui cloche dans la famille royale. Il y a des drôles d'histoires qui ont été rapportées du Danemark par des gens particuliers, oui, par des gens particuliers. D'après eux, il y aurait quelque chose de louche chez l'un des deux jeunes princes. Pour sûr, cela ne concerne pas Frederik, l'héritier du royaume, Dieu soit loué ! Mais l'autre, celui qui s'appelle Knud, d'un an son cadet. De l'avis de tous, Knud passe pour être un type assez étrange. Une vraie godiche, pour employer le terme exact, qui a cette curieuse manie de courir après les voitures de pompiers.

C'était là un sujet de discussion sur lequel Geiri était intarissable, particulièrement s'il faisait un sale temps ou s'il était lui-même d'humeur maussade. Dans ce cas, rien dans le monde ne trouvait grâce à ses yeux. Il se plaignait de tout. Alors, il coinçait Sigfus dans la cuisine pour l'entretenir des difficultés de la famille royale.

– Au cours de ces dernières années, le roi est venu à deux reprises ici, en Islande. La première fois en compagnie des deux princes, et la seconde seulement avec Knud. Ceux qui ont eu l'occasion de côtoyer le jeune prince affirment qu'il ne semble pas avoir toute sa tête. Sans doute tient-il cela en partie de sa famille maternelle. Mais pas forcément. Son grand-père paternel, Frederik VII, n'est-il pas mort dans un bordel de Hambourg ?

Et pendant que Geiri débitait toutes ces paroles, il faisait rouler son tabac dans le creux de ses mains et saisissait l'occasion, sitôt qu'il avait dit quelque chose de particulièrement remarquable, pour se remplir les deux narines, donnant ainsi à son auditoire la possibilité de bien recevoir son message. Il ne lésinait pas sur le tabac et, comme on l'a déjà dit, ne se gênait pas pour en laisser tomber par terre, tout autour du tabouret sur lequel il était assis. De temps à autre, de grosses gouttes brunâtres s'écoulaient de son nez et tombaient sur le sol. Solveig, en maîtresse de maison éduquée à regarder la propreté comme une vertu, avait les plus grandes difficultés à supporter l'interminable présence du vieil homme dans sa cuisine ou dans son salon et se tenait à l'écart. Mais parfois, elle ne pouvait faire autrement que de venir à la cuisine où le vieux bavardait. Par exemple pour préparer le repas des enfants. Alors, elle mettait un peu d'ordre, essuyait avec des gestes brusques la table à laquelle Sigfus et Geiri étaient installés. Mais le vieillard avait toujours l'air de ne pas remarquer sa présence. Il ne regardait pas dans sa direction. Il ne soulevait même pas les pieds si elle était en train de balayer le sol autour de son siège. Mais si elle était à portée de voix, il lui arrivait de changer de sujet de conversation et de parler des maîtresses de maison de l'ancien temps, à l'époque où les femmes étaient des femmes. Ces ménagères d'autrefois qui ne connaissaient pas l'oisiveté. Il n'y avait pas, aux yeux de Kristgeir de Lækjarbakki, de plus grande déchéance, à notre époque, que toutes ces femmes. Toutes, autant qu'elles étaient, ne savaient que réclamer et ne rien faire. Mais jadis, aux générations de sa mère, de sa grand-mère et de leurs aïeules, les femmes allaient tricoter les unes chez les autres et ne répondaient jamais avant qu'on leur ait adressé la parole. Et elles ne se plaignaient pas. Certaines pourraient en prendre de la graine. Autrefois, une femme qui serait restée chez elle à longueur de journées, à bouquiner des romans danois, aurait été considérée comme une moins-que-rien. Et traitée comme telle.

C'est de cette manière que les jours s'écoulaient à Lækjarbakki…

Deuxième chapitre

Quant à Kristmann, ce camarade de Sigfus Killian, il disait qu'il n'y avait rien à attendre du lendemain en restant dans ce pays. Tous deux étaient jeunes et avaient de grandes idées d'avenir. Ils pensaient pouvoir devenir de grands hommes, des individus remarquables. « Mais ici, disait Kristmann, tout périclite. » Élevé en grande partie hors de sa famille, il était extrêmement pauvre et n'avait pas eu les moyens d'aller à l'école. À vingt ans, il aurait été heureux de trouver un travail rémunéré lui permettant d'échapper à la faim. Il leur arrivait de vagabonder le soir en ville, à travers les rues boueuses et mal éclairées du centre. Ils avaient la sensation d'être de véritables génies et marchaient en faisant de grands gestes. Sigfus soutenait qu'en Islande il y avait de grandes choses à faire : construire, utiliser l'énergie des ressources naturelles, se développer, créer. C'est à cette condition que les Islandais redeviendraient une nation parmi les nations. Mais Kristmann devenait sarcastique. Il était fatigué de cette existence misérable, de ce peuple de pauvres péquenots, et lorsque Sigfus invoquait les vues optimistes du poète national vieillissant Einar Benediktsson, selon qui ce pays recelait des richesses considérables, Kristmann ricanait, assurant que le poète était devenu gâteux et qu'à l'exception de

Sigfus, plus personne ne prêtait attention à ce qu'il disait.

C'était bien parce que Kristmann avait attiré son attention que Solveig fit la connaissance de Sigfus. Mais comment une telle jeune fille aurait-elle pu se fiancer à ce rêveur de Kristmann ? Il ne possédait rien, n'avait pas de famille, et, pire encore, des rumeurs douteuses circulaient à son propos : on le disait coureur de jupons, incapable de se tenir à un travail, dilapidant immédiatement le peu d'argent qu'il réussissait à gagner et passant son temps à divaguer sur ses perspectives de devenir un grand poète, célèbre à travers le monde. Ce fut à peu près à l'époque où Sigfus et Solveig se fiancèrent que Kristmann disparut du pays. Il parvint, d'une façon ou d'une autre, à économiser de quoi se payer un billet de troisième classe pour partir à l'étranger. Il disait à qui voulait l'entendre qu'il ne reviendrait jamais, qu'il avait l'intention d'accomplir le seul et authentique rêve de réussite que puisse faire un Islandais depuis les temps les plus reculés : partir pour le pays des rois – la Norvège – et y composer des vers, tels les poètes de cour du Moyen Âge, acquérir la célébrité à travers tout le Nord et recevoir en récompense or et argent.

Mais quelle folie !

En fait, plus prometteurs apparaissaient alors les projets d'avenir de Sigfus, sur la terre ferme, sur des valeurs tangibles, avec Einar Benediktsson en personne. Car, quoi que l'on ait pu dire à propos d'Einar et de ses projets, dont certains semblaient mettre du temps à se réaliser, ils lui remplissaient les poches d'or. Ses idées lui rapportaient toujours énormément d'argent et, dans le pays, on racontait qu'il aurait même réussi à vendre les aurores boréales à des étrangers.

Mais arriva ce qui arriva. En ce qui concerne Krist-mann, en revanche, le rêve se réalisa. Il renouvela les exploits des Vikings de l'âge des sagas et conquit la Norvège, ainsi que la Suède, le Danemark et d'autres contrées, à l'ouest comme à l'est. Trois ans seulement après qu'il eut quitté, complètement fauché, cette capitale boueuse, son nom était sur toutes les lèvres à l'étranger. Grâce à ses romans qui parlaient d'amour et d'amants séparés. Des livres où il était question de fleurs qui flétrissent dans l'ombre, d'amoureux désunis. Des « amours islandaises ». Dans le pays, les journaux évoquaient avec étonnement et enthousiasme les aventures de ce jeune chevalier qui savait émouvoir les femmes de toutes les nations scandinaves jusqu'aux larmes avec ses histoires d'amours d'été, de verdure printanière et de destinées cruelles. Pendant ce temps-là, Solveig avait été prise au piège des pièces détachées de Lækjarbakki…

* * *

Brume diffuse. Des enfants dehors, chaussés de bottes. La clôture entourant l'entrepôt de pièces détachées recouverte d'une rosée grise. Dans l'air, des murmures, comme à l'approche de la pluie. La Maison Blanche paraît plus grande dans le brouillard, ainsi que la grange et les carcasses de voitures.

Il est plaisant de faire partie d'une fratrie nombreuse lorsque l'on habite loin de tout. Les jumeaux s'étaient levés de bonne heure, vêtus tous deux du même pull-over, si ce n'est que l'un l'avait enfilé à l'envers et que l'autre l'avait mis devant derrière, avec le V dans le dos. Mais Fridrik et Salomon ne s'attardaient pas à de telles broutilles. Depuis le début de la matinée, ils étaient à la recherche de trèfles à quatre feuilles. La veille au soir, ils s'étaient intimement persuadés que ce devait être le bon jour pour découvrir des trèfles à quatre feuilles, ces présages de chance. Ils avaient déjà passé deux ou trois heures, pliés en deux, les coudes posés sur les genoux, à scruter le sol, bouche bée, fixant de leurs yeux myopes le champ de trèfle situé juste à l'est de la maison. À deux reprises, Salomon avait pensé avoir trouvé un trèfle doté d'un nombre incroyable de feuilles : non pas quatre, mais carrément six. Mais, chaque fois, un examen plus minutieux révélait qu'il s'agissait en fait de deux trèfles ordinaires qui, pour une quelconque raison, adhéraient l'un à l'autre.

Si toutefois il s'avéra impossible de mettre la main sur le moindre trèfle porte-bonheur, il restait, aux abords de la maison, une multitude de choses à voir par terre. Et particulièrement dans l'humidité du matin. Ne serait-ce que tous ces vers de terre qui surgissaient pour se baigner dans la rosée matinale, ça n'était déjà pas si mal. « Regarde un peu comme ils se tortillent ! » Dès que les autres enfants furent enfin debout, Sigfus junior, qui garda longtemps un défaut de prononciation, demanda ce qu'ils étaient en train de faire.

– Chut ! tu déranges les vers de terre, répondirent les jumeaux.

– Ils sont en train de regarder les vers de terre ! hurla Sigfus d'une voix stridente à ses frères et sœurs.

Ceux-ci, Lara et Vilhjalm en particulier, ne purent s'empêcher de rire, à cause du cri perçant qu'avait poussé leur petit frère, mais surtout en apercevant l'attitude farfelue et niaise des jumeaux qui se tenaient un peu plus loin, tout recroquevillés.

Vilhjalm et Lara décidèrent d'aller jouer avec Sigfus, Bardur et Hrodny, les trois cadets. Dans le terrain, près de l'entassement de pièces détachées, se trouvait une voiture pratiquement neuve mais fichue. Elle s'était retournée à Kombar, avait fait plusieurs tonneaux et venait d'arriver chez Fusi la récupe. Mais il était possible de pénétrer dans l'habitacle, de prendre place sur la belle banquette capitonnée et de tenir le grand volant noir. Et même de klaxonner. Mais ça, il ne fallait pas en abuser. Leur mère les avait expédiés dehors afin de mener à bien quelque vaine toquade. Non, ce n'était probablement pas le cas. Elle devait être tout simplement allongée dans sa chambre, les rideaux tirés, en train de ruminer sa malchance. Leur père avait disparu quelque part. Ça lui prenait quelquefois en automne. Mais aussi au printemps et en été. Personne ne savait où il était.

Vilhjalm et Lara étaient le papa et la maman. Ils prenaient place à l'avant, Villi au volant, imitant avec sa bouche le bruit du moteur. À côté de lui, Lara le guidait, lui indiquant à quel moment il devait tourner, dans quelle direction il devait s'engager. Quant aux petits, ils avaient juste à jouer aux petits et à s'asseoir à l'arrière, calmement et en silence. Mais ils ne trouvaient pas cela très intéressant, surtout Sigfus, qui avait toujours besoin de bricoler quelque chose. Il s'extirpa donc de la voiture et se mit à astiquer une vieille portière, seul au milieu de tout ce bric-à-brac, une grimace de concentration sur le visage et couvert de cambouis de la tête aux pieds.

Peu à peu, rester assis dans la voiture perdit de son intérêt et les enfants en sortirent. Les jumeaux vinrent alors prendre la place et commencèrent leur inspection. L'un des deux, en tournant la tête en direction des autres enfants pour leur demander quelque chose, avait alors remarqué un détail assez étrange qu'il était nécessaire d'examiner de plus près : des taches de sang sur la banquette arrière. Cela ne faisait aucun doute. Et aussi au plafond. Et par terre. Des choses terribles s'étaient produites ici, lorsque la voiture était tombée du pont de Kombar, qu'elle avait été emboutie et s'était écrasée…

À ce moment-là, le vieux Geiri traversa la cour d'un pas vigoureux. Il était solide comme un roc, bien qu'il fût centenaire. Peut-être n'était-ce pas si idiot, de ne jamais se laver. Il jeta un œil sur l'entrepôt, regarda autour de lui. Il cherchait manifestement Sigfus senior. Mais il ne demanda rien aux enfants. De mémoire d'homme, il n'avait jamais adressé la parole aux enfants. Il pouvait toujours interroger le chat. Au moins il était sûr qu'il ne lui répondrait pas. Et justement, à peine réveillé, le « chat vert » sortait de l'entrepôt, un éclat de félicité dans les yeux.

– Tu sais où il est, le patron ?

Le « chat vert » ne répondit rien. Il commença à faire sa toilette, l'air tranquille.

– Il est parti quelque part, dit Bardur qui était dans le coin, vêtu de son manteau et coiffé d'une espèce de vieux béret espagnol, assez semblable à ce qu'on appellerait plus tard « un bonnet de partisan ».

– Il est allé faire un tour ! déclara au chat le vieux Geiri en s'éloignant.

C'était probablement Sigfus qui avait décidé, lorsque le chaton était arrivé à la maison, que ce matou à rayures fauves était vert. Depuis, le chat avait gardé cette qualification. Il était devenu un respectable chasseur d'oiseaux. Sigfus senior avait recueilli cette bête dans le but d'effrayer les rongeurs. Les vieilles bâtisses annexes de Lækjarbakki constituaient un séjour de choix pour ces véritables fléaux. Le genre d'endroit où l'on pouvait être certain de voir souris et rats pulluler :

l'entrepôt, l'ancienne grange, la bergerie où les portières de voitures s'accumulaient en rangées contre la mangeoire. Mais on se rendit compte que le chat avait un comportement étrange lorsqu'il se mit à ramener à la maison des souris vivantes qu'il était allé chercher dans les champs, pour les laisser repartir ensuite. Car c'était un sympathique chat d'intérieur que ces bestioles aux cris stridents répugnaient. Il ne pouvait même pas se résoudre à les tuer ; il préférait les ballotter d'une patte indifférente après les avoir apportées dans le salon. Et il était fort soulagé lorsqu'elles parvenaient à s'enfuir sous la commode. C'est alors qu'il sortait, laissant sa maîtresse en compagnie de la souris et de sa fureur.

– Tsst ! cria la petite Hrodny à l'intention du tigré jaune.

Puis elle avança en se dandinant en direction du chat, brandissant une pelle. À l'extrémité de celle-ci, elle avait placé un ver de terre que l'animal trouvait plutôt intéressant. Il renifla la pelle, plissa les yeux d'un air pensif et coucha ses oreilles. Mais, à cet instant, une feuille d'arbre voleta devant lui et son attention fut davantage captée par la feuille tourbillonnante que par le ver qui était en train de perdre tout intérêt. La fillette lança la pelle et commença à se demander ce que son frère Sigfus avait bien pu découvrir en farfouillant dans l'amoncellement de ferrailles rouillées. Mais Sigfus ne voulait absolument pas être dérangé. Les gens doivent pouvoir travailler en paix, seuls et indépendants. Il chassa donc la petite fille, avertissant, d'une voix rauque et étranglée :

– *Friche le cramp !* Tu vas te salir dans tout ce *fratras* !

Quant à Vilhjalm Edvard, il était en train de faire des préparatifs en vue d'activités sportives dans le pré qui s'étendait au sud de la maison. Il avait planté deux poteaux et tendu une corde dans l'intervalle. Il fallait essayer de sauter par-dessus. Ils apportèrent du vieux foin qu'ils disposèrent de l'autre côté de la corde, afin que la réception soit plus douce. Pour commencer, la corde fut placée si bas que même Bardur parvint à la franchir ; Villi et Lara, eux, n'eurent aucune difficulté. Puis on éleva le niveau. Les aînés passèrent ce cap, mais le petit Bardur fut éliminé. Ce fut alors un duel entre Villi et Lara. Ils élevèrent la corde de plus en plus haut et les choses commencèrent à être excitantes. Mais l'âge, la taille et la force de Vilhjalm firent la différence : il remporta la victoire.

Ils s'essayèrent après cela au lancer de javelot, mais sans faire de compétition, car Vilhjalm triomphait trop facilement, projetant son projectile avec une grande élégance. Il en alla de même pour le lancer de poids – ou, pour être précis, le lancer de galets – et pour le saut à la perche. En fait, pour que Vilhjalm puisse jouir d'une réelle concurrence, il lui fallait faire participer les jumeaux au jeu. Comme ils étaient un peu plus âgés, ils auraient dû faire bonne figure face à lui. Mais ce ne fut pas du tout le cas. Ils se laissèrent entraîner bon gré mal gré à l'épreuve de saut en longueur, davantage convaincus par les menaces de Vilhjalm que par les défis qu'il lançait. Ils essuyèrent une infamante défaite, et la situation ne s'améliora pas dans les autres épreuves. La seule chose qui amena un peu de suspense fut la lutte à la corde qui opposa Vilhjalm aux jumeaux. Chaque camp, disposé de part et d'autre d'une tranchée, devait tirer sur la corde. À ce moment, on vit pointer un soupçon de compétitivité de la part de Fridrik et Salomon. Vexés par leurs défaites et par les moqueries émanant de Lara et de Vilhjalm, lorsque l'on proposa de disputer l'épreuve en question ils s'y donnèrent corps et âme. Ils serrèrent les poings et se chuchotèrent qu'à présent il fallait battre ce morveux. Cela devait être possible, ils étaient deux contre un et avaient au moins un an de plus que lui. Ils enroulèrent la corde autour de leur taille et lorsque Lara cria « À vos marques, prêt, partez ! » les jumeaux devinrent écarlates, le visage déformé par l'effort. Ils s'arc-boutaient en tenant la corde, poussant cris et gémissements. Face à eux, sur la partie opposée de la tranchée, Vilhjalm Edvard résistait, tirant de son côté comme il le pouvait. Mais il fut néanmoins entraîné jusqu'au bord du fossé. Les quatre autres frères et sœurs s'étaient regroupés et suivaient cette passionnante compétition. Ils avaient soutenu Vilhjalm lors des épreuves précédentes, comme le font généralement les gens, volontiers enclins à soutenir celui qui gagne toujours. Mais quand ils se rendirent compte que la défaite de Vilhjalm était imminente, ils furent tous pris d'une joie incontrôlée mêlée d'une certaine malveillance. Ils n'avaient encore jamais assisté à cet événement exceptionnel : le fait que Vilhjalm ne l'emporte pas semblait un défi aux lois de la nature. Pour le moment, il s'approchait de plus en plus du bord de la tranchée. De l'autre côté, les jumeaux s'encourageaient mutuellement tout en geignant. L'invincible Vilhjalm Edvard paraissait à deux doigts de tomber par terre, et pas seulement par terre, mais dans le bourbier en contrebas du fossé. Quant aux autres enfants, ils s'étaient mis à pousser de grands cris d'excitation et de joie.

C'est alors que quelque chose se produisit. Vilhjalm eut l'air d'assurer une meilleure prise ou de parvenir à libérer des forces jusque-là non utilisées. Alors, la situation se transforma d'un coup : Villi attira vers lui les jumeaux, qui perdirent leur concentration et leur équilibre et s'écroulèrent l'un sur l'autre dans le fossé où ils s'enfoncèrent dans la boue jusqu'à la taille. Tandis qu'ils s'en extrayaient, Vilhjalm, rouge et les mains tremblantes après le combat, faisait de grands gestes. Son regard avait un éclat sauvage et il s'écria :

– C'est moi qui ai gagné, c'est moi qui ai gagné ! Je suis le meilleur ! Je serai champion du monde !

Le petit Bardur s'écria alors :

– Et moi ! Et moi, alors ! Hein ! Moi, je serai *percepteur* ! C'est comme ça qu'on se prend tout l'argent !

* * *

Dans la maison, tout était calme. Ils allèrent trouver leur mère, couchée en train de lire un livre à la lueur de sa lampe de chevet, la couette et la couverture tirées sur elle comme un pesant fardeau. On n'apercevait rien d'autre qu'un visage indifférent et des cheveux ébouriffés qui commençaient à grisonner. Elle ne voulait pas qu'on vienne la déranger. Lara prépara le repas du soir, se faisant seconder par Bardur et Hrodny, dans la mesure du possible. Pas la moindre nouvelle de leur père.

Le soir, les jumeaux arrivèrent avec une nouveauté de leur fabrication : une radio. Il n'y avait pas de poste de radio à la maison, mais tous rêvaient d'en avoir un comme celui qui se trouvait chez leur grand-mère. Les jumeaux avaient donc apporté leur contribution. Mais celle-ci n'était pas comme les autres radios qui captent les sons dans l'air. Il s'agissait d'une caisse. À l'avant, un morceau de tissu avait été tendu. De l'arrière partait un tuyau, et si quelqu'un se cachait à l'autre extrémité et parlait dans le tuyau, on pouvait facilement s'imaginer entendre la voix d'un présentateur de la radio. Il y avait là de quoi passer une bonne partie de la soirée. Ils emportèrent la caisse dans leur chambre en laissant l'extrémité du tuyau qui tenait lieu de micro dans le couloir. Ce fut d'abord l'un des jumeaux, Salomon, qui fit la lecture de récits bibliques dans le tuyau, tandis que les autres enfants écoutaient dans la chambre, devant la caisse. Mais le programme ne devint vraiment intéressant que lorsque Lara prit le commandement. Lara, grande et maigre dans sa chemise de nuit, sortit de la chambre et se mit à raconter dans le micro des histoires de fantômes, des récits de revenants qu'elle inventait au fur et à mesure. Ce qu'elle racontait était si excitant et si effrayant que tous en furent terrorisés. À minuit, les enfants s'endormirent à même le sol, pêle-mêle, l'esprit hanté d'apparitions.

* * *

L'apparition eut lieu tard dans la nuit à la Maison Blanche de Lækjarbakki. Voix sourdes, manœuvres à la porte d'entrée. Les habitants de la maison dormaient. Tous les trois entrèrent finalement dans la cuisine, en parlant d'une voix rauque et pesante : c'étaient Valdi le cantonnier, le vieux Geiri et Fusi la récupe ; ce dernier demanda aux autres de baisser le ton.

On sort les bouteilles de schnaps. Les hommes sont trempés, transis de froid. On voit qu'ils ont marché un bon bout de chemin sous une pluie battante, dont on entend maintenant le crépitement sur la maison. Bien que le maître des lieux ait ordonné à ses compagnons de se tenir tranquilles, le vieux Geiri n'en tient absolument pas compte. Il ne fait pas vraiment de tapage, mais n'a en rien modifié sa façon de parler. De sa voix éraillée de bandit de grand chemin, il discute sans interruption. Il passe une bonne partie de la soirée à parler des dynasties royales, et de celle des Islandais en particulier, qu'il tient d'hommes remarquables. Les nouvelles du prince Knud sont de plus en plus préoccupantes. Quelque chose cloche chez ce type-là : un vrai minable doublé d'un imbécile. On peut s'imaginer ce qui arriverait si le prince Frederik venait à mourir. Dans ce cas, Knud hériterait du royaume. Il faut remonter au dix-huitième siècle, au règne de cet ivrogne de Frederik V ou à celui de ce moins-que-rien de Christian VII, pour trouver une situation comparable. Et c'est en partie à l'arrière-grand-mère de Knud, Louise de Hesse-Kassel, que l'on doit imputer cette tare. Il y a dans cette famille des individus particulièrement étranges. Une tare familiale, en fait, c'est dû à l'hérédité, c'est dû à l'hérédité…

Dans un second temps, dans la cuisine, le vieux Geiri aborda l'ascendance familiale de ses compagnons de boisson. Au cours de ces beuveries, il essayait toujours de glaner de la part de Sigfus quelques indices relatifs à ses origines paternelles. Celui-ci devait bien en savoir quelque chose, mais il n'y avait rien à en tirer. En revanche, la généalogie de Valdi n'avait plus aucun secret pour lui. Des gens de peu, pour la plupart. Des individus médiocres : un nombre incroyable de clochards et de vagabonds. L'un de ses arrière-grands-pères avait quand même été pasteur. Pasteur, s'il vous plaît ! Pas un seul magistrat, à ce que l'on sache. Tout au plus, peut-être, un fonctionnaire local. Mais en tout cas, il y avait le pasteur en question. « Ce n'était pas un imposant homme d'église. Il n'avait qu'un modeste pastorat, ici, dans le sud du pays… » commença à raconter Geiri. Et Valdi était de bonne humeur, il avait oublié le rang de ses ancêtres, jusqu'à ce que Geiri se charge de le lui rappeler. Valdi sortit dans la cour pour uriner, plutôt satisfait de son existence. Pendant ce temps, Geiri en profita pour dire à Sigfus entre quatre-z-yeux que ce fameux pasteur était une véritable nullité que l'on avait surnommé Runki peau de renard. Centré sur sa propre personne, ce type cupide harcelait les veuves des autres pasteurs afin de mettre la main sur les sermons de leurs époux décédés. C'est à cela que se résumait son inspiration spirituelle. Un égoïste zélé, toutes les sources convergeaient là-dessus. Kristgeir de Lækjarbakki dut s'interrompre et laisser de côté la famille et les aïeux de Valdi, qui revenait. Un peu plus tard, Sigfus s'absenta un petit moment. Kristgeir entreprit alors d'expliquer à Valdi à quel point les femmes de l'entourage de Sigfus Killian étaient étranges ; lui, cet homme si doué à bien des égards, dont la femme restait clouée au lit, décrépite avant l'âge, et dont la mère avait été une suffragette. Une suffragette. Sans doute Valdi ne comprenait-il pas le sens de ce mot. Cependant, il avait ôté sa casquette et rougi. Il ne se sentait pas si misérable que cela…

Les enfants furent réveillés en sursaut par les cris de leur mère : « Fiche le camp, fiche le camp, fiche le camp ! » Et par des voix d'hommes. Leur père cherchait à dire quelque chose sur un ton détaché. Mais Solveig monta d'un ton, sa voix se mit à vibrer comme celles de la radio de la grand-mère, lorsqu'on mettait le volume à fond. Alors Sigfus éleva lui aussi la voix : « Arrête un peu de crier comme une folle, bonne femme. » Quelque chose tomba soudain et se brisa. Les enfants se terrèrent au plus profond de leur couette, les yeux exorbités et le souffle suspendu, excepté Sigfus qui se fraya un chemin entre les jumeaux. Lara, longue et maigre dans sa chemise de nuit, bondit hors du lit et se précipita pour prendre part au chœur des hurlements. Les parents se trouvaient dans la cuisine. La mère était furieuse et secouée de sanglots, tandis que le père, les mains tremblantes, essayait de faire comme si de rien n'était et apportait des tasses de café sur la table. On aurait pu penser qu'il mettait le couvert en vue d'une fête. Il est probable que c'est ce qui avait été initialement projeté. Mais le vieux Geiri et Valdi le cantonnier se tenaient devant la porte. Valdi, l'air terrorisé, ne cessait d'enlever et de remettre sa casquette maculée de taches grises, tandis que le vieux Geiri affichait une mine contrariée et renfrognée. Il était évident qu'il n'aimait pas beaucoup voir cette mégère venir saboter les conversations masculines. Les deux hommes avaient ouvert la porte et manifestaient l'intention de s'en aller, lorsque la petite Lara fit irruption dans la cuisine en hurlant. Elle demanda à son père :

– Est-ce que c'est du schnaps que tu as là ? C'est du schnaps que tu as là ? Qu'est-ce qu'il y a dans cette bouteille, papa ? Est-ce que tu es en train de boire du schnaps ?

– Mais bien sûr, tu ne vois pas qu'il est ivre mort, ce sale porc, dit Solveig, et qu'il a ramené à la maison ces ivrognes qui sont complètement soûls.

Sigfus tapa du poing sur la table et, d'une voix forte et empruntée, dit qu'il n'acceptait pas que l'on parle de cette façon de ses amis. Mais Solveig continua à les traiter de cochons et d'ivrognes, si bien que Geiri et Valdi, en hommes d'honneur qu'ils étaient, se décidèrent à quitter les lieux. Valdi se faufila au-dehors et l'on entendit son pas botté résonner à travers la cour. Le vieux Geiri, lui, prenait tout son temps, visiblement indécis. Lorsque Sigfus comprit que c'était mal parti pour faire la fête, que les réjouissances étaient terminées et qu'il n'y aurait pas de beuverie cette nuit-là à la Maison Blanche, il le repoussa d'un signe de la main et lui demanda de s'en aller, lui aussi :

– Bon, allez, décampe, Geiri. Bande de minables, ajouta-t-il, probablement à l'intention de ses compagnons de boisson.

Geiri agita à plusieurs reprises la mâchoire inférieure, mais renonça à prendre la parole. Il se contenta d'empoigner la porte, franchit le seuil et se précipita dehors. Mais la maîtresse de maison se ravisa :

– Kristgeir ! cria-t-elle d'une voix cassée. Kristgeir ! Ne t'en va pas !

Les enfants, du fond de leur lit, ne purent refréner leur surprise en entendant leur mère souhaiter soudain la présence de ce vieux maniaque du tabac à priser.

– Je ne resterai plus seule chez cet homme !

Sigfus cria d'une voix pleine de colère :

– Va-t'en, Geiri !

Alors, Lara craqua. Dans un élan, elle s'agrippa à son père qui tenta de se dégager ; mais, pendue à son cou, elle le tenait si fort qu'il dut réagir, s'efforça de sourire et prit soudain une voix suave aux intonations niaises :

– À présent, papa doit juste parler de quelque chose.

L'équilibre que la terreur ambiante avait imposé s'écroula. Le vieux Kristgeir s'esquiva et disparut.

Il régna alors, l'espace de quelques instants, un redoutable silence. Comme dans l'attente d'autre chose. Les gamins restaient figés, dans l'espoir que la scène fût terminée. Mais Lara se remit à hurler :

– Qu'est-ce qu'il y a dans la bouteille ? Qu'est-ce qu'il y a dans la bouteille ?!!

Elle continua ainsi jusqu'à ce que son père, forcé de répondre, s'exclame :

– Rien du tout.

Comme si, par cette réponse, le problème avait été définitivement résolu. Mais Lara ne l'entendait pas ainsi et s'obstina à le harceler : « Qu'est-ce que c'est, papa ? », jusqu'à ce qu'elle-même réponde :

– Ça n'est pas bien ! Ça n'est pas bien, hein. Il faut que tu le jettes ! Tu dois le jeter, tu dois le jeter !

– C'est ça, tout à l'heure, répondit-il.

– Non, non, tout de suite, tout de suite…

– D'accord, dit-il.

– Tout de suite !

– Bon, on va le jeter là-haut, dit Sigfus d'une voix infantile à la fillette de onze ans tandis qu'il posait la bouteille sur une étagère de la cuisine.

Mais sa femme ne put demeurer plus longtemps silencieuse ; elle partit d'un rire bruyant et sarcastique :

– Le jeter là-haut !

Et Lara, qui ne trouvait pas non plus qu'il s'agissait d'une très bonne idée, s'était mise à pleurer. Elle s'écria :

– Non, c'est dans les toilettes que tu dois le jeter !

Sigfus Killian, qui prétendait qu'il n'avait pas pour habitude de céder, laissa la fillette l'entraîner jusque dans les toilettes. Il retira le bouchon et, pendant que le filet de schnaps tombait en cascade à la surface de l'eau, il demandait si c'était comme ça qu'il fallait le jeter :

– Comme ça, ma chérie ?

Le précieux liquide fut évacué dans la fosse septique et Sigfus répéta, comme s'il s'était attendu à recevoir des compliments, si c'était de cette façon qu'il fallait faire, la voix toujours infantile et niaise. Il s'attendait peut-être à ce que la petite fille, satisfaite et reconnaissante, lui sautât au cou. Mais Lara prit la fuite en criant et, se précipitant derrière le canapé, rejoignit ses frères et sa sœur. Sigfus s'assit alors à la table de la cuisine et, la main tremblante, s'alluma une cigarette, tandis que Solveig, après avoir enfilé son manteau et noué un foulard autour de sa tête, disparut par la porte d'entrée.

Oui, disparut.

***

En général, c'était le père de famille qui disparaissait. Sigfus, le roi des pièces détachées en personne. Il devenait taciturne, morose. Au printemps, de préférence. Il en avait assez du foyer et des pièces de voitures, ne voulait même plus discuter avec les clients et se mettait à traînasser dans l'entrepôt. Puis il s'en allait, à un moment donné, au milieu de la nuit, chargé d'un pesant sac à dos et d'une tente. Il partait seul pour aller camper. Son esprit était ensorcelé par les montagnes, et c'est dans leur direction qu'il se dirigeait, évitant d'emprunter la route afin de se soustraire au reste de l'humanité. Il parcourait les terrains cailouteux, les étendues rocailleuses et les champs de lave chaotiques, passait à gué les torrents glacials lors de la fonte printanière, gravissait ensuite des versants désolés. Il éprouvait une attraction irrésistible pour les ravins vertigineux et les cols des montagnes. Dans ces lieux où corbeaux et émerillons construisent leur nid, où les oiseaux de haute altitude planent et culminent en décrivant des cercles dans les grands espaces muets, et où l'on n'entend rien, sauf peut-être le sifflement des vents qui, selon la direction, se transforme en mugissement sourd. Et cet homme, sous le poids de son sac à dos, cheminait vers ces espaces. Arrivé en haut d'un versant ou au sommet d'une montagne, il s'installait. Il montait seul sa tente qui était de petite taille, mais d'une toile solide, lacée comme une botte de cuir. Elle suffisait à contenir Sigfus Killian et ses effets. Au-dehors, il y avait le ciel, et en contrebas, les vastes étendues illimitées et désertes qu'il scrutait aux jumelles depuis l'ouverture de la tente, tout en buvant du schnaps. Puis il se remettait en route, seul, traversant une sombre vallée, se trouvant ainsi dehors, en pleine nuit, dans les ténèbres et par un temps épouvantable, parfois même sous des tempêtes de vent et de neige. Il se contentait de boire son schnaps et de tout endurer, le froid, l'angoisse dans l'obscurité, la solitude. Et lorsqu'il revenait dans le monde civilisé, même s'il était amaigri, affamé et transi, il gardait néanmoins ce sentiment que la vie valait la peine d'être vécue.

* * *

Quant à Solveig, elle n'avait pas d'autre choix que de devoir supporter les escapades de son mari. D'ailleurs, on ne lui demandait pas son avis et elle ignorait où il avait bien pu passer. Elle s'était également habituée à encaisser toutes sortes d'humiliations. C'était devenu son lot. Son existence entière était une suite sans fin d'humiliations. Elle qui venait d'une bonne famille et qui avait épousé un homme éduqué et plein d'avenir, d'une intelligence pénétrante, d'une grande éloquence, et qui avait l'ambition d'acquérir des richesses prodigieuses en extrayant de l'or du sous-sol. Mais elle avait dû se résigner à ce dérisoire trafic de ferrailles, loin de toute société humaine et flanquée d'une flopée d'enfants, se résigner à l'isolement et à la pauvreté. En prenant de l'âge, elle avait fini par reconnaître que cela avait été une pure idiotie que d'épouser ce Sigfus. Et plus encore d'avoir accepté de venir vivre à Lækjarbakki. Mais, en ce temps-là, elle avait négligé cette évidence dont elle garda une conscience aiguë tout au long de ces années passées au milieu des pièces de rechange rouillées : dans la situation qui était la sienne, elle ne pouvait rien faire du tout… mis à part ce grand classique qui consistait à s'enfuir chez sa mère, où elle venait se réfugier de plus en plus souvent. Surtout depuis la mort de son père, car ce dernier ne s'était jamais montré très chaleureux à l'égard des épouses et des mères de famille qui quittaient leur foyer, abandonnaient leurs devoirs et renonçaient à leur vocation, à savoir prendre soin de leur mari et de leurs enfants. La nuit où Solveig se précipita hors de chez elle, s'élançant dans l'obscurité pour fuir la débauche du foyer, sa mère était tombée malade. Elle arriva au petit matin, fatiguée d'avoir marché et remplie d'amertume ; elle trouva la vieille femme alitée, seule à la maison, en plein délire. Or, pour une mère et sa fille que le monde a malmenées, la seule alternative est de rester soudées. Deux jours plus tard, un message laconique parvenait à Lækjarbakki, disant que Solveig était allée s'installer chez sa mère malade. Sigfus et les enfants devaient se débrouiller tout seuls.

Ainsi commencèrent-ils à se débrouiller tout seuls, et pour un long moment. Car, bien que la maîtresse de maison soit rentrée au foyer au bout d'un mois, ses escapades se firent de plus en plus fréquentes. Elle trouvait désormais toutes les occasions possibles pour s'éloigner de chez elle. Lara prit la direction de la maisonnée, utilisant ses cadets pour toutes sortes de tâches ingrates. Les deux aînés entrèrent peu de temps après au lycée et allèrent habiter en ville chez leur grandmère, et chez leur mère également, lorsqu'elle se trouvait là. Quant à Sigfus senior, il était incapable de se débrouiller lors des absences de sa femme. Il se mit à cultiver ses bizarreries, restait allongé sur le divan à lire des bouquins et répondait sur un ton bourru dès qu'on lui adressait la parole. Il cessa de boire, renonça à ses retraites dans les montagnes. Mais cela ne lui fut pas d'une grande aide. Il n'était plus vraiment d'humeur à s'occuper des pièces détachées, si bien que cette activité échut à Vilhjalm Edvard. Il s'avéra être extrêmement doué pour vendre et acheter. Il était conseillé par Sigfus junior qui montra d'emblée un talent inné pour les machines et pour tout ce qui touchait les activités manuelles. Il n'avait même pas huit ans qu'il avait déjà adopté la mine grimaçante de l'artisan épuisé par le manque de sommeil.

Quant à Bardur, il fut placé. À vrai dire, il ne fut pas placé, mais adopté. Par un couple d'un certain âge et sans enfants que l'on appelait le couple Salem, Ingibjörg et Tryggvi de Salem, parce qu'ils avaient tenu le bureau de tabac *Salem*, à Reykjavik. Ils prirent Bardur avec eux. Ingibjörg était une parente éloignée de la mère de Sigfus Killian et le nom de son père était Bardur. C'est la raison pour laquelle le petit Bardur avait été ainsi baptisé. Les Salem semblaient avoir été, d'un côté comme de l'autre, sans famille. Ni l'un ni l'autre n'avait de frères, de sœurs ou d'autres parents, si ce n'était ce cousin éloigné, Sigfus la récupe. Et lorsqu'ils furent au courant des problèmes qui régnaient à Lækjarbakki, et du départ de la mère, ils arrivèrent au volant de leur grosse voiture anglaise qu'ils n'utilisaient que rarement, et proposèrent d'emmener le cher enfant. Ce dernier repartit avec eux, plein de méfiance, et s'installa dans leur foyer, à l'image fidèle de la petite bourgeoisie du début du siècle. On n'y entendait pas d'autres bruits que le tic-tac de la volumineuse horloge, on n'y distinguait pas d'autre mouvement que celui de la poussière virevoltant dans un rayon effilé de lumière lorsque le soleil parvenait à s'immiscer, profitant d'un jour dans les épais rideaux du salon. Le petit garçon était allé habiter à cet endroit et, quand bien même sa mère serait revenue vivre à Lækjarbakki, et qu'il aurait été question de reconstruire une vie familiale normale, il était désormais impensable, pour le couple Salem, de rendre l'enfant. Lorsque plus tard il revint vivre à la maison, il ne sut jamais avec certitude où était son véritable foyer et à qui il appartenait, s'il était l'un des enfants de Sigfus et Solveig ou bien s'il était avant tout le fils adoptif du vieux couple Salem, dans leur maison-musée, lequel couple, par sa manière de s'habiller, de voir les choses, de vivre, constituait lui-même l'une des pièces de ce musée.

Quant à Vilhjalm Edvard, il fit preuve d'un véritable talent en affaires et d'une aptitude au gain. Cela se révéla lorsque, vers onze ou douze ans, il commença à s'occuper de la vente des pièces détachées. Sigfus junior se montrait lui aussi d'une grande efficacité et devint, dès l'âge de sept ans, spécialiste des réparations sur toutes sortes de voitures. Parmi ceux qui venaient là pour faire affaire, acheter des pièces ou vendre une épave d'automobile, certains étaient persuadés qu'ils allaient mener des transactions avantageuses avec ces deux gamins qui les recevaient, dont l'un ne parlait même pas comme tout le monde. Mais les choses ne se passaient pas toujours comme prévu.

Un jour, arrive en vue de la ferme un vieux tacot hoquetant. Une vieille Ford. Pas de phare avant, pas de dynamo ni de portière.

– Quelqu'un pourrait me renseigner ? demande le conducteur à Hrodny, occupée à étendre une lessive dans la cour, montée sur un tabouret de la cuisine.

– Oui !

Elle rentre en boitillant. Au bout de quelques instants pendant lesquels le type a fouiné dans la cour, jeté un œil sur le monticule de carcasses de voitures et vu qu'il s'y trouvait différentes pièces de vieilles Ford, il s'entend demander :

– Qu'est-ce qu'on peut faire pour vous ?

Il se retourne et aperçoit les deux frères. Le petit a le visage barbouillé de yaourt.

– C'est vous qui êtes de service ? Où est votre papa ?

– Non, c'est à nous qu'il faut s'adresser.

– J'aurais besoin d'un phare et d'autres pièces pour une Ford.

– Une Ford de modèle A ou de modèle T ? demande le petit.

– C'est pour celle-là, répond le type en montrant sa voiture.

Il se demande s'il doit rire.

Les deux frères prennent de l'assurance. Ils disent que, bien sûr, ils ont à peu près ce qu'il désire. Mais combien est-ce qu'il veut mettre ? Pour le phare, c'est cinquante couronnes. La même chose pour la dynamo. Le type demande s'il ne pourrait pas parler à quelqu'un de sensé ici. Cent tickets pour cette épave ! Il est prêt à payer dix ou quinze couronnes. Autrement, il ira voir ailleurs. Vilhjalm donne un petit coup de coude à son frère ; le visage dodu du petit affiche un sourire narquois :

– Il faut que tu saches qu'il n'existe pas d'autres casses ici.

Vilhjalm dit qu'il refuse de vendre quoi que ce soit, que de toute façon, les pièces en question, il les a déjà promises à quelqu'un d'autre, que ce client doit venir en début de semaine et qu'il paiera bien cent couronnes. Le nouveau venu repart alors. Il fait de grands gestes et peste, il paiera vingt couronnes, pas un sou de plus, il refuse d'écouter leurs absurdités de gamins. Sur ce, la vieille Ford disparaît en hoquetant.

Plus tard dans la journée, alors que la nuit commence à tomber, le conducteur revient dans la maison, il veut parler au patron. Sigfus est affalé sur le divan, en train de lire une revue consacrée aux comètes.

– Faut que tu voies avec les gosses, dit-il à l'homme.

– Mais c'est ce que j'ai fait !

– Alors quoi ? Vous n'avez pas réussi à vous mettre d'accord sur le prix ? Bon, tant pis. Les garçons, je leur fais entièrement confiance.

Et le type doit à nouveau aller les trouver. Ils font comme si l'affaire ne les intéressait plus du tout, se contentent d'indiquer le même prix qu'auparavant. Est-ce qu'il accepte de payer ? Ou bien est-ce qu'il peut trouver ce qu'il cherche ailleurs et meilleur marché ? Il serre les dents. Il a besoin de ces pièces de rechange et paye le prix convenu. Ils font alors preuve d'une extrême générosité en laissant la portière en prime, pour le même prix. De toute manière elle est rouillée et endommagée. Mais dans ce cas, l'homme doit aller prendre lui-même l'article offert gratuitement ! Celui-ci ravale sa colère et son amertume. Il n'est pas habillé pour aller tripoter ces ferrailles rouillées au milieu d'un monticule répugnant de carcasses de voitures. Il serre les dents. Les garçons lui tendent une clef, une vieille clef à molette de chalutier. Et lorsqu'il s'en va, vers minuit, transi et éreinté, Vilhjalm Edvard referme l'entrepôt derrière lui.

Mais les choses n'en restent pas là. Deux jours plus tard, le même homme reprend le chemin de Lækjar- bakki, au volant de son véhicule hoquetant. Il manque encore des pièces pour que la vieille Ford soit en état. Et il lui faut revivre des moments identiques, payer soixante-dix couronnes pour une pièce qui, selon lui, n'en vaut que dix. Personne n'est de taille face aux deux garçons. De nouveau le type s'en retourne en pes- tant. Jamais plus il ne fera affaire avec ces gamins ! Et pourtant, qui voit-on revenir la semaine suivante ? Encore lui, au volant de sa voiture, mais cette fois trac- tée par une autre voiture. La vieille Ford n'est plus en état de rouler toute seule. Cent soixante-dix couronnes de pièces de rechange n'ont pas suffi. Elle est hors d'usage. Est-ce que les garçons voudraient racheter l'épave ? L'homme souhaiterait au moins récupérer ses cent soixante-dix couronnes. Sans doute n'en demand- t-il pas davantage.

Vilhjalm ne manifeste pas le moindre intérêt. Il fait comme s'il n'avait aucune intention de faire affaire. Non, les pièces de vieilles Ford, il a tout ce qu'il faut en ce moment. Surtout ce modèle : « Pas vrai, Sigfus ? » Et le cadet, qui mâchouille un bout de gâteau, opine du chef, avec une expression qui révèle une grande expé- rience de la vie. L'homme se fait menaçant, puis il sup- plie : seulement l'argent qu'il a payé pour les pièces qu'il vient juste d'acheter, et qu'ils récupèrent. Tout le reste pour rien. Ils finissent par éprouver une certaine pitié pour ce type et lui achètent sa Ford pour cinquante couronnes. Mais pas cinquante couronnes en monnaie. Non, ils n'ont pas la somme sous la main, prétendent- ils. Ils vont lui faire un papier comme quoi ils les lui doivent, écrit de la main de Vilhjalm Edvard sur la table de la cuisine, sur une feuille arrachée à un livre de comptes. Il utilise un stylo à encre qui a appartenu aux jumeaux – dont ils ont renoncé à se servir car il bavait trop – et qui laisse d'ailleurs deux grosses taches d'encre sur la facture qu'emporte, après avoir pris congé des frères, le propriétaire malchanceux de la vieille Ford.

* * *

Les deux aînés étaient entrés au lycée et les choses allaient pour le mieux. Ils étaient la fierté de leur mère ; et de leur grand-mère, qui voulait les aider de toutes les manières possibles. Sans doute Sigfus senior aurait-il dû être fier lui aussi de ses garçons alors qu'ils accédaient à des études secondaires. Mais plus ils fréquentaient l'école, plus ils devenaient de vrais bons à rien. En fait, se disait-il, ils sont de plus en plus idiots et ennuyeux. C'était comme ça, mais néanmoins conforme à la vision misanthrope des choses à laquelle il adhérait de plus en plus : l'école et cette existence dorlotée, ça ne faisait que des crétins. Ceux qui étaient naturellement doués apprenaient par eux-mêmes et de leur propre initiative. Ceux-là étaient véritablement cultivés. Les autres, ils s'étaient contentés d'aller à l'école. D'ailleurs, les deux garçons qui étaient restés à la maison étaient bien trop dégourdis pour aller s'abrutir à l'école. Bien sûr il n'était pas question de soustraire les enfants à l'école primaire, mais elle suffirait. Après, il prendrait le relais et leur apprendrait à devenir autodidactes.

Sigfus Killian senior était d'une taille un peu en dessous de la moyenne. Il avait les yeux bruns et le nez busqué, les cheveux plats et foncés, peignés en arrière au-dessus d'un front bas. Il gardait généralement une expression de gravité qui pouvait rapidement s'effacer sous l'effet d'un rictus méprisant. Les années passant, ses cheveux avaient commencé à grisonner et il s'était laissé pousser une moustache digne d'un empereur. Il passait sa vie à prêcher qu'aux individus dotés d'une forte personnalité revenait le droit de mener la société. Que seuls les grands hommes étaient à l'origine des progrès de ce monde. Que c'était à ces incessants complots fomentés par des minables et des moins-que-rien, destinés à démolir ceux qui sont au-dessus de la mêlée et à couler l'ensemble des individus dans le moule unique de la médiocrité, que l'on devait toute la misère de l'humanité. Les hommes courageux, les héros solitaires, c'étaient eux qui lui plaisaient. Plus tard, lorsque son fils Bardur voyagea à Londres et qu'il visita le Musée de Madame Tussaud, il tomba sur le sosie de son père, moulé dans la cire. Ce fut l'occasion d'une bonne plaisanterie lorsqu'il rentra en Islande, un jour où le père et le fils étaient à table, au beau milieu d'une fête de famille. Sigfus senior avait lancé quelques taquineries sur les dépenses de son fils et Bardur attendit le bon moment pour raconter sa visite au Musée de cire. Il y avait vu Napoléon, Churchill, l'amiral Nelson et la reine Victoria.

– Et toi aussi tu y étais, papa !

– Hein ?

– Si, si, j'ai cru que j'étais devenu fou. Au milieu de tous ces grands personnages, mon vieux père en personne. Le même air autoritaire et sûr de soi. Et il m'a fallu le toucher pour m'assurer qu'il était bien en cire. Exactement le même visage, une taille identique, tout comme l'expression et la moustache, la coiffure et l'attitude des mains. Et les mêmes vêtements du dimanche !

– Et de qui peut-il bien s'agir ?

– Hmm !

Quelqu'un proposa Bismarck, avec un regard plein d'espoir, sachant que le vieux pourrait se fâcher si on le comparait à un personnage célèbre qui ne lui convînt pas.

– Joseph Staline !

Tous les regards se tournèrent alors vers Sigfus senior. Ils admirent qu'il y avait quelque chose de vrai là-dedans. On ne pouvait imaginer pire. Comment allait-il réagir sinon en explosant, en devenant grossier et désagréable ?

Le vieux se contenta de méditer un instant. On discernait sur son visage un soupçon de satisfaction. Il répondit alors :

– Bon, ce salaud de Staline, évidemment, c'était un communiste, un vrai fumier et un sale cochon. Mais il est incontestable que ce salopard était aussi un grand homme.

Sigfus junior commença de bonne heure à adhérer avec enthousiasme aux opinions de son père. À huit ans, il affirmait déjà, face aux instituteurs, qu'à force de traîner sur les bancs de l'école, les gens deviennent de vraies nullités. Vilhjalm Edvard, quant à lui, ne semblait pas aussi convaincu sur ce point. Il nourrissait d'autres projets d'avenir, imaginait un univers plus brillant et plus noble que celui des pièces détachées de voiture. Une fois, il prit part à une rencontre sportive…

Troisième chapitre

L'âme d'Einar Benediktsson flottait à la surface des eaux.

Lui et grand-père se connaissaient. Quand il n'était encore qu'un jeune homme, grand-père s'était acquitté pour lui de quelques petites affaires. De certaines bricoles, d'après ce que j'ai entendu dire. Et le poète lui avait confié l'un de ses projets concrets. C'est de cette manière, si j'ai bien compris, que débuta cette affaire de pièces détachées. Mais tel n'était pas tout à fait l'objectif initial. Il s'agissait au départ d'un équipement destiné à extraire de l'or du sous-sol. Car c'est bien de l'or que l'on devait découvrir à Lækjarbakki. Ce fut la raison pour laquelle grand-père vint s'installer à cet endroit. Pourtant, bien que rien n'ait abouti, qu'on n'ait pas trouvé un gramme d'or et que grand-père se soit retrouvé là pris au piège avec sa famille, ce n'était pas la faute d'Einar Ben, pensait-il. Il fallait plutôt accuser ces minables qui gouvernent le pays. Ce pays de misère, de tout temps dirigé par des incapables, qui le sera pour l'éternité. Des hommes que les projets ambitieux et grandioses n'intéressaient pas et qui mirent des bâtons dans les roues du poète. Si bien que ce dernier se retira, quelques années après qu'il s'est mis en tête, avec grand-père, de chercher de l'or. Le poète disparut du monde des hommes pour aller vivre dans une chaumière au bord de la mer, loin de la civilisation, avec pour unique compagnie une poignée de moutons, les génies du lieu, l'océan Atlantique, déchaîné au pied du mur de son potager, et une vieille femme seule.

Einar Benediktsson était de cette race d'hommes authentiques qui gagnaient seuls ou bien perdaient. Tous les frères et sœurs, les enfants de grand-père, semblaient converger dans leur vénération inconditionnelle à l'égard d'Einar Benediktsson. D'ailleurs, cette foi en Einar Ben était peut-être la seule chose qu'ils avaient en commun. Exactement comme la foi en Dieu ou en Allah qui rassemble les peuples. Mais ce n'était pas la poésie d'Einar qui semblait être l'élément essentiel, on ne l'entendait que très rarement citée. Non, c'était lui en personne, ce grand homme, imposant, à l'intelligence pénétrante. Même Hrodny, ma tante affublée d'un pied bot, qui ne donnait pas vraiment dans la poésie, avait dit un jour à son fils Geirmund alors qu'il était sur le point d'abandonner quelque chose – il devait s'agir de l'école, si je me souviens bien – qu'Einar Benediktsson n'aurait pas fait une chose pareille. Quant à mon père, il évoquait le poète lorsqu'il avait bu. Vilhjalm Edvard, lui, était constamment comparé à Einar Ben.

Voici un livre qui a pour titre : *Le Grand Varègue. Vie et destinée d'Einar Benediktsson.*

« Dans ce livre, Gisl Gudmundsson relate la carrière exceptionnelle du poète et homme d'action et donne un aperçu de son œuvre et des entreprises peu ordinaires qu'il mena à bien. Cet ouvrage apporte une masse considérable d'informations, de récits et de faits qui projettent un éclairage nouveau sur le grand Varègue de la nation islandaise. »

Ce sont les termes qui figurent sur le rabat de la jaquette.

D'après le dictionnaire, les Varègues étaient ces mercenaires scandinaves au service de l'empereur byzantin.

Le livre couvre cinq cents pages, grand format. Il s'appuie sur presque deux cents références bibliographiques : des ouvrages consacrés au grand homme, des essais, des articles de journaux, des interviews, etc.

On peut y lire qu'Einar Benediktsson fut poète, homme de loi, juge, préfet de district, patron de presse et politicien. Il fut également directeur, administrateur ou président des compagnies suivantes, dont il fut, pour chacune, également le fondateur :

En 1907 : la société anonyme Gigant. Les associés d'Einar étaient pour l'essentiel des financiers norvégiens. Gigant avait pour objectif principal de créer une centrale hydroélectrique en Islande en aménageant la cascade de Dettifoss. Dettifoss est la plus grande et la plus puissante chute d'eau d'Europe.

En 1910 : The British North-Western Syndicate. Fondé par Einar en association avec des millionnaires anglais. BNWS avait également comme attribution l'aménagement de la cascade de Dettifoss et la construction, en liaison avec cette activité, d'une grosse usine devant produire à partir de l'atmosphère, par électrolyse, des engrais azotés.

La même année, fut fondée, par l'intermédiaire d'Einar, une société devant se consacrer aux transactions financières en Islande : The Industrial and Engineering Trust Ltd. Le poète y était associé aux plus riches hommes d'affaires de Londres, au nombre desquels figurait Neville Chamberlain, qui devint ultérieurement Premier ministre. Au cours de ces années, Einar avait fait l'acquisition de la villa *Hounslow*, dans la banlieue de Londres. C'est là qu'il vivait avec sa famille. Une maison où avait autrefois vécu le poète Swinburne. Et avant lui, l'évêque de Kensington. Einar louait également un étage entier dans l'un des meilleurs hôtels du centre-ville : l'hôtel Metropol. Il y recevait les hommes les plus riches de l'empire qui venaient discuter avec lui de grands projets imminents. En ces lieux, Einar était appelé « The Great Poet of Iceland, Mr. Benediktsson ».

En 1912, Einar mit sur pied The Harbours and Piers Association Ldt. Cette société fit établir des plans pour la construction d'un gigantesque port maritime à Reykjavik. Ce projet s'appelait tout simplement « Port Reykjavik » et n'était pas sans rappeler les grandes installations portuaires de Mourmansk et de Pearl Harbour.

En 1914 fut fondée la plus grande société à laquelle « Mr. Benediktsson » ait pris part. Il s'associa à des financiers norvégiens et islandais et l'entreprise fut nommée Compagnie des chutes d'eau Titan. Elle possédait des filiales : Orion, Sirius et Taurus. L'objectif principal de Titan était l'aménagement de trois gigantesques centrales hydroélectriques dans le sud du pays et de plusieurs grosses usines devant utiliser l'énergie produite, la construction d'un chemin de fer et le développement des travaux portuaires.

C'était en 1911 qu'Einar Benediktsson avait créé la société anonyme Pluto Limited, dont la vocation était l'extraction de l'or dans le sous-sol de certains terrains du sud-ouest du pays qu'il avait acquis dans ce but. Dans le cadre de ces activités, il avait passé en 1922, avec la Nordische Bergbau Gesellschaft, à Hambourg, un contrat relatif à l'administration et à l'exploitation des mines d'or en question. En 1924, il fonda à nouveau une société d'exploitation minière en association avec des politiciens et des hommes d'affaires allemands. Elle reçut le nom d'Arcturus. Cette société devait, entre autres choses, exploiter la mine d'or de Lækjarbakki, et ce fut un jeune homme ambitieux qui prit la direction de ce projet : Sigfus Killian.

Toutes ces compagnies furent fondées par « The Great Poet of Iceland ». Chacune d'elles portait un nom superbe et imposant et était investie de projets grandioses. Elles étaient également dotées des capitaux nécessaires et étaient regardées avec respect dans le monde de la finance en Europe. Néanmoins, leur point commun le plus remarquable fut que rien de ce qui avait été initialement prévu n'aboutit. Les compagnies s'étant attelées à la construction du port ne parvinrent qu'à bâtir un petit tronçon de la jetée. Jamais les sociétés minières ne purent extraire le moindre gramme d'or. Aucun chemin de fer ne fut aménagé. Il n'y eut pas non plus d'usines construites et pas une goutte d'eau ne fut jamais transformée en énergie. En 1930, lorsque le poète se retira à Herdisarvikur, le seul vestige qui restait de ce formidable esprit d'entreprise était le commerce de pièces détachées de Sigfus Killian.

* * *

Durant les années de guerre, la famille fit l'acquisition d'une jeep. Ce fut une période faste. Quantité de véhicules étaient mis à la casse et Sigfus les ramenait à la maison, dans la cour. Parfois, on apercevait des militaires qui s'agitaient sur la plaine. Une fois même, il y avait eu des exercices de tir au canon tout près de Lækjarbakki, sur le terrain caillouteux qui s'étend vers le sud. Des soldats américains avaient même réussi à donner du chewing-gum à la petite Hrodny. Ils en auraient bien donné aussi à Lara, mais elle rentra se cacher dans la maison. Vilhjalm Edvard et Sigfus Karl allaient parfois traînasser du côté des troupes d'occupation.

Le vieux Geiri continuait à vivre à Lækjarbakki. Il approchait de sa centième année. Les effets de l'âge sur ce robuste gaillard étaient à présent visibles. Son visage était comme incisé de caractères runiques, il s'était voûté et tassé. Mais il gardait de bonnes dents. De grandes et belles dents. Elles étaient sa fierté. La clef de sa santé consistait à se nourrir quasi exclusivement de têtes de morue séchées et de bouillie d'avoine. Et il ne se lavait jamais.

On approchait du moment où nous autres Islandais allions devoir nous séparer de notre roi pour fonder une république, conformément aux accords d'indépendance de 1918. Cet événement constituait, pour le vieux Kristgeir de Lækjarbakki, une source d'intense préoccupation. Il considérait que c'était là une pure folie. Il fit des préparatifs et appela en ville, empruntant le téléphone qui venait de faire son apparition dans la maison familiale. Il prit contact avec les quelques vieux conspirateurs qui étaient encore en vie. Il se produisit alors un événement important : le vieux Geiri décida de se rendre en ville, d'aller à Reykjavik. Pour la première fois depuis un quart de siècle. Alors qu'il frôlait le centenaire, il entreprit de changer de vêtements. Il alla chercher dans un petit coffre une chemise blanche jaunie à col en pointes, d'une coupe qui avait été fort en vogue au siècle précédent, un pantalon noir et une veste de la même couleur. Les bretelles, elles, ne tinrent pas le coup et la famille dut apporter sa contribution. Sigfus

Killian vint à son secours et lui attacha une corde autour de la taille démesurément ample de son pantalon. Puis il l'emmena en jeep jusqu'à la ville.

Là, se tenait une assemblée de royalistes. De tous les royalistes de la capitale et des environs. Ils étaient cinq. Cinq vieux sages férus de généalogie. Geiri faisait partie de la branche radicale. Il voulait engager le combat pour le maintien de l'union avec le roi, publier un journal et surtout tenir une assemblée populaire. Mais ce furent les plus modérés qui l'emportèrent, ceux qui réalisaient que le peuple n'accepterait rien d'autre que la scission et qui souhaitaient adopter une position intermédiaire : faire de l'Islande une monarchie indépendante en choisissant l'un des parents du roi du Danemark et en lui conférant le titre de souverain ici, dans le pays. L'un des participants de l'assemblée eut pour tâche de rendre compte de ces questions par voie de presse. Tous se séparèrent à peu près d'accord, y compris le vieux Geiri. Il prit une chambre à l'hôtel pour la nuit. Le lendemain, comme convenu, Sigfus vint le rechercher en jeep. Sur le chemin du retour, contrairement à son habitude, le vieil homme resta silencieux, sa canne entre les genoux. Mais il était relativement satisfait. Il était reparti au combat, avait à nouveau un rôle à jouer.

Puis parut l'article signé de l'un des cinq vieux conspirateurs, qui suscita une attention considérable, mais qui, pour l'essentiel, fit l'objet de moqueries. Toutes sortes de gens, d'ordinaire peu enclins à la plaisanterie, trouvèrent là l'occasion de persifler. Et ils s'en donnèrent à cœur joie. Geiri se procura ces articles les uns après les autres, et demanda à Sigfus Killian de les lui lire à haute voix, car les caractères d'imprimerie se dérobaient à sa vue déclinante. Il s'asseyait pour écouter, prenant une mine contrariée. Qu'avaient-ils donc, tous ces minables, ces petites gens, à se moquer d'éminentes familles royales ? La coupe fut pleine lorsque Kristmann, qui était rentré au pays depuis quelques années, écrivit dans les colonnes d'un des quotidiens de Reykjavik. Ses articles témoignaient surtout de sa déception devant la relative indifférence de ses concitoyens face à ses exploits à l'étranger. Il trouvait que le peuple islandais était tombé bien bas. Mais si le vieux Geiri de Lækjarbakki fut davantage irrité par les propos de Kristmann que par ce qu'avaient écrit la plupart des autres détracteurs, c'est parce que celui-ci avait dirigé ses sarcasmes contre les dynasties royales danoises. Soi-disant que la plupart de leurs membres descendaient de nobliaux allemands, « une basse noblesse bas-allemande » selon ses termes. Et l'on pouvait se demander, poursuivait-il, si ces « royalistes islandais » qui souhaitaient soutenir la monarchie dans ce pays ne feraient pas mieux de se tourner vers des gens plus nobles. À présent, le vieux Geiri n'avait pas le choix. Il ne pouvait faire autrement que de prendre lui-même la plume et se sentit obligé de répondre à ce poétereau. Il en résulta un article absolument incompréhensible, dans la mesure où ce dont il était question n'était précisé nulle part et que le nom de Kristmann n'était jamais cité. Il était seulement fait mention de ce morveux qui s'était fait un nom en Norvège et qui, pour cette raison, aurait dû être le premier à avoir conscience qu'on s'en tirait mieux qu'on pouvait le penser, voire qu'on pouvait devenir quelqu'un de connu, même si on était issu d'une famille médiocre et sans importance.

– Ils comprendront bien, ceux qui savent de quoi il s'agit, dit Geiri d'un ton hautain en lançant un clin d'œil à Sigfus Killian, lorsque l'article fut paru. Ça fera mouche, là où ça doit. Ça fera mouche. Pour ceux qui savent de quoi il s'agit…

Mais les espoirs qu'avait fondés Geiri d'une monarchie islandaise ne se réalisèrent pas. En dehors de lui, tout le monde désirait établir une république et élire un président. Ce peuple était devenu tellement borné ! Cependant, le cours des événements n'affecta pas Geiri en comparaison du choc qu'il reçut lorsque lui parvinrent des informations d'hommes remarquables. Ces derniers rapportèrent que l'émissaire des royalistes islandais avait obtenu une audience auprès du roi Christian X, en plein Danemark occupé, et qu'au cours de l'entretien, on avait demandé au roi s'il pouvait recommander un membre de sa famille pour la monarchie islandaise – au cas où on le solliciterait. Notre roi avait alors répondu, sur un ton cassant, fatigué de ces Islandais ennuyeux et ingrats :

– Vous pouvez prendre Knud !

Sigfus et Solveig avaient envisagé de se rendre ensemble à la cérémonie d'inauguration de la république qui se tenait à Thingvellir, sur les lieux de l'ancienne assemblée. Ils voulaient s'y rendre en jeep, avec Lara, Sigfus Karl et Hrodny. En tout cas, ils avaient l'un comme l'autre l'intention d'y aller, et il semblait difficile de ne pas faire le trajet ensemble. Or, quelques jours avant la cérémonie, un événement se produisit. Le vieux Geiri tomba malade. Un matin, ils le trouvèrent dehors, dans le pré, gisant à plat ventre sous la pluie. Durant la nuit, il avait été pris d'une forte fièvre et était sorti en rampant de sa cabane, mais sans pouvoir aller plus loin. Ils le traînèrent jusqu'à la Maison Blanche et le mirent au lit. On appela un médecin de Reykjavik. Celui-ci déclara qu'on ne pouvait rien faire pour Geiri, sinon lui trouver un endroit où il pourrait rester alité, et voir venir. Solveig décida alors de s'en occuper. Ce fut elle, Solveig de Lækjarbakki, qui voulut faire en sorte que ce vieux maniaque du tabac soit soigné comme il le fallait dans ce combat. Par conséquent, elle ne pouvait pas aller à Thingvellir pour la célébration. Lara estima à son tour qu'il était préférable qu'elle reste également, et Sigfus Karl saisit lui aussi l'occasion d'échapper à ces frivolités. D'autant plus qu'il était en plein rafistolage du moteur d'une vieille Whippet Overland. C'était bien plus intéressant que tout ce tintamarre festif. En fin de compte, Sigfus senior partit en compagnie de Hrodny, sa fille cadette au pied bot. De ses frères et sœur, c'était elle qui tenait le moins de place.

Lorsque Sigfus et Hrodny furent de retour à Lækjarbakki, une fois achevée la grande célébration de Thingvellir, le vieux Kristgeir s'en était allé retrouver ses ancêtres. Il n'avait jamais repris connaissance, sinon une seule fois. Il émergea un instant, se redressa dans le lit, les yeux exorbités, et hurla :

– Vous pouvez prendre Knud !

Puis son existence prit fin. Cinq mois plus tard, il aurait fêté son centième anniversaire.

* * *

Quand les jumeaux Fridrik et Salomon eurent passé leur baccalauréat au lycée de Reykjavik, ils entrèrent tous deux à l'université afin d'étudier la théologie.

Les jumeaux étaient toujours harmonieusement accolés, habillés de la même façon, pensant de la même façon. Ils faisaient tout à l'identique, jusqu'à ce qu'ils soient parvenus en seconde année de théologie. C'est à ce moment que leurs chemins se séparèrent. Ce qui se produisit, c'est que Salomon cessa de répondre. Non seulement à son frère, mais à quiconque.

De tout temps, on avait perçu une différence entre eux deux. Bien que Salomon n'ait pas spécialement cherché à avoir une emprise ou des exigences envers son prochain, c'est lui, plutôt, qui était dominant dans le couple gémellaire. Fridrik avait toujours eu tendance à marcher environ une demi-enjambée derrière son frère ; à attendre que ce dernier prenne l'initiative, s'il s'agissait d'exprimer une opinion, quelle qu'elle fût, s'ils avaient à traverser une rue, à ouvrir une porte ou à s'asseoir. Mais, au cours de cette seconde année à la faculté de théologie, les choses commencèrent à se modifier. Non pas que Fridrik se soit lancé en avant, qu'il ait pris la tête. Ce fut plutôt Salomon qui, désormais, restait en retrait, se repliait sur lui-même, appréhendait de devoir prendre la moindre décision et était de plus en plus accroché aux basques de son frère jumeau, refusant de prendre la moindre initiative. Cette situation était en réalité fort pénible. Dans le même temps, Salomon se mit à souffrir d'insomnies. Il arrivait de plus en plus fréquemment que Fridrik s'éveille au milieu de la nuit et aperçoive son frère assis au bureau de leur chambre d'étudiant de la cité universitaire de Gardur. Ce dernier répondait en l'air lorsque l'autre lui demandait s'il n'arrivait pas à dormir.

– Les choses doivent rester comme elles ont toujours été, avait-il pris l'habitude de répondre en toute occasion en effleurant du doigt sa lèvre supérieure.

Il ne percevait pas ce qui se passait autour de lui, mais répondait si on lui adressait la parole, répliquant aussitôt, d'une voix rapide et distincte, et généralement par ces mots-là : « Les choses doivent rester comme elles ont toujours été. »

Il lui arrivait parfois de retrouver ses esprits. Il sursautait et se connectait de nouveau à ce qui l'environnait. Puis il disait, comme pour se justifier : « Mais ça n'est pas suffisant. » Ou simplement : « Mais… » Et lorsque, dans un sursaut, il reprenait conscience, qu'il renouait avec le monde, ses mains étaient prises de tremblements. Il faisait son possible pour que cela passe inaperçu, mais ne pouvait réprimer ni ce tremblement ni son sourire effaré. Dans le même temps, sa peau donnait l'impression d'avoir changé de carnation. Sa physionomie prenait ce teint verdâtre caractéristique de quelqu'un qui souffre du mal de mer. Quant à ses lèvres, elles devenaient rouge sombre, parfois jaune orangé.

Il estima qu'il n'était pas en mesure de passer l'examen avant Noël. Il se trouva une excuse absurde : il était tout à fait inutile de vouloir aller trop vite, car en fait les choses devaient rester comme elles avaient toujours été. Mais ce n'était pas suffisant. Fridrik décida de soustraire son frère à l'air délétère de la capitale d'ici à Noël. Ils demeureraient dans l'atmosphère réparatrice des pièces détachées de Lækjarbakki et se reposeraient dans le giron familial.

À Lækjarbakki, Lara, Sigfus Karl et Hrodny vivaient encore chez leurs parents. Bardur habitait avec le couple Salem et Vilhjalm Edvard était dans une école de commerce en Angleterre.

Noël à Lækjarbakki. Cela faisait pratiquement deux ans que Sigfus Killian senior et Solveig ne s'étaient pas adressé la parole. Ils vivaient sous le même toit, avaient autorité sur le même foyer, estimaient élever leurs enfants communs, mais ne s'adressaient néanmoins pas la parole. Sinon par l'intermédiaire de messages – et seulement dans les cas d'extrême urgence – qui circulaient aux bons soins de la jeune génération. Sigfus junior, le grand prince de la récupe, ne quitta pas sa tenue de travail maculée de cambouis pour les fêtes. Pas même pour ce moment sacré qu'est la veillée de Noël, ni pour le réveillon du Jour de l'an. Il ne devait pas non plus s'en défaire pour dormir. Lara était revenue habiter à la maison. Elle avait à présent vingt ans passés. À deux reprises, elle avait tenté, mais sans succès, de louer une chambre mansardée en ville et de se débrouiller par elle-même. Cela n'avait pas marché du tout. En ce moment, elle vivait à la maison, contribuant à rendre meilleurs ces jours de fête. Elle et sa mère passaient leur temps à se disputer, à se chamailler. Lara n'était pas longue à hurler et à claquer les portes, ce qui produisait un vacarme retentissant dans la quiétude du soir. Mais Solveig la talonnait et rouvrait les portes aussi promptement que Lara les avait fait claquer en disant : « Écoute, ma petite, ici, tu ne claques pas les portes. » En réalité, Solveig avait très peur que Lara connaisse l'infortune de devoir épouser le premier minable venu, de se laisser engrosser par un quelconque vaurien. C'était là le plus terrible qui puisse arriver à une jeune fille. Mais Lara était insolente et endurcie. Elle refusait vigoureusement de prendre en considération les recommandations de sa mère. Elle trouvait ses avertissements aussi vains qu'absurdes et n'en avait que faire. Solveig, fidèle à une habitude qu'elle avait toujours eue, se montra profondément blessée et contrariée face aux cadeaux qu'elle reçut. En ouvrant ses paquets à la veillée de Noël, elle prit une expression douloureuse, déglutissant deux ou trois fois de suite en apercevant la babiole qui sortait de l'emballage : un parapluie, un foulard, un châle, du parfum bon marché qu'elle déposait à côté d'elle sans prononcer un mot. Un portefeuille de la part de Sigfus Karl qui avait pris place parmi eux auprès du sapin de Noël. Il avait mis la main sur la boîte de vitesses d'une vieille Studebaker qui paraissait en bon état. Mais il avait dû s'interrompre à cause du réveillon et tentait d'éliminer le cambouis de ses mains à l'aide d'un chiffon imbibé d'essence. Solveig se leva pour remercier son petit Fusi, embrassant à la hâte son fils sur les deux joues.

– Hein ? Pourquoi ?

Lara lui lança un regard offensé. Elle avait pourtant montré à son frère ce portefeuille qu'elle désirait lui voir offrir à sa mère. Car, bien entendu, c'était à elle qu'incombait de s'occuper de ce genre de choses. Il ne serait venu à l'idée de personne que le jeune homme ait pu s'occuper en personne de l'achat de cadeaux de Noël. Solveig rit amèrement. Eh bien oui. C'était évident. Jamais Sigfus Karl n'aurait été assez idiot pour acheter un portefeuille à quelqu'un qui n'avait rien à mettre dedans.

La santé de Salomon s'améliora considérablement au cours de ces vacances passées à Lækjarbakki. Il retrouva un teint normal et le tremblement de ses mains diminua. Les jumeaux regagnèrent, plutôt confiants, la cité universitaire. Mais quelques jours plus tard, les frères furent une fois de plus désunis en descendant en ville. Salomon voulait juste regarder quelque chose de plus près, alors qu'ils s'apprêtaient à traverser une rue.

– Continue, j'arrive, dit-il.

Et Fridrik poursuivit sa route. Mais trois heures s'écoulèrent sans qu'il ait vu reparaître son Salomon. Fridrik refit donc le même chemin en sens inverse. Salomon se trouvait encore dans la rue, à l'endroit où ils s'étaient quittés. Il allait et venait au bord du trottoir, tel un renard pris au piège, totalement incapable de traverser la rue. Il y avait quelque chose, là, de l'autre côté. Quelque chose de terrifiant l'attendait s'il traversait. Il montra du doigt une grande affiche publicitaire pour un film. Elle représentait un homme vêtu d'un costume blanc de missionnaire attaqué par des lions. Salomon murmura : « Les chats mangeurs d'hommes, les chats mangeurs d'hommes. » Désespéré, Fridrik parvint à le ramener jusqu'à leur chambre d'étudiants et à le mettre au lit. Mais, au cours de la nuit, il fut réveillé par son frère qui le secouait, une expression d'effarement sur le visage.

– Je crois avoir vu la-la-la voiture de papa, finit-il par bégayer avec un filet de salive s'écoulant du coin de sa bouche.

Son tremblement l'empêchait de s'essuyer du revers de la main. Fridrik alla à la fenêtre. C'était une nuit d'hiver, on ne voyait rien bouger. Pas de trace de la jeep de leur père.

– Où est-ce que tu crois avoir vu la voiture de papa ?

– Mais-mais-mais là, sur-sur-sur le parking…

Il n'y avait pas la moindre trace sur la neige fraîchement tombée.

– Quelque chose ne va pas, Salomon ?

Celui-ci poussa alors un terrible hurlement de douleur, un cri terrifiant qui réveilla toute la maisonnée et l'ensemble des étudiants qui habitaient le bâtiment universitaire. Lorsque quelqu'un fit irruption dans leur chambre, Salomon s'enfuit sous le bureau et se débattit en pleurant. Un médecin finit par arriver, lui fit une piqûre et le fit hospitaliser à Klippur, l'hôpital psychiatrique. C'est dans cet endroit qu'il vécut durant les décennies qui suivirent, sans jamais prononcer un mot.

* * *

Longtemps, Valdi fut l'unique voisin de la famille de Lækjarbakki. Exception faite, bien entendu, du vieux Kristgeir. Pendant les années difficiles, Valdi avait eu la folie des grandeurs ; il s'était acheté un petit appartement qu'il fut incapable de payer. On disait de lui qu'il trouvait facilement du travail, que souvent il avait dû trimer jour et nuit, mais que cela n'avait pourtant pas suffi à sauver la situation. À trente ans à peine, il était devenu noueux et voûté comme un vieillard ; tant le travail éreintant que les revers de l'existence, la perte de ses biens et de sa famille avaient fini par éteindre l'éclat de son regard. Ce niveleur de routes ruiné refit néanmoins sa vie dans cette lande et vint s'installer dans la vieille remise à pommes de terre désaffectée de longue date, dont il fit l'acquisition d'une manière ou d'une autre. Il fut embauché à la voirie pour aplanir les chemins avec son engin. Il allait partout à bord de ce véhicule perché sur de hautes roues qui stationnait durant la nuit devant la remise à pommes de terre. Celle-ci se trouvait à si peu de distance de Lækjarbakki que, si le temps s'y prêtait, les habitants de la Maison Blanche pouvaient entendre l'engin démarrer le matin. Dans le calme matinal, alors même que les oiseaux de la lande dormaient encore, si le vent venait de la remise, on pouvait entendre Valdi l'aplanisseur se moucher, sitôt sorti de sa cabane. L'instant d'après, dès que son conducteur y avait pris place, on percevait le claquement de la portière de l'engin. Puis c'était le starter qui bourdonnait lorsque la machine était mise en route. C'est alors que les oiseaux s'éveillaient sur la lande, que les fleurs sauvages ouvraient leur corolle et que les gamins de Lækjarbakki s'apprêtaient à se lever.

C'est un réel avantage que de connaître un conducteur de niveleuse lorsque l'on habite aussi loin d'une route fréquentée et que l'on doit se déplacer à travers les ornières de chemins plus ou moins praticables pour remorquer toutes sortes de vieilles ferrailles. En outre, Valdi présentait l'avantage de rester silencieux. C'est pour cette raison que Sigfus senior aimait discuter avec lui. Valdi était tout l'opposé du vieux Kristgeir de Lækjarbakki. Pas la moindre critique ni la moindre contestation. Il écoutait patiemment. Sauf lorsqu'ils buvaient et finissaient par être un peu imbibés. Dans ce cas, Valdi virait à la mélancolie. Il se mettait à parler de son ex-femme et cela cessait d'être amusant.

Solveig de Lækjarbakki trouvait Valdi le niveleur parfaitement ridicule. Elle l'avait surnommé Valdemar la raclette des chemins.

Peu de temps après la guerre, un nouveau voisin vint s'installer sur la lande. Il était bien plus haut en couleur et devint à la fois un partenaire et un concurrent de la famille de Lækjarbakki. C'était Julli l'enjoliveur. Il vint habiter une vieille ferme du voisinage en compagnie de ses parents âgés et s'attela au commerce de pièces détachées pour voitures. Tout cela n'annonçait rien de bon. Il n'était pas judicieux de développer des activités commerciales si semblables, pratiquement au même endroit. Si bien que Julli se spécialisa. Dans un premier temps, il s'occupa exclusivement de pneus et de jantes. Mais, par la suite, les choses évoluèrent de telle sorte qu'il s'orienta entièrement vers l'enjoliveur. Cela constituait, à maints égards, une activité enviable, car les enjoliveurs, il faut le reconnaître, étaient presque des œuvres d'art. Collecter ces objets, c'était un peu comme faire une collection de timbres : à partir d'un article unique, on trouvait une quantité énorme de variétés et de modèles, tous d'une taille comparable. Les plus beaux spécimens faisaient même un certain effet, accrochés au mur, tels des boucliers ou des tableaux. Julli astiquait ses enjoliveurs, il les frottait et les rangeait dans des rayonnages. Les ordinaires étaient empilés, mais les beaux étaient posés indépendamment, voire empaquetés. Ils occupaient de plus en plus de place et il était sans cesse nécessaire de construire de nouveaux rayonnages pour ranger les nouveaux venus. Sans doute n'étaient-ils pas entreposés selon un système immédiatement intelligible. L'unique système était que Julli se souvenait de l'emplacement qu'il avait donné à chacun de ses enjoliveurs. Et bien qu'il y en ait eu des milliers, Julli savait au cheveu près où se trouvait n'importe lequel d'entre eux. C'était une véritable petite science que de collecter des enjoliveurs. Julli n'était pas du genre à conduire une voiture. Jamais il n'avait passé son permis de conduire. Mais c'était un champion de bicyclette et de marche. À force de parcourir à pied ou à vélo les routes du pays, si l'on sait ouvrir l'œil, il est possible de dégoter des quantités impressionnantes d'enjoliveurs dont nul ne pourrait soupçonner l'existence en ces lieux. Avec le temps, on devient expert en ce domaine. On apprend vite qu'il est inutile de passer au peigne fin tous les bas-côtés des routes, pour la simple raison que ce n'est qu'à certains endroits précis que les enjoliveurs sont susceptibles de se détacher et de rouler dans la lande, là où les routes présentent des creux et des ornières, ou encore dans les virages serrés – et particulièrement si ces deux conditions sont réunies. Certains coins pouvaient être comparés à des eaux poissonneuses propices à la pêche, et au lendemain de week-ends où la circulation avait été intense, il arrivait à Julli de prendre un taxi pour le conduire dans quatre ou cinq sites choisis où ces joyaux étincelants avaient pu atterrir. De ces expéditions, il revenait à la maison avec un coffre de voiture rempli d'enjoliveurs de toutes sortes. Il mettait également à profit son voisin et ami Valdi l'aplanisseur car, du haut de son engin, Valdi découvrait toujours pas mal de choses. Il sillonnait à faible vitesse les contrées inhabitées et ramenait souvent à Julli des cadeaux de ses longs périples à travers les chemins de la lande.

Sur un mur, il avait placardé une enseigne, écrite en lettres maladroites : ENJOLIVEURS À VENDRE. Une flèche rouge pointait vers sa maison. Et chez Julli, un enjoliveur ne coûtait jamais plus que le tiers du prix que l'on aurait dû payer dans les beaux garages. En outre, il avait toujours le modèle que les gens recherchaient. C'était incroyable. Il le faisait surgir comme par magie. Parfois, il lui arrivait de ne pas avoir en stock le modèle exact, mais quelque chose d'approchant. Une histoire circulait parmi les chauffeurs de taxi : on disait que si Julli n'arrivait pas à fourguer ses enjoliveurs de bon gré, il passait à une autre méthode. Si on était venu le trouver parce qu'il manquait un enjoliveur sur l'une des roues avant, mais que les trois autres étaient en place, pendant que le client regardait ailleurs, Julli allait arracher l'enjoliveur d'une des roues arrière et il le lui vendait à défaut d'avoir trouvé un autre moyen.

Lorsque quelque chose le préoccupait, Julli avait tendance à bégayer. Sinon il parlait avec un débit rapide, distinctement, mais avec un curieux timbre vocal, comparable à celui qu'aurait bien plus tard la voix électronique des robots et des ordinateurs. Il faisait sans cesse référence à des gens parfaitement inconnus de ses interlocuteurs, comme si tous les connaissaient.

– Tiens, je vais te dire un truc, commençait-il généralement si un client se présentait. Il est venu ici ce matin, Beggi !

– Beggi ?

– Beggi, le frère de Gummi. Il m'a demandé si j'avais un enjoliveur comme celui-là.

– Hein ? Gummi ?

– Oui, celui qui a la Moscovite brune, R 29 74. Tiens, je vais te dire un truc : je lui ai trouvé un aussi bel enjoliveur, qui va au poil. À Beggi, je veux dire. Olaf, de chez BSR, utilise exactement les mêmes !

Après que Julli fut venu vivre sur la lande, Sigfus Killian vint le voir en cachette, à de rares occasions, pour boire un coup. Même si, par ailleurs, il avait arrêté la boisson. Valdi le niveleur était également de la partie. Ils se retrouvaient tous les trois dans la remise de Valdi. L'avantage de cette cabane, lorsqu'il pleuvait, c'est que l'on entendait la pluie battre violemment sur le toit et les cloisons. Dans ces conditions, il n'était pas possible de refuser de prendre une goutte de la bouteille de schnaps verte que Valdi allait retirer de dessous sa paillasse et qu'il offrait sans dire un mot, avec une mine interrogative. La pluie redoublait. Au-dedans, il faisait chaud et c'était bien agréable parce qu'il y avait un poêle ou un brasero que Valdi alimentait avec des bouts de bois et qu'il appelait « son Indien ». « Bah, quelle vacherie ! Un petit coup ? » Ils buvaient en silence, laissant le goût du cumin se répandre sur leur langue, et sentaient la chaleur envahir tout leur corps en coulant dans leurs veines. Le monde s'illuminait. Peut-être n'était-il pas aussi misérable que cela. Fusi la récupe devenait joyeux. Il se mettait à rire, éprouvant une certaine sympathie pour Julli l'enjoliveur lorsque ce dernier commençait à raconter une histoire par ces mots : « Tiens, je vais te dire un truc… » Il trouvait plaisant d'écouter sa voix monocorde et éteinte, même si son récit n'avait ni commencement ni fin et concernait des gens connus de personnes qui portaient des noms on ne peut plus ordinaires, dont tout le monde se fichait. À son tour, Valdi s'animait. On pouvait alors voir à quel point le fait d'avoir quelqu'un à qui s'adresser, d'être en compagnie d'autrui, de ne pas être assis tout seul et abandonné dans sa remise ou au volant de son engin, le comblait de joie. Il tendait la bouteille à Fusi et ils se regardaient un moment dans les yeux, puis tous deux se tournaient en direction de Julli qui riait d'une chose qu'il venait de raconter mais qui était déjà sortie de l'esprit des autres. Fusi commençait alors à bavarder. Il parlait du poète Einar Ben, de quelques grandes personnalités que le monde avait connues, d'un article qu'il venait juste de lire dans une revue d'anthropologie. C'étaient là de grands moments. Julli riait et approuvait. Dès le début de la beuverie, il plaçait çà et là des histoires sans queue ni tête. Mais la plupart du temps, les autres restaient silencieux. Seuls se faisaient entendre les petits rires perçants de Julli. Sinon, c'était Fusi qui parlait : du monde ; des imbéciles qui le peuplaient ; de ce qu'il avait de périssable. Et Julli y trouvait toujours quelque chose de drôle. Valdi le niveleur, lui, écoutait. Il avait ôté sa casquette et son visage était rouge. Il se taisait, profitant du brin de bonheur qui lui était offert, comme lorsqu'on se tient à proximité d'une cascade qui dégringole au fond d'un ravin, et que, sous un soleil de plomb, on reçoit sur le visage des embruns rafraîchissants et apaisants. Fusi la récupe finissait par être gagné par une certaine sentimentalité. Il disait à ses amis, sous le sceau du secret, qu'il avait eu l'ambition de faire de grandes choses dans l'existence. Mais cette confidence était exprimée par allusions et sous-entendus, et l'on peut douter que ses amis y aient compris quoi que ce soit.

– Je ne chercherai pas à cacher que pendant la guerre, j'étais du côté des Allemands.

– Ce sont les Allemands, les meilleurs. Et leurs avions ! dit Julli l'enjoliveur qui était capable d'imiter tous les sons de moteurs.

– J'étais vraiment convaincu que les Allemands étaient les seuls capables de sauver le monde.

– Tiens, je vais te dire un truc : Vive l'Allemagne ! Allez…

– Et de l'autre côté, ces fumiers de Russes qui essayaient de tout foutre en l'air pour revenir à l'âge de pierre…

– L'âge de pierre ! Ah ah ah !

– Et ces couillons de Rosbifs. Je ne dis pas, Churchill, c'était un foutu bonhomme. Ce sacré bouledogue…

– Un bouledogue ! Ah ah ah ! Un bouledogue…

– Et puis après la guerre, quand on a commencé à avoir des images des camps d'extermination. Qu'est-ce qu'il fallait en penser ? Pour un peu on se serait presque senti coupable d'extermination.

– D'extermination ! Fusi, coupable d'extermination ! Ah ah ah !

II

La récolte sera à jamais
Raillerie, mal et outrage
En Enfer.

Hallgrimur Pétursson

Quatrième chapitre

– Tout d'abord, puisque grand-père n'a jamais été propriétaire de Lækjarbakki, comment se fait-il qu'il ait pu continuer à vivre là et à faire comme bon lui semblait ?

– C'est… c'est une histoire un peu compliquée. Et encore. Tu vois, après qu'Einar Ben s'est retiré, l'État a saisi la propriété en acompte sur ses dettes. Mon père prit alors une sorte de concession. Pour cinquante ans, ou plus. Et cela ne lui coûta rien du tout. Un vrai traquenard, dont il n'y avait rien à tirer !

– Deuxièmement : pour quelle raison est-ce que tu n'es jamais allé rendre visite à Salomon ?

– Hein ?

– Tu aurais pu te soucier davantage de ton frère, alors qu'il était interné.

– Tu es là pour me donner des leçons ? Eh bien toi alors !

– Réponds à ma question.

– Tu es ivre, ma parole ! Quelques verres et ça te monte à la tête ! Je suis allé lui rendre visite… au début. De temps en temps. Mais il était tellement dérangé ! On aurait dit qu'il était en transe. Les gens trouvaient toujours qu'il me ressemblait. Plus qu'avec Fridrik. Pourtant ils étaient jumeaux. Villi et Fridrik, eux, ils étaient tellement « nordiques », c'est ce qu'on entendait souvent. Mais ça, c'était drôlement désagréable. Il regardait, les yeux dans le vague, bouche bée. Il me fallait un moment pour m'en remettre. Je te le jure. Puis, quand il a pu se lever et qu'on l'a emmené, j'ai vu qu'on lui avait passé une culotte courte comme celles que portent les malades dans les services psychiatriques. Tu n'as jamais remarqué ? Tirée à fond par des bretelles, ça leur moule les fesses. Ah, mon Dieu ! Avec leur machin comme une boule de coton, pressée sur le côté contre la cuisse. Hein ? Et les pattes poilues qui sortent de la culotte, et les chaussettes à carreaux des malades mentaux. Est-ce que tu es en train d'écrire ce qu'on est en train de dire, espèce de sale gamin ? C'est donc un interrogatoire ? Ou est-ce que c'est moi qui deviens timbré ? On l'avait installé dans la salle commune, pour commencer. Tu vois, tout au fond d'une grande salle, il avait un petit coin. Il était en compagnie de quelques spécimens bien attaqués. Ça, je peux te le dire ! Tu ne peux pas imaginer ! Au début, j'y suis allé avec ta sœur Imba. Mais ce n'était pas un endroit où emmener un enfant. Je ne sais pas si on te l'a dit, mais les plus atteints, ceux qui avaient la camisole de force, on les envoyait au-dehors prendre le soleil, lorsque le temps le permettait. On pensait que ça leur ferait du bien. On les flanquait dans un fourgon, ficelés comme des saucissons. On les posait contre un mur, comme des bottes de foin. En faisant attention à ce qu'ils soient disposés du bon côté. C'est tout juste si on ne venait pas les retirer de là avec un tracteur. Tu n'as pas entendu parler de ça ? On n'en croit pas ses yeux ! Mais Salomon, non non. Jamais il n'a été dans cet état-là. Il était calme. Doux comme un agneau. Au milieu de tous ces tarés. Petit à petit, il est sorti de son état de transe. Alors, on a pensé qu'il se rétablissait. Les médecins que connaissait ton grand-père avaient suggéré de l'envoyer au Danemark, dans un hôpital où de bons résultats avaient été obtenus avec des cas semblables… Mais le médecin chef de Klippur, lui, a dit : si on le sort de cet hôpital, jamais il ne pourra revenir ici… Il n'y avait pas trente-six solutions, c'est évident… Ton grand-père ne pouvait pas rester tout seul à son chevet, s'il y avait quelque chose qui clochait. Et puis Fridrik est revenu. Il avait terminé ses études et a commencé à s'occuper de lui. Même si Salomon gardait le silence, et c'est ça que j'aimerais réussir à te faire comprendre, il écoutait. Il écoutait et il entendait ce qu'il voulait bien entendre. Et plus encore. Par exemple, on voyait bien qu'il s'égayait vraiment si on racontait une blague. Il a toujours eu de l'humour, ce sacré Salomon. Peut-être qu'il se payait juste notre tête, à nous tous… Mais dis donc, on ne pourrait pas discuter de choses plus distrayantes ? On ne s'est pas vus si souvent, ces derniers temps…

* * *

– Et Lara. S'est-elle fait engrosser par le premier pauvre type venu ?

– Elle a épousé un futur évêque, le révérend Sigvaldi Arnason. Pour une raison ou pour une autre, on avait toujours parlé de ce théologien comme d'un évêque plein d'avenir. Peut-être à cause de ce sourire céleste qui prenait forme sur son visage. Remplir leur foyer d'enfants n'a jamais été à l'ordre du jour, car il fallut attendre plus de dix ans avant que Lara soit enceinte. D'Aslak. Un sacré beau gosse. Qui promettait.

Quant à Vilhjalm Edvard…

Il tenait de sa famille maternelle. On l'avait vu dès sa naissance. Ses yeux bleus, son teint clair, son corps fin et robuste à la fois. Beau. De toute la fratrie, ce fut lui qui parla et marcha le premier. Il acquit rapidement une étonnante sûreté de lui dans tout ce qu'il entreprenait. Sa confiance en soi le rendait rayonnant. Jamais il ne fut vraiment le petit frère des jumeaux, bien que ces derniers aient été les aînés. Au contraire. Dès l'âge de deux ou trois ans, il s'était mis à les railler et à prendre de l'ascendant sur eux. Il n'y avait que Lara qui, d'une certaine manière, pouvait se mesurer à lui. Au sein de la fratrie, c'est elle qui s'exprimait avec le plus d'aisance. Elle avait hérité cette même certitude que la victoire lui était acquise.

Lorsque Vilhjalm Edvard prit part pour la première fois à une compétition d'athlétisme, il était parfaitement inconnu. Mais il l'emporta dans trois épreuves et, dans l'une d'elles, il battit le record d'Islande. Du jour au lendemain, il devint une personnalité d'envergure nationale. Avoir mis la main sur ce garçon, c'était comme d'avoir découvert une perle dans un tas de fumier. Car c'est de ce bourbier fangeux et sans électricité, de cet endroit perdu en pleine campagne, loin de la capitale, que ceux des environs considéraient comme une espèce de décharge, qu'avait surgi soudainement ce jeune homme beau et blond. Il avait de l'allure et se distinguait à bien des égards de tous les individus de sa génération. On se serait presque demandé s'il n'était pas descendu au fil de l'eau du Nil dans un panier d'osier. Lorsque Vilhjalm Edvard arriva en ville, on pensa au conte où le jeune prince réapparaît après des années de captivité. Toutes sortes de gens riches commencèrent à se le disputer. Chacun voulait le parrainer, en faire un peu son fils adoptif, essayant de s'approprier ce gamin démuni, issu du fin fond du pays. Surtout quand il se mit à gagner tous les championnats de décathlon à l'étranger.

Vilhjalm Edvard insista toujours beaucoup sur le fait qu'il venait du peuple. Surtout avec le temps. C'était par sa propre force qu'il progressait. Il n'était pas né avec une cuiller en argent dans la bouche. Mais sa famille vivant au milieu de ce tas de ferrailles ne fut jamais rien d'autre qu'un décor de conte. Celui où le fils du pauvre homme dans sa masure finit par conquérir la princesse et la moitié du royaume…

* * *

À l'extrême bord de cette photo de famille, il y a Bardur Killian, le petit dernier. Il n'avait rien d'un champion sportif. Appartenait-il réellement au clan de Lækjarbakki ? Ou était-il avant tout le fils adoptif du couple Salem ? Bien que ces derniers aient voulu lui payer des études, rien n'aboutit en ce domaine. À quinze ans, il avait entrepris de parcourir le pays de long en large, à la recherche de tout ce qui pourrait lui rapporter de l'argent. Il lui arrivait de gagner de grosses sommes en trimant d'arrache-pied pendant la saison de pêche au hareng ou en faisant le taxi pour les troupes d'occupation. Tout cet argent partait aussitôt en fumée, mais il était sans cesse à l'affût d'expédients rusés lui permettant de se refaire. Lorsqu'il eut vingt-quatre ans, il réussit à affirmer sa position en menant une opération de sauvetage de vieilles citernes…

Il s'agissait de gigantesques citernes que les militaires avaient utilisées dans le Hvalfjörd pendant la guerre. Mais elles ne servaient plus à rien et furent revendues à une quelconque entreprise de la côte sud du pays qui envisagea de les ramener par voie de mer jusqu'au port où elle était établie. L'opération s'annonçait assez simple. L'homme qui acheta les citernes savait que, si elles étaient démontées, elles seraient hors d'usage et que l'affaire ne serait plus rentable. Alors il trouva une solution ingénieuse : pousser ces grands réservoirs vers le large où ils pouvaient flotter. À partir de là, des remorqueurs les tirèrent à la surface de l'eau jusqu'au sud. Mais surgit une difficulté qui s'avéra insoluble : de quelle façon allait-on les mettre à sec ? À présent, les énormes citernes pataugeaient dans le ressac, à proximité du rivage. Nul n'avait la moindre idée sur la manière de leur faire parcourir la cinquantaine de mètres qui les séparaient de la terre ferme. Si l'on tentait de les tracter sur cette étendue rocailleuse, on était à peu près certain de leur raboter le fond. Sur place, aucune grue n'était assez haute et puissante pour faire soulever des masses aussi volumineuses. On racontait que dix à quinze ingénieurs et techniciens s'étaient gratté la tête devant cette tâche, puis avaient laissé tomber en fin de compte. Cet événement donna lieu à l'une des anecdotes les plus populaires de cette époque sur l'imbécillité des ingénieurs. Ces ingénieurs qui pissent contre le vent mais qui viennent quand même dire à des ouvriers chevronnés ce qu'ils doivent faire. Or la situation demeurait un casse-tête insoluble et tournait à la plaisanterie. Ce fut à ce moment que Bardur Killian s'en mêla. Il s'adonnait alors à de petites missions de transport pour le compte des militaires, avec un camion qu'il avait acheté à la Commission des surplus de l'armée d'occupation.

– Combien est-ce que je gagnerais pour amener ces citernes là où elles doivent aller ? avait-il demandé au directeur de l'entreprise qui en avait fait l'acquisition.

Ce dernier avait jeté sur le jeune homme brun un regard fort dubitatif. Pour qui se prenait-il ? Mais, d'un autre côté, on avait déjà tout essayé. Ils se mirent d'accord sur une très grosse somme d'argent que Bardur empocherait dans le cas où il parviendrait à tirer à terre ces monstres sans les endommager. Car, s'il y avait de la casse, il ne toucherait pas un sou et serait tenu pour responsable des dégâts.

– Parfait, avait dit Bardur avec un sourire sarcastique tandis qu'il rangeait dans sa poche le contrat signé.

Soulevant la visière de sa casquette, il était sorti d'un pas léger.

Il loua deux gros bulldozers et il lui fallut moins de quinze jours pour déposer les citernes à leur place. Il fit creuser un chenal partant du rivage jusqu'à l'endroit où les citernes devaient être tractées. À marée haute, l'eau fut assez profonde pour leur permettre de flotter. Une fois la mer retirée, le chenal fut comblé de nouveau par les deux engins.

Ce ne fut guère plus compliqué. Bardur reçut son argent et devint un héros. Il incarnait l'homme du peuple intelligent qui laissait parler sa jugeote et son bon sens. Et qui, ce faisant, mettait en échec toutes les grandes écoles du monde. Avec ce qu'il avait empoché, Bardur aurait eu largement de quoi subvenir aux besoins de la famille qu'il allait fonder. Il était en ménage avec une jeune fille de la campagne, silencieuse, fidèle et patiente. Elle vouait à Bardur une admiration sans limites. C'est à cette époque-là qu'ils eurent une petite fille. Bardur eut alors une excellente idée qui lui sembla bien meilleure que de s'acheter un appartement, une maison ou des meubles : il fit l'acquisition de l'un des deux bulldozers qu'il avait utilisés. Il tomba amoureux de cet engin. On aurait dit un tatou gigantesque, impressionnant.

Ou encore un dinosaure surgi des temps préhistoriques. C'était une vieille machine munie d'un bras et de câbles d'acier qui actionnaient une pelle articulée. Une vraie déesse. Qui faisait un vacarme à vous rendre fou. Il acheta donc cet engin, ainsi qu'une remorque afin de la transporter. Il l'amena devant la maison qu'il habitait, en plein centre de Reykjavik.

Ce bulldozer fut à l'origine d'une petite entreprise qui effectua différents travaux de terrassement. En association avec un camarade qui possédait une pelleteuse, ils creusèrent des fondations, aplanirent des terrains… Deux ou trois ans plus tard, Bardur avait son propre bureau, son chéquier et son téléphone. Il sortait désormais en pardessus et coiffé d'un chapeau. Il eut un second enfant avec sa fidèle épouse. Un fils, cette fois. Peu après, il devint propriétaire d'un appartement. Bardur s'était mis à faire des affaires avec des gens importants et avait pris l'habitude de s'exprimer en grosses sommes d'argent. À ce moment, son entreprise s'engagea dans la construction portuaire, à l'ouest du pays. La tâche s'avéra bien trop considérable pour eux et l'opération déboucha sur une faillite fracassante. L'un des actionnaires perdit la compagnie qu'avait fondée son père. Un autre dut démissionner de son poste de directeur d'une filiale d'une grande banque. Le troisième dut se séparer de sa pelleteuse. Bardur fut le plus malin et trouva le moyen de conserver son cher bulldozer qu'il alla mettre à l'abri à Lækjarbakki. Mais il renonça à son nouveau logement, l'appartement dans lequel la petite famille venait d'emménager…

* * *

Des quantités de photos de mon père datent de cette époque. On le voit en train de surveiller la construction du port, siégeant à une réunion au milieu d'autres gens, debout à côté de son bulldozer, en grande forme, tel un héros, en compagnie de ses associés chaussés de bottes en caoutchouc, souriant en tirant une corde, en brandissant un levier ou un pied-de-biche. Cigarette au coin des lèvres. Des cigares, même. Tous groupés, mon héros de père au milieu, avec son chapeau noir retombant sur ses yeux et affichant un petit sourire plein de fierté. Non pas la bouche distendue par la suffisance, comme les autres, mais, derrière son rictus, un petit air qui semble dire « pas de quoi en faire une histoire ». J'ai même eu la permission de figurer sur l'une des photos qui se trouvent dans l'album. Je me tiens à côté du vieux, étrangement voûté pour un enfant de trois ans, vêtu d'un chandail islandais à motifs. Lui est habillé de son pardessus gris et de son chapeau noir. L'extrémité de ses doigts repose sur ma tête. Il fait une grimace à la fois enjouée et méprisante. Pas de quoi en faire une histoire.

C'est peu de temps après que les soucis vinrent frapper à notre porte. Soucis de ne plus rien avoir, et qui ont ameuté tous les créanciers du pays. Ils faisaient irruption à toute heure du jour et de la nuit, l'expression pleine de gravité, et emportaient le canapé, les meubles du bureau, le réfrigérateur. Et nous autres enfants restions sans bouger, regardant ces inconnus, sans comprendre pourquoi ils étaient aussi graves et ne répondaient rien lorsque nous leur demandions : « Dis donc, comment est-ce que tu t'appelles ? » Notre mère était affligée, maussade, abattue. Elle ne disait pas un mot. Puis nous avons dû nous en aller. Il fallut mettre aux enchères cet appartement qui, durant près d'un an, avait été notre foyer. Notre père, autant qu'on pouvait le voir, donnait l'impression d'être toujours de parfaite humeur. Et cela était un grand soulagement. Il disait juste que ce n'était pas plus mal que l'on n'ait plus rien à voir avec tout cela.

Une famille de cinq personnes à la rue ?

Il est certain que nous ne comprenions guère la situation. Je savais seulement qu'il se passait des choses que les adultes considéraient avec beaucoup de sérieux, les parents de mes copains, les voisins et même les dames de la crémerie qui suivaient avec la plus grande attention les affaires de leurs clients. Elles passaient de l'autre côté du comptoir, prenant un air autant attristé qu'intéressé. Elles venaient nous embrasser sur les joues et nous donnaient des morceaux de pâtisseries viennoises qui leur restaient. Notre appartement était presque vide, ce qui donnait l'occasion de jeux excitants. Dès qu'on criait « bouh ! », cela faisait écho. On conservait le lait dans un sac en plastique suspendu au-dehors par une ficelle à la fenêtre de la cuisine. Le moins que l'on puisse dire, c'est que tout cela nous mettait dans un grand état d'excitation. On avait l'impression que les autres gamins nous jalousaient ces conditions de vie exceptionnelles. C'était probablement le cas. Mais ma sœur aînée était entrée à l'école et avait conscience de la situation. Elle disait qu'il nous faudrait aller vivre très très loin et fréquenter une autre école. Et peut-être dormir dehors, sous la pluie ou camper quelque part. Elle se mettait à pleurer à cette idée. Je commençais alors, moi aussi, à pleurer un petit peu. Ce genre de chagrin est très contagieux. En fait, je ne pouvais m'empêcher de désirer de tout mon cœur que cette prédiction se réalise et qu'on aille vivre sous une tente. Comme les Indiens.

Mais, comme on dit : bien démuni celui qui n'a pas de frère. Ce fut justement Fridrik, le psychiatre, cet homme un peu hébété, qui contre toute attente porta secours à son frère – mon père – en mettant à notre disposition le sous-sol de son appartement. Lui-même habitait au rez-de-chaussée, juste au-dessus de nous. Il était propriétaire du sous-sol en question. Il l'avait acheté en même temps que son appartement. À l'origine, Fridrik avait envisagé d'y installer son cabinet. Mais, en fin de compte, ce local ne fut jamais utilisé et le bureau qu'il y avait descendu s'était recouvert de poussière, ainsi que le téléphone noir et les rideaux.

Une porte de communication permettait de passer d'un appartement à l'autre. Il fallait prendre par la chaufferie et emprunter un escalier sombre et peu fréquenté. La maison comptait deux étages. Pour se rendre chez Fridrik et Ethel ou chez les autres habitants de l'immeuble, on devait monter un escalier sur la façade du bâtiment. Mais, pour venir chez nous, il fallait suivre le passage, sur la gauche, entre le garage et l'immeuble, jusqu'à l'escalier qui descendait au sous-sol.

Notre appartement se composait de deux petites chambres et d'une salle de séjour. C'est là que dormaient nos parents, dans un canapé-lit. Nous, les enfants, on s'était partagé les chambres. Peu de temps après notre emménagement, notre père dut partir travailler à la campagne. En mer également. Il resta absent la plus grande partie de l'année qui suivit. Durant cette période, du moins, nous n'étions pas à l'étroit. Ce furent bien entendu des moments d'humiliation et de pauvreté à la maison. Mais jamais je n'en eus réellement conscience. On avait toujours à manger en quantité suffisante. On était habillés correctement, quel que soit le temps qu'il faisait. On portait des canadiennes, des bottes en caoutchouc, des chaussettes et des gants de laine. Je possédais en outre un traîneau, ce qui constituait un excellent moyen de transport en hiver. C'est de cette façon que je parcourais le quartier. Un pied sur le traîneau, tandis que l'autre poussait. Mon frère Gundi prenait place sur le siège, devant moi. Et nous pouvions habiter ce bel appartement. Nous n'en étions pas propriétaires mais le fait qu'il ait appartenu à l'oncle Fridrik nous rassurait évidemment. Il y avait peu de chance qu'il nous mette à la porte. J'ai su plus tard que, bien que le paiement du loyer ait été différé de quelques mois, jamais il n'avait dit quoi que ce soit.

Bien sûr, cet appartement présentait quelques inconvénients, le principal étant qu'il devait y régner un silence absolu, de jour comme de nuit, car Ethel, qui vivait juste au-dessus de nous, ne supportait pas le moindre bruit…

* * *

Dans notre couloir, celui du sous-sol de chez l'oncle Fridrik, il y avait une image encadrée, accrochée au mur. Cela n'avait rien d'un bel encadrement. On y voyait des gens attablés dehors, à côté d'une maison. Trois personnes en pleine conversation, peut-être en train de prendre le café, l'après-midi. Comme ça, dans la cour. C'était une aquarelle, au trait assez grossier, dans des tons chauds, mais sans excès. Les gens de cette image étaient représentés au premier plan, assis devant une table recouverte d'une nappe blanche. Derrière eux, s'élevait une maison d'un étage de couleur brun-jaune, pourvue d'un grenier mansardé, d'un perron et d'un auvent. Peut-être également d'un sous-sol. Les jardinières et les bacs posés sur le rebord des fenêtres étaient fleuris. Sur le côté de l'image, on distinguait l'extrémité d'une autre maison. Il y avait des plantes sur le balcon. On voyait encore une troisième maison sur ce même terrain. Au fond, de hauts arbres dominaient la scène. Le ciel bleu clair était strié de nuages gris.

L'aquarelle était accrochée au-dessus d'une commode ou d'un buffet sur lequel j'aimais bien m'allonger, regardant l'image que j'avais devant le nez. J'étais comme absorbé à l'intérieur du tableau. Je crois qu'il m'évoquait les chaudes journées d'été passées dans la rue, et c'est probablement avec cette image estivale que, pendant les huit mois que durait l'hiver, je me suis réchauffé cette année-là. Toujours est-il que, dans mon esprit, la maison représentée était celle qui se trouvait face à la nôtre, de l'autre côté de la rue. Je n'en connaissais pas les habitants, à l'exception d'une grande fille avec laquelle ma sœur Imba jouait parfois, et qui s'appelait Heba. Quoi qu'il en soit, dès que je revois cette image, je pense encore à cette Heba, même si je ne parviens même plus à me rappeler de quoi elle avait l'air. Seul son nom demeure. La maison, baignée de soleil, n'était certainement pas construite dans un style islandais. Mais l'enfant que j'étais ne s'embarrassait pas de pareils détails. Ni du fait que, sur la façade du bâtiment principal, se trouvait une plaque portant l'inscription : VICOLO DEI PAZZI. Bien longtemps après, en changeant le cadre de cette aquarelle, je me suis rendu compte qu'il ne s'agissait pas d'une œuvre originale, mais d'une image découpée dans un magazine danois. Dans *Familie Journalen*, je pense. Mes soupçons se sont portés sur ma grand-mère Solveig. Il n'en demeure pas moins que j'ai passé des journées entières, des semaines, à regarder cette image, tandis que dans ma tête s'élaboraient des histoires ayant pour cadre la maison. Les trois personnages que l'on voyait y tenaient bien entendu les rôles principaux, ainsi que Heba et d'autres habitants de l'immeuble d'en face, que je ne connaissais que de vue. Je n'exclus pas non plus que mes héros favoris, comme Robin des Bois, aient été également de la partie. Mais je dois avouer que je ne m'en souviens pas. Impossible de me rappeler le moindre détail de ces histoires qui me traversaient l'esprit pendant qu'installé sur la commode je fixais l'aquarelle.

Si aujourd'hui je regarde intensément cette image, je sens encore combien sont proches les intrigues romanesques qu'elle faisait germer dans mes pensées lorsque j'étais enfant. J'arrive même à revivre des sensations si intenses que j'en ai le vertige, que des larmes me montent aux yeux, et qu'il me faut un moment pour retrouver mes esprits.

Mais aucun souvenir précis.

Je serais dans l'incapacité de retrouver la moindre chose liée à cette maison. Même s'il en allait de ma vie.

Ces histoires sont restées en moi des années durant. Elles étaient fort longues et compliquées, mettaient en scène toutes sortes de gens et de destinées qui s'enlaçaient et se mêlaient. J'eus rapidement l'idée de mettre par écrit ces imposants récits. Je fus d'emblée arrêté par un handicap sérieux : je ne savais ni lire ni écrire. Mais l'école y remédia. Puis je compris que ces lettres, que désormais je savais tracer, ne constitueraient jamais un vrai livre. Il aurait fallu que les mots soient imprimés pour que cela prenne l'apparence d'un livre. Comment faire ? Dans un magasin de jouets, je suis tombé par hasard sur un kit d'imprimerie. Une petite boîte de la taille d'un paquet de cigares Bagatello qui contenait un jeu de caractères et de signes en caoutchouc que l'on pouvait fixer sur un tampon avec un manche en bois. J'ai pensé que mes tracas d'écrivain étaient enfin résolus et j'ai commencé à réclamer sans répit cette boîte d'imprimerie, pleurnichant à longueur de journée, jusqu'à ce que quelqu'un finisse par me l'acheter. Elle ne coûtait pas très cher. À présent, plus rien ne m'empêchait d'imprimer mon grand roman familial dont les personnages étaient ceux du tableau. La composition d'un seul mot ne me demanda pas moins d'un quart d'heure et, au terme d'une journée entière passée à imprimer péniblement trois ou quatre lignes, je me rendis compte que l'entreprise était bien trop longue. Je décidai donc d'attendre des conditions plus favorables.

Aujourd'hui, elles sont là. J'ai à ma disposition tout ce dont a besoin un auteur. Sauf l'histoire qui se déroule dans la maison sur laquelle était inscrit VICOLO DEI PAZZI, avec les trois personnages attablés dans la cour. Oubliée depuis longtemps.

Que peut-on y faire ?

Que signifient ces mots, en exergue à certains livres : « Toute ressemblance avec des personnages ayant réellement existé ne serait que fortuite » ?

* * *

Au lendemain de la Seconde Guerre mondiale, un Islandais qui avait étudié la théologie se rendit dans une Allemagne dévastée. Il loua une chambre chez une veuve de guerre qui avait une fille adolescente. Peu de temps après, il quitta son statut de locataire dans la maison de la veuve et de sa fille, s'étant fiancé avec la première. Au cours des années suivantes, il vécut donc en couple avec cette femme, jusqu'à la fin de ses études de médecine.

Cet étudiant, c'était Fridrik Killian. Il apprit la médecine et se spécialisa en psychiatrie. Il fit sa thèse de fin d'études sur une femme qui fixait le mur de l'institution où elle était internée avec une expression de stupéfaction, mais ne manifestait rien d'autre. On l'avait retrouvée vivante dans un camp d'extermination au moment où les Alliés avaient libéré l'Allemagne. Ses parents, ses frères et sœurs, son mari et ses enfants avaient trouvé la mort dans les chambres à gaz. Fridrik était un futur médecin plein d'avenir. Il reçut les plus hauts témoignages d'estime pour avoir été capable d'entrer en contact avec cette femme, de lui avoir redonné la faculté d'être autonome, de l'intérêt pour ce qui l'environnait, pour la vie d'ici-bas, et pour son existence.

La veuve qui louait une chambre à Fridrik était de dix ans son aînée. Ils avaient projeté de se marier dès qu'il aurait passé ses examens. Puis ils avaient l'intention d'aller s'installer dans le Grand Nord, sur le sol natal de l'Islandais.

Le mariage fut célébré comme prévu. À cette différence près que ce ne fut pas la veuve de guerre qu'épousa, comme il était convenu, le médecin fraîchement diplômé, mais sa fille, qui était devenue alors une belle jeune femme en âge de se marier. Elle s'appelait Ethel. Peu de temps après, Fridrik et Ethel prirent congé de l'Allemagne et de la mère de la mariée, délaissée et meurtrie.

Le jeune homme érudit arriva ainsi en compagnie de son épouse allemande dans la capitale islandaise. Celle-ci allait bientôt comprendre que perdre la guerre n'était pas l'unique abomination qu'il y eût en ce monde. Il y en avait d'autres, comme devoir quitter son foyer, situé dans une agréable ville d'Europe nichée au cœur de la civilisation, pour un pays aussi isolé, battu par les vents, en plein océan.

Ils emménagèrent dans un immeuble neuf, situé dans un quartier en plein essor. Fridrik se mit aussitôt au travail, comme savent le faire les Islandais : trimant chaque jour davantage et n'étant jamais à la maison. Quant à l'Allemande Ethel, qui avait définitivement renoncé à sa patrie et à sa mère, elle traînait, passant de l'une à l'autre des pièces mal éclairées de son foyer et regardant tomber les averses d'été de Reykjavik qui finissaient par tapisser la rue de flaques d'eau brunâtres. Elle contemplait également les armatures de béton rouillées, les planches pleines de clous et, entre les maisons, les terrains vagues parsemés de touffes d'herbe. Il lui arrivait d'allumer la radio et d'écouter un moment les annonces de décès et d'enterrements, sans rien comprendre, sinon que de tristes événements s'étaient produits. Elle était issue d'un milieu convenable. Elle était catholique et avait été élevée dans les bonnes manières, en dépit des horreurs de la guerre. Elle était brune et avait une certaine allure. L'une des mèches de ses cheveux était argentée. Elle se comportait comme si elle vivait encore dans un pays civilisé et, dès qu'elle devait sortir dans Reykjavik, elle se faisait belle. Elle quittait son appartement vêtue d'un tailleur et d'un manteau noirs, chaussée d'élégants escarpins, et les groupes de gamins qui braillaient dans la rue devenaient muets d'étonnement au passage de cette dame, si différente des mères de famille attifées de paletots qui habitaient les autres maisons de la rue. Elle se déplaçait, le port digne, essayant de contourner les flaques d'eau qui jonchaient son chemin pour se rendre à la crémerie et à la poissonnerie. Là, elle tentait de demander en allemand s'ils avaient des produits de la mer plus nobles que les filets d'églefin et la morue salée. Les poissonniers échangeaient des regards. Jamais ils n'avaient vu quelque chose d'aussi étrange. Ils se contentaient d'envelopper dans du papier journal un églefin auquel ils avaient retiré la tête. À la crémerie, elle ne comprenait pas dans quel sens il fallait faire la queue et la prenait du mauvais côté, suscitant un fort grondement de mécontentement de la part des autochtones qui, la main crispée sur leur filet à provisions, attendaient leur tour d'un air maussade.

Ethel n'entendait jamais parler sa langue maternelle, sauf lorsque Fridrik repassait en vitesse à la maison pour se reposer avant la garde suivante. Il sentait bien qu'elle s'ennuyait, aussi acheta-t-il une grosse voiture noire qui stationna devant la maison. Mais même l'automobile allemande, garée dans cette rue caillouteuse où les services d'entretien ne passaient que deux fois par mois, n'était qu'une pierre précieuse dans un tas de fumier.

Elle se tenait à la fenêtre de son salon obscur et observait les autres femmes de la rue qui, parfois, se mettaient à discuter entre elles, vêtues de leurs vieux manteaux usés. Elles portaient de lourds filets à provisions et conversaient avec, dans leurs jambes, une flopée d'enfants. Mais si une étrangère sortait de chez elle et s'adressait à elles dans un allemand courtois, cette petite société prenait aussitôt la fuite, comme prise de panique.

Ethel l'Allemande développa une allergie à ce pays abominable, où il n'y avait même pas de religion ni de chants à l'église. Elle cessa de sortir de chez elle et la voiture noire demeura exposée aux intempéries. Elle n'écouta plus la radio et tira les rideaux. Si elle entendait les voisins du dessus ou du dessous, elle leur envoyait des lettres. Il fallait aller trouver quelqu'un en ville qui puisse les traduire. Elle demandait à ne pas être dérangée par des bruits de pas, par des pleurs d'enfants et par des comportements négligents. Mais elle comprit qu'il était vain d'espérer pouvoir se soustraire à cet affreux village de pêcheurs que les Islandais qualifient de capitale. Parvenaient de temps en temps des éclats de rire du dehors ou le bruit des ouvriers qui avaient commencé à goudronner la rue, ou encore la radio de l'appartement voisin dont le volume était si élevé que les annonces de décès et d'enterrements passaient à travers les parois de béton et se frayaient un chemin jusqu'à la jeune dame allemande qui, furieuse et désespérée, tenait son regard fixé sur les murs…

* * *

Avec ma sœur et mon frère, nous trouvions qu'il y avait une certaine beauté chez Ethel. Peut-être elle-même, tout simplement. Son visage d'une intense pâleur, ses grands yeux sombres, sa chevelure si noire et sa mèche gris argenté qui partait du front pour former une boucle sur le côté. Il n'était pas nécessaire d'avoir une grande expérience de l'existence pour percevoir qu'elle se sentait horriblement mal. Et nous autres enfants aurions voulu l'aider. Il lui arriva quelquefois d'apparaître dans l'escalier, alors que nous étions en train de jouer. Généralement, elle avait l'index posé sur les lèvres. Elle était alors si calme que cette scène m'a toujours évoqué une cérémonie religieuse. Nous cessions de parler dès que nous l'apercevions. Parfois, également, elle sortait sur le seuil de sa porte et nous regardait un moment. Nous la regardions aussi, sans bouger, sans dire un mot. On aurait dit alors qu'une faible lueur s'animait au fond de ses yeux. Elle prononçait quelques paroles dans sa langue et nous comprenions qu'elle nous invitait à rentrer. Lorsque cela se produisait, nous n'étions jamais plus de deux. Nous la suivions avec recueillement jusqu'à la cuisine où elle nous servait des verres de lait et des parts de gâteau dans de jolies assiettes. Il ne s'agissait pas de n'importe quel gâteau. Presque une œuvre d'art. Une épaisse couche de chocolat brun recouvrait chaque part et il y avait une inscription sur le dessus. Et nous mangions nos parts de gâteau en silence, aussi sagement que cela nous était possible, en regardant Ethel avec un enthousiasme mêlé de respect. On apprenait à dire *biteûscheûn* et *dankeû*.

Le frère de notre père, l'oncle Fridrik, était lui aussi une personne étrange. Il était presque aussi difficile à comprendre que son épouse lorsqu'il s'exprimait. Il parlait avec tant de précipitation et dans une telle averse de postillons que ses mots semblaient projetés dans une complète anarchie. Dans une certaine mesure, il constituait un voisinage aussi intransigeant qu'Ethel. En effet, il avait pris en affection le jardin attenant à l'immeuble, si bien qu'il était impossible d'aller y jouer. Lorsque Fridrik revenait chez lui, il ressortait presque aussitôt dans le jardin et se mettait à bricoler. Il continuait jusque tard dans la nuit. Peut-être lui était-il insupportable de rester chez lui. En tout cas, c'était un rituel quasi automatique. Dès qu'on le voyait rentrer à la maison, vêtu de son complet de tous les jours, on était certain de le voir réapparaître quelques minutes plus tard dans le jardin, grimaçant et myope, souvent en tenue négligée : knickerbockers et tablier. Et il binait les plates-bandes. Été comme hiver, quel que soit le temps. Il se construisit rapidement un appentis adossé au mur de la maison, une petite remise à outils. Si, pour une raison ou une autre, il n'allait pas travailler, on voyait de la lumière dans sa remise jusqu'en plein milieu de la nuit et, de temps à autre, on l'entendait se racler la gorge.

À l'étage au-dessus, une femme entre deux âges habitait avec ses deux fils adolescents. Sous les combles, il n'y avait que des greniers et une unique chambre que louait un chalutier. On ne le voyait presque jamais.

L'événement le plus important qui eut lieu dans notre rue au cours de ces années fut l'arrivée de la distribution urbaine d'eau chaude.

Un matin, une gigantesque pelleteuse pourvue d'un bras immense et montée sur des chenilles arriva avec, dans son sillage, tels des canetons, plusieurs petits camions jaunes, puis des ouvriers portant des pioches et des pelles sur l'épaule. Ils commencèrent à creuser une grande et profonde tranchée tout le long de la rue.

Nous autres enfants passions nos journées au bord de cette tranchée et regardions les hommes qui travaillaient, l'engin qui fendait et creusait le sol dans un fracas assourdissant, les conducteurs des camions qui sortaient de leur véhicule pendant que s'effectuait le chargement et qui se parlaient en criant ou apostrophaient celui qui était aux commandes de l'engin : « On y va ? – Je m'en occupe ! – C'est parti ! » Ils passaient leur temps à se lancer ce genre de phrases.

Il leur arrivait parfois d'être arrêtés dans leur travail d'excavation parce que le sol recelait des pierres si grosses que la pelleteuse ne pouvait en venir à bout. On voyait alors débarquer des hommes outillés d'une foreuse à air comprimé et une équipe d'artificiers. Les premiers creusaient un trou dans le roc et les autres y plaçaient des bâtons de dynamite et des détonateurs. L'ensemble était recouvert de lourdes bâches lestées de vieilles chaînes d'arrimage. Les enfants étaient bien sûr évacués avant le déclenchement de l'explosion. La terre se mettait à trembler, le dispositif recouvrant les pierres était ébranlé dans un terrible fracas, et l'air s'emplissait d'une odeur d'explosif. Le soir, avec les autres enfants, on revenait explorer le champ de bataille. Il était alors possible de chiper une vingtaine de mètres de mèche bariolée. Un vrai bonheur !

Je jouais beaucoup avec deux frères qui habitaient deux immeubles plus loin. Ils s'appelaient Gummi et Lars.

Gummi, bien que l'aîné, était plutôt maigre et fin d'ossature. On le surnommait néanmoins le grand Gummi, car, des cinq garçons de notre rue qui s'appelaient également Gummi, c'était lui le plus grand. En revanche, Lars, son frère cadet, était de stature plus robuste. Le temps passant, il se mit à nous dépasser tous, bien que nous fussions du même âge. Ces deux frères étaient assez pittoresques et plutôt intéressants. Ils se montraient intraitables et inlassables dans les bagarres avec ceux des autres quartiers. Ils étaient à la fois courageux et inventifs lorsqu'il s'agissait de jeux dangereux ou de farces et devenaient extrêmement zélés lorsqu'il fallait ramener du bois pour les feux de Nouvel An. Ils prenaient l'initiative, mettant sur pied toutes sortes d'opérations de récupération et d'approvisionnement. Chaque année, ils parvenaient, comme par magie, à dénicher quelque vieux canapé au fin fond d'un débarras, si bien qu'ils devinrent sans conteste les maîtres du feu dans notre rue. Au moment solennel, la dernière nuit de l'année, c'était à eux deux, et à nul autre, qu'il revenait d'allumer le feu. Le cadet portait le récipient de combustible tandis que l'aîné maniait les allumettes.

Il arrivait que ces frères se battent entre eux. C'était avant que la rue soit goudronnée. Ils roulaient alors à terre en poussant des cris perçants dans la poussière de la chaussée. Le trafic était interrompu. Ils s'agrippaient le visage, se distendaient le coin de la bouche. Mais face aux autres, ils faisaient corps. Seuls ceux dont le courage était notoire se risquaient à les taquiner.

Il faut dire qu'ils avaient quand même un point faible : ils prononçaient les mots d'une drôle de façon.

– Tu ferais mieux te prentre l'échelle si tu feux tescentre ! m'avaient-ils crié en chœur une fois où, à la suite d'une fausse manœuvre, j'avais dégringolé d'un échafaudage, manquant de leur tomber dessus.

Il va sans dire qu'il valait mieux éviter de les chercher sur ce ridicule défaut de prononciation. Nombreux étaient les enfants de la rue, même les plus petits, qui se laissaient quand même tenter et qui lançaient aux deux frères des moqueries à propos de leur manière de s'exprimer. Mais ceux-ci avaient des explications toutes prêtes. Le cadet s'appelait Lars, ce n'était pas un nom islandais. Leur mère se prénommait Herdis et, de son nom de famille, s'appelait Ullmann, comme la célèbre actrice norvégienne. Elle était certainement à moitié norvégienne. À part cela, Herdis Ullmann, la mère de Gummi et de Lars, était une mère de famille de Reykjavik on ne peut plus ordinaire et les avis étaient partagés sur la question de savoir si elle avait déjà mis les pieds en Norvège. Quoi qu'il en soit, les deux frères réagissaient avec véhémence dès que l'un d'entre nous se moquait de leur façon de parler. Et si tu disais, par exemple, « Kummi, tu fientras chouer mercreti… », il te sautait alors dessus, te faisait tomber dans la rue, t'écrasait la cage thoracique avec son genou, t'étranglait avec son coude et te soufflait au visage :

107

– Espèce d'apruti, t'arrifes pas à te mettre tans le crâne qu'on parle comme ça parce que maman est nor-féchienne !

L'été, j'avais un camarade de jeu qui habitait la maison juste en face. Il s'appelait Svein Sigvaldi. Mais nous, on l'appelait toujours Sillivaldi. Si l'on n'était amis que durant l'été, c'était parce que Sillivaldi ne devait jamais sortir en hiver. Dès l'automne, lorsque la luminosité commençait à changer, et jusqu'à ce que s'épanouissent les pissenlits et que bourdonnent les mouches bleues au printemps suivant, Sillivaldi demeurait enfermé chez lui et regardait depuis la fenêtre du salon les autres enfants s'amuser.

Des enfants, dans notre rue, il y en avait de tous les âges. Ils jouaient dehors d'un bout à l'autre de l'année. Sauf, tout au plus, deux ou trois jours, lorsque au plus fort de l'hiver éclataient de dangereuses tempêtes, que les rues devenaient impraticables et qu'il y avait des coupures d'électricité. Mais le reste du temps, on passait l'hiver à l'extérieur à jouer comme des fous, bien au chaud dans nos parkas, nos cagoules, nos moufles et nos chaussettes de laine. À l'exception de Sillivaldi qui restait enfermé, comme le bétail, coincé à la maison pendant la plus grande partie de l'année.

Sa maison occupait une place centrale et la fenêtre du salon derrière laquelle il musardait donnait sur la rue. À l'endroit où, lorsque le temps s'y prêtait, en hiver, nous adorions construire des maisons et des remparts de neige. C'étaient des journées magnifiques. Des nuées d'enfants accouraient et s'activaient à bâtir toutes sortes d'édifices grandioses dans la neige. Les filles comme les garçons, grands et petits, étaient emmitouflés dans leurs vêtements d'hiver. Sillivaldi restait seul derrière sa fenêtre, regardant avec de grands yeux ces scènes de jeux. Il lui arrivait d'entrebâiller la fenêtre et de nous crier quelque chose, afin d'attirer notre attention sur lui, comme pour avoir la permission de participer un peu. Ça n'était pas facile. Une fois ou deux, l'un de nous a eu l'idée de jeter des boules de neige pas trop dures contre la fenêtre. Quand elles atteignaient le carreau, il faisait mine de les parer, pareil à un gardien de but au handball. Cela provoquait chez lui un tel rire que des larmes coulaient le long de ses joues. Mais le jeu s'interrompait rapidement car ses parents ne tardaient pas à surgir avec une expression de colère. Ils éloignaient le garçon de la fenêtre et tiraient les rideaux.

Cette situation avait, il va sans dire, un parfum de mystère. Les adultes épiaient, sans cesse à l'affût d'une information. L'enfant souffrait-il d'une quelconque maladie ou d'une allergie durant cette période de l'année ? La seule raison qu'il fut possible d'avancer était que ses parents craignaient qu'il n'attrape froid. Ces derniers avaient déjà un certain âge et Sillivaldi était leur fils unique. C'était là leur façon de veiller à ce qu'il n'attrape pas froid. Il arrivait parfois que l'on soit invité à entrer pour jouer avec lui, ce qui ne manquait pas d'intérêt, car il disposait de quantité de jeux, d'un Meccano et d'un autre jeu éducatif de cette époque. Mais le plaisir était de courte durée. On avait rarement l'occasion de profiter longtemps de ce superbe équipement ludique, car le fait d'avoir un contact avec l'extérieur mettait Sillivaldi dans un tel état d'énervement qu'il commençait à courir, à sauter, à se battre et à s'agiter dans tous les sens. Et ces choses lui étaient rigoureusement interdites. Sitôt qu'ils l'entendaient s'animer et crier, ses parents accouraient l'un et l'autre dans le salon obscur. Ils lui disaient qu'il ne devait pas s'énerver, qu'il allait être en nage et qu'il attraperait froid.

Mais il ne se laissait pas faire et désirait entamer une bataille de coussins ou jouer à chat. Le vieux couple faisait alors de nouveau irruption. Le père passait une main par le col de la chemise du garçon, lui palpait le dos et s'écriait : « Tu es en nage ! » Son compagnon de jeu était aussitôt reconduit à la porte. Il fallait éviter à tout prix que leur fils s'énerve et attrape froid à force d'avoir transpiré. C'est pourquoi, jusqu'à la fin de l'hiver, il devait se contenter de nous regarder jouer dans la rue depuis la fenêtre du salon. Son visage était impassible. Il était vêtu d'une chemise blanche et d'un nœud papillon, comme si toutes ses journées n'étaient qu'une fête d'anniversaire d'enfant. Avec cette particularité que Sillivaldi était seul, prisonnier dans le salon tant que durait la mauvaise saison.

Il faisait bon vivre dans cette maison…

Cinquième chapitre

Je suis écrivain…

J'ai eu envie de savoir si écrire avait été une occupation propre à mes aïeux du côté paternel, la famille Killian. Comment s'exprimaient-ils lorsqu'ils prenaient la plume ? Au terme d'investigations minutieuses, j'ai pu mettre la main sur trois articles de journaux signés de membres de ma famille. Le premier est une véritable antiquité. Il a paru dans un numéro du journal de la Société des étudiants de Reykjavik commémorant l'indépendance du pays. Il est signé de Sigfus Killian senior :

« AVEC LA MISÈRE EN HÉRITAGE »
DEBOUT, PEUPLE ISLANDAIS !

« Lorsqu'il en va de l'honneur de la patrie, l'Angleterre se lève comme un seul homme. » C'est en ces termes que s'exprime le plus brillant homme d'esprit et d'action que connaisse l'Islande, le poète Einar Benediktsson dans un poème sur les sujets de l'Empire britannique. Cela est-il également valable pour nous autres ? Non, et je pense plutôt que, lorsqu'il en va de notre patrie, nous nous conduisons tels des moutons égarés et des agneaux atteints de tremblante. Mais en aucun cas comme ces moutons bien nourris et vigilants, rassasiés par l'herbe vigoureuse des montagnes islandaises, qui laissent parler leur instinct lorsque des changements se profilent à l'horizon et qui marchent derrière leur bélier. Au cours des deux premières décennies de ce siècle, le poète Einar Benediktsson a eu l'initiative d'entreprises grandioses et d'avant-garde dont le but était de faire renaître cette nation de ses cendres. Ses cendres qui ont pour nom « auto-compassion » et « sentiment d'infériorité ». Il entend ainsi porter cette nation à la rencontre d'une nouvelle ère où les forces colossales et imposantes de la nature islandaise auront été domptées, où les machines seront utilisées pour conquérir un nouveau pays, pour transformer des déserts caillouteux en vergers. C'est dans cette intention qu'il a fondé des compagnies en association avec de riches étrangers, prêt à engager cette nouvelle colonisation de notre île, la plus profonde : la colonisation des temps modernes. Mais entend qui le veut bien, et le peuple fait la sourde oreille ! Ne laissons pas tous ces moins-que-rien faire obstacle à nos héros à coups de querelles juridiques et de réglementations. Les débats menés à l'Assemblée sur ces questions viennent corroborer de manière éloquente les paroles millénaires d'Olaf le Paon dans la célèbre *Saga des gens du Val-aux-Saumons* : « Il me semble que la sagesse des fous est d'autant moins utile qu'elle est exprimée par le plus grand nombre. » Jetons tous ces velléitaires au rebut des temps difficiles, là où ils doivent être, avec la variole, la peste noire et la grande famine de 1785. Écoutons Einar Benediktsson. Soutenons-le. Acclamons-le !

Sigfus Killian
Faculté des lettres

Les deux autres articles sont signés du membre le plus inattendu de la famille : mon oncle paternel Sigfus junior, le prince de la récupe. L'un et l'autre ont été écrits au cours des vingt-cinq dernières années et ont

paru dans le courrier des lecteurs du quotidien *Morgunbladid*. Voici le premier :

DE SIGFUS KARL KILLIAN

Un homme de ma connaissance, handicapé, a attiré
l'autre jour mon attention sur une question qu'il convient
de méditer. On donne en ce moment une pièce de
théâtre sur les Esquimaux, jouée par des acteurs islandais, actuellement en tournée à l'étranger, où elle pro-
voque, si l'on en croit les journaux, un grand intérêt.
On y voit des Groenlandais en train de s'amuser, de travailler, de chasser, de construire un igloo et encore
d'autres choses de ce genre. Les comédiens sont en
cette occasion revêtus d'un accoutrement de circonstance, c'est-à-dire qu'ils portent des sortes d'anoraks.
Ne serait-il pas possible, demandait cet homme de ma
connaissance, que l'attention que suscite cette pièce
auprès de peuples lointains soit due, au moins en
grande partie, au fait que ceux-ci s'imaginent que les
acteurs jouent leur propre rôle ? Pourquoi alors tous ces
millions que nous autres Islandais avons dilapidés en
publicité touristique, alors qu'une simple pièce de théâtre,
qui plus est subventionnée par des fonds publics, par-
vient à faire croire à des populations entières que de
vrais Esquimaux et des Groenlandais vivent ici, dans
des igloos ? J'aimerais qu'on me le dise.

Lorsque l'on feuillette les vieux journaux, et particulièrement ceux datant de la première décennie de
l'après-guerre, on y trouve diverses chroniques et articles
consacrés à Vilhjalm Edvard Killian. Il y est question
de ses exploits sportifs, de son record d'Islande du saut
en longueur, de son titre de champion de Scandinavie
de décathlon. On y trouve également un compte rendu
détaillé de l'aventure qui l'avait entraîné, en compagnie

de quelques autres casse-cou, dans l'ascension de l'Eldey où tous avaient bien failli se tuer. Un autre événement eut encore un grand retentissement : une université anglaise lui offrit une place ainsi que la prise en charge de ses études de sciences économiques s'il endossait ses couleurs lors des compétitions sportives. Dans les vieux hebdomadaires, on peut tomber sur des photos de son mariage avec Frida, qui fut sacrée reine de beauté. On pourrait citer bien d'autres exemples de la notoriété de Vilhjalm Edvard, mais on ne trouve pas le moindre mot qui ait été écrit de sa plume.

Seul Sigfus, le prince de la récupe, fit usage de son stylo. Son second article vit le jour dix ans à peine après. celui consacré à la pièce groenlandaise :

Un homme de ma connaissance, handicapé, discutait l'autre jour avec moi, et attira mon attention sur une question digne d'intérêt. Il avait été invité, en compagnie de plusieurs autres handicapés, à venir écouter un concert de musique classique – jusqu'ici rien à redire. Le concert allait bientôt débuter et les musiciens, qui n'étaient pas moins de soixante, prirent place sur la scène. Or cet homme de ma connaissance, en tant qu'ancien garagiste, possède un sens profond du travail efficace et sait fort bien qu'il n'est pas souhaitable d'être trop nombreux à bricoler sur le même ouvrage, au risque de tout cochonner, quand seuls quelques-uns feraient l'affaire. Il n'est pas toujours vrai que « plus on est nombreux, plus le travail est facile ». En réalité, bien que les musiciens fussent en grand nombre sur la scène, seule une petite partie d'entre eux jouaient au même moment. La plupart du temps, les autres n'avaient rien à faire et on avait l'impression que ces pauvres diables s'ennuyaient à mourir, ce qui n'est pas surprenant. Donc, ne pourrait-on pas engager des gens qui savent jouer de plusieurs instruments ? On aurait alors quelqu'un qui jouerait de la trompette lorsqu'il ne serait pas occupé avec les percussions, et réciproquement. Et ainsi de suite… Par ce moyen, la dépense de sommes considérables serait évitée aux contribuables. Tout cela est à méditer.

Très respectueusement,

Sigfus K. Killian
Commerçant en pièces détachées.

* * *

Sigfus Killian junior ne fit pas du tout d'études mais il ne se trouva jamais dans le besoin, grâce à son habileté et à son sens pratique. Et à un brin de filouterie. Il mit de côté, fit fructifier, épargna, usa ses vêtements jusqu'à la corde, ne gâcha pas une miette de nourriture et prit le parti de ne pas boire. Le seul luxe qu'il s'autorisait était son tabac à pipe. Mais uniquement du tabac bon marché, qu'il fumait toujours dans la même pipe brûlée et recourbée. Il sut faire son chemin et reprit l'entreprise familiale, le commerce de pièces détachées d'occasion. Il investit et prit l'ascendant sur ses frères et sœurs, même sur ceux qui estimaient être d'une grande intelligence. Il acheta du matériel, fit des bénéfices et embaucha. Il finit par devenir très riche. Mais il était fermement décidé à ce que cela ne lui monte pas à la tête. Car c'était en trimant et en comptant qu'il était devenu riche, et il savait parfaitement qu'il serait de nouveau sans le sou s'il se relâchait et se mettait à tout dépenser. Il avait pu voir ce qu'il advenait de ceux qui procédaient autrement, ces blancs-becs et ces patrons enrichis qu'il n'avait de cesse de critiquer. Des types qui ne s'étaient jamais trempé les mains dans l'eau froide, pour employer l'une des expressions favorites de Sigfus Killian qui revenaient constamment dans ses éternelles discussions sur la société. On le trouvait assis, vêtu de sa vieille veste molletonnée, en train de mâchouiller sa pipe brûlée, toujours la même, tirant des bouffées et s'exprimant sur un ton moralisateur : « Aujourd'hui, personne ne respecte plus rien, avait-il coutume de dire. Dans ce pays, tout fiche le camp dans un effroyable bordel ! » Puis il secouait la tête : gaspillages en tout genre et voitures de ministre pour ces soi-disant hommes politiques, comme il les appelait, ces soi-disant parlementaires, continuait-il à court de mots pour désigner de telles aberrations. Il était également capable de parler du matin au soir de ces gens qui restent les fesses collées sur leur chaise et qui ont des revendications : « Tant que ces gens-là continueront à se pavaner, on ne risque pas de voir les affaires des Islandais s'arranger. Et la morale du travail, disait-il… C'est comme toute cette racaille que j'embauche. Ce n'est pas du personnel. Ils sont juste abonnés à leur salaire. » Car c'était quand même lui que l'on croisait le premier, le matin, et qui trimait toute la journée, se battait au téléphone, se coltinait tout le boulot, allait livrer, déchargeait les voitures, se crevait à faire toutes les réparations. Crasseux de la tête aux pieds, lui, le patron. Et on ne pouvait même pas dire qu'à côté il menait une existence luxueuse. Sur le parking, c'était toujours sa voiture qui était la plus vieille, la plus moche. Et lui, revêtu de sa vieille veste molletonnée, d'une chemise de flanelle à carreaux retenue au col par une épingle. Mal rasé, les cheveux en bataille. Les yeux rougis par le manque de sommeil. Quant au bureau du patron, il se résumait à une table fatiguée, un vieux téléphone noir bardé de chatterton. Le sol était recouvert de lino usé. Une chaise qui craquait et un divan. C'était sur ce divan, un lit de camp qui datait de la guerre, qu'étaient invités à s'asseoir tous ceux qui venaient le trouver, quel que soit leur rang. Même les directeurs de banque ou les financiers devaient s'en accommoder. Ils s'effondraient lourdement sur le divan, dans l'atmosphère étouffante de ce bureau. Et il était impensable de se voir offrir quelque chose à boire. Tout au plus un café. Il n'y avait dans la pièce ni bar ni bac à glaçons. Uniquement du café. Lorsqu'il s'agissait de grosses affaires, il était possible de passer un court instant dans une petite pièce et de prendre place sur un tabouret, devant une table de cuisine grise aux pattes métalliques, maculée de ronds de café et de brûlures de cigarettes. On avalait alors un café lavasse, servi dans des chopes dépareillées et sans anses.

Sauf en cette journée glaciale de janvier où Bardur Killian fit irruption, l'air décidé, dans l'entrepôt de pièces détachées de son frère Sigfus junior. Les carcasses de voitures étaient entassées derrière la clôture, entre les flaques de boue saturées d'huile. Bardur Killian était vêtu d'un pardessus de clochard. Mais il portait un chapeau digne d'un homme de bonne condition sociale. Un chapeau noir au bord rabattu sur le visage qui lui donnait l'air d'un tueur à gages sorti d'un film américain. Bardur déambulait ainsi dans cet accoutrement à travers l'atelier et il demanda à un employé où se trouvait le patron. Ce dernier, qui était en train de démonter le moteur d'une vieille Volkswagen, répondit que le boss venait de partir à l'instant.

À cette époque, Sigfus avait fait l'acquisition de dépanneuses. Des véhicules rouges, pourvus d'un treuil sur la plate-forme, qui permettaient de ramener encore plus de voitures endommagées et de vieilles carcasses jusqu'à ce quartier général qu'était l'entrepôt de pièces détachées. De même, il venait d'agrandir son terrain qu'il avait entouré d'une solide clôture surmontée de fil barbelé. On se serait cru à la frontière d'une république soviétique et nul n'aurait été surpris de voir surgir un homme en uniforme de douanier, le visage impassible, tenant en laisse un berger allemand et braquant sa torche électrique. Cela ne faisait pas non plus longtemps que Sigfus avait étendu son activité à la fabrication de pots et de tuyaux d'échappement. Il avait à cet effet construit un nouveau hangar sur le terrain. Bardur jeta un coup d'œil au-dedans. Il vit deux jeunes gens en train de travailler à la soudeuse. Lorsqu'ils aperçurent Bardur qui se tenait à la porte, ils relevèrent leur masque, découvrant un visage sérieux, et lui demandèrent ce qu'il y avait pour son service. Bardur ôta son chapeau et se frotta le visage en grimaçant. Il devint pensif et regarda la machine. Il demanda si ce type de chalumeau supportait l'humidité, s'il n'était pas encombrant lorsqu'on avait à le transporter. Les deux garçons avaient alors pris un air sévère, forts de leur expérience et de leur savoir-faire. Ils dirent que c'était là un énorme appareil, que les bouteilles de gaz pesaient un poids incroyable. Puis ils rabattirent leur masque et reprirent leur délicate besogne.

Lorsque Bardur pénétra dans le bureau de son patron de frère, celui-ci n'était toujours pas de retour, mais deux hommes attendaient. Le premier était assis sur le divan datant de la guerre, tandis que l'autre faisait les cent pas, l'air nerveux, répétant sans cesse : « Il me la faut absolument, cette bobine d'induction. » Puis il se frappait la paume du poing et disait à nouveau : « Il me la faut ! » Bardur murmura quelque chose qui ressemblait à un salut, releva le bord de son chapeau et s'assit à l'extrémité du bureau. Il lança un coup d'œil au type qui était installé sur le divan et tous deux regardèrent, avec un sourire ironique, celui qui cherchait une bobine d'induction et qui faisait les cent pas.

Mais l'atmosphère tranquille de cette scène ne dura pas. Du dehors parvenaient maintenant des cris épouvantables. C'était le patron en personne, Sigfus Killian junior, que l'on entendait hurler après ses employés. Il leur donnait l'ordre de venir. La porte s'ouvrit brusquement. Meubles bousculés. Vacarme assourdissant. Apparaît alors Sigfus à l'entrée de son bureau de directeur où il est attendu. Son visage est luisant d'huile. Il grimace, très agité. Il est vêtu de sa vieille veste molletonnée. Il fait de grands gestes, balançant les bras comme si la maison avait pris feu et que tous devaient se sauver. Il fait entrer ses visiteurs dans la pièce à café et leur propose de se restaurer. Les trois hommes, qui connaissent bien Sigfus Killian, sont un peu étonnés devant tant d'égards, surtout lorsque ce dernier leur offre des gâteaux. Des gâteaux de Noël, tout blancs, bien garnis de raisins secs. Deux ou trois pièces posées sur la table. D'autres à portée. Et Sigfus soudain particulièrement enjoué. Il est hors de question de parler affaires avant que ses hôtes n'aient été gavés de gâteaux de Noël. Au moins trois ou quatre tranches chacun, proposées avec insistance par le maître de maison qui demande :

– Alors, est-ce qu'ils sont bons, ces gâteaux ?

– Oui, répondent les visiteurs la bouche pleine, oui oui.

– Allez, reprenez-en ! leur dit-il en recoupant lui-même des tranches qu'il place dans leurs assiettes, ne tenant aucun compte de leurs protestations. Ils sont délicieux, ces gâteaux, pas vrai ?

Les autres approuvent d'un signe de tête. Et le patron de l'entreprise de pièces détachées en fait de plus en plus :

– Un problème, avec ces gâteaux ? interroge-t-il. Est-ce que ce ne sont pas des gâteaux de Noël de premier choix ? Un problème ?

– Non, répondent les visiteurs qui ont toujours la bouche pleine, imaginant que c'est peut-être lui qui les a faits et affirmant en conséquence qu'ils sont excellents.

Sigfus Killian se redresse alors, prenant un air triomphant. Il vient enfin d'apporter la confirmation d'une thèse qu'il soutient depuis toujours sur cet incroyable gaspillage dans la société, sur tout qui fiche le camp.

– Et vous savez quoi ? demande-t-il. Eh bien ce matin, là-bas, près des poubelles, j'ai trouvé un sac rempli de ces gâteaux de Noël. C'est l'épicier d'à côté qui a fichu en l'air toutes ces délicieuses pâtisseries !

Les affaires avec les deux hommes qui avaient attendu dans le bureau furent expédiées avec la plus grande rapidité, et même un peu sèchement, lorsque l'orgie de gâteaux de Noël eut pris fin. Il ne resta plus que les deux frères dans le bureau. Bardur, avec son manteau de clochard et son chapeau noir, et Sigfus Killian junior, le patron des pièces détachées. Ce dernier était encore sous l'effet d'une certaine exaltation mêlée de fureur, due à l'épisode des gâteaux de Noël. Mais il était également satisfait, autant qu'on peut l'être lorsque l'on voit triompher ses idées. Quand il était dans cette disposition d'esprit, il avait, plus que jamais, conscience de l'importance que représentait le fait d'être propriétaire des lieux, de son entrepôt et de son stock. Et cela, sans avoir contracté la moindre dette. Pour lui, il en allait de l'honneur et de la raison d'être de tout honnête homme. Mais la visite de son frère lui inspirait de la méfiance, car Bardur ne se contentait pas des difficultés qu'il rencontrait dans ses propres affaires, ni de bâtir en permanence des châteaux qui s'effondraient par la suite avec fracas. Non, il lui fallait toujours entraîner des gens irréprochables et peu enclins à l'aventure dans toutes sortes d'opérations spéculatives, des plans infaillibles pour empocher un maximum d'argent qui se terminaient inexorablement par la faillite, des lettres de créance et des avocats. La visite de Bardur le rendait donc nerveux. Sigfus jetait sans cesse des regards furtifs par la fenêtre, comme s'il s'attendait à ce que des nouvelles arrivent dans cette direction. Puis il demanda sans détour :

– Alors, qu'est-ce qui t'amène, mon vieux ?

Bardur eut un sourire sarcastique. Il parcourut des yeux ce qui l'entourait et alluma une cigarette. C'était quand même incroyable ! On n'avait pas le droit de passer dire un petit bonjour à ses proches, de prendre un café avec quelques gâteaux de Noël, sans être interrogé sur ses intentions ! Dans quel monde vivons-nous !

– Ah, ne me parle pas du monde où nous vivons, mon vieux, j'en connais un bout là-dessus. Et sur ce qu'il en est de nous autres Islandais, répondit Sigfus avec une expression maussade en jetant un coup d'œil sur sa montre barbouillée de cambouis. Puis il ajouta : Et je connais aussi mes proches !

– Je vois que la compagnie des pièces détachées, ça rend philosophe. Il y a un bout de temps déjà que je m'en étais aperçu. Tu finiras peut-être par être aussi intelligent que Julli l'enjoliveur.

– Eh bien, ne te fiche pas de Julli l'enjoliveur, répondit Sigfus, prenant la défense de son collègue. Lui, au moins, il a réussi dans la vie. Il y en a qui pourraient prendre modèle sur cet homme ! Tu sais, mon vieux Bardur, je suis très occupé en ce moment et j'ai du travail qui m'attend. Je ne doute pas que tu sois venu me voir pour me montrer la manière dont tu es habillé. Qu'est-ce encore que cette lubie ? Tu as vu ton pardessus ? Sans parler de ton chapeau de gangster. Tu es un vrai poète ! Bon Dieu ! Tu ne tarderas pas à aller te promener du côté de Lækjartorg, comme Kjarval ! Oui, ça, ce serait le bouquet ! Ça ne pourrait que favoriser les possibilités de prêts pour l'entreprise !

– Quoi ! Mais tu n'empruntes jamais.

– C'est vrai. Je n'emprunte jamais. C'est bien observé de ta part. Regarde autour de toi et demande-toi s'il ne serait pas judicieux que d'autres suivent cet exemple. Il n'y a rien de plus facile que d'emprunter, mais arrive un jour où on doit…

Bardur ne doutait pas d'avoir déjà entendu ce discours et connaissait ce qui à coup sûr allait venir ensuite. Il coupa donc la parole à son frère et en vint au but de sa visite. Cette fois, il ne s'agissait pas de broutilles. Mais bien d'une idée, encore toute chaude, sur la façon dont on allait pouvoir gagner un argent considérable, en fournissant un minimum d'efforts. Des millions à gagner d'un seul coup. L'idée de génie.

– Tu as sans doute entendu parler du bateau allemand qui s'est échoué au large de l'Isafjord, dans l'ouest du pays, dit-il. Tu te souviens, le *Fortuna*. En provenance de Bremerhaven.

Sigfus écarquilla ses yeux rougis et suspendit le geste par lequel il allait ranimer sa pipe, une allumette à la main. Sa surprise était si grande qu'il faillit laisser la flamme lui brûler les doigts. Il lança un regard étonné à son frère et demanda :

– En quoi cela nous concerne-t-il ?

Et Bardur dévoila sa fameuse idée de génie. L'une des plus grandes qu'il lui ait été donné d'avoir à ce jour. Il parla lentement, articulant les mots comme s'il était inutile de les prononcer, tant la chose était simple et allait de soi. En fait, tout le monde était au courant. C'est de cette manière que Bardur s'exprimait lorsqu'il abordait des questions importantes : il donnait l'impression de retenir un bâillement. En l'occurrence, c'est de ce bateau qu'il s'agissait.

Le *Fortuna* était un grand navire de transport, de conception récente, qui faisait route vers l'Islande afin d'y chercher une quelconque cargaison. Mais il a été dévié de sa route et s'est retrouvé au large de l'Isafjord. Il est passé sur des bas-fonds et s'est encastré sur un gros récif qui a déchiré la coque du navire et qui se dresse maintenant comme une montagne dans ses cales vides. L'événement eut lieu pendant les fêtes de Noël, et les conditions météorologiques empiraient. On savait qu'à la moindre tempête ce bateau serait mis en pièces en quelques jours par les brisants. Une équipe d'experts en sauvetage maritime arriva de l'étranger et se rendit sur place avec la garde côtière et de puissants remorqueurs. Un câble fut fixé au bateau échoué dans l'intention de le tracter vers la haute mer. Mais ce procédé ne donna aucun résultat. Après plusieurs jours de tentatives infructueuses et deux nuits de tempête, le bateau commença de se fendre par le milieu. Tout effort pour le faire bouger n'aboutissait qu'à élargir l'entaille de sa coque, le récif agissant comme un gigantesque ouvre-boîte. Les meilleurs experts en sauvetage de l'océan Atlantique ont dû abandonner et plier bagage. Et le *Fortuna* fut condamné à se perdre au milieu des récifs.

– Ah oui ? dit Sigfus. C'est vrai, on a entendu cette histoire aux informations à la radio. Mais je ne saisis pas ce que nous, on a à voir là-dedans.

– Nous, là-dedans ? reprit Bardur qui s'installa sur le divan en rabattant les pans de son manteau et en abaissant son chapeau sur les yeux. Puis il étendit les jambes sur le bureau de directeur de son frère, bâilla avec indolence et dit : Si, cette histoire nous concerne parce que j'ai acheté ce rafiot.

Sigfus Killian s'étrangla avec la fumée de sa pipe. Il fut sur le point de dire qu'il ne croyait pas un mot de cette histoire, mais se ravisa. En fait, il n'avait aucune raison de douter que son frère, fou comme il l'était, ait dit vrai. Pendant quelques instants, il se contenta de tirer sur sa pipe avec une énergie n'ayant d'égal que l'effort de quelqu'un reprenant son souffle après être resté trop longtemps sous l'eau. Son front transpirait à présent davantage et il extirpa de la poche de son pantalon un chiffon maculé de taches noires avec lequel il s'épongea le visage. Il demanda alors, un léger tremblement dans la voix :

– Où est-ce que tu as trouvé l'argent ?

– J'ai revendu l'Opel.

– L'Opel ? Cette vieille épave de fourgonnette ? Tu n'as pas dû en tirer grand-chose.

– Non, c'est vrai. J'ai acheté ce bateau pour une bouchée de pain. À ce prix-là, c'était bradé !

– Et tu ne comprends pas que si tu as pu avoir ce rafiot pour presque rien, c'est qu'il ne vaut pas un clou ! Tu es vraiment complètement dingue ! Et de quelle façon tu envisages de me mêler à cette histoire ?

– J'ai besoin d'argent et d'appareils pour remettre ce bateau à flot.

Sigfus se barbouilla le visage de graisse avec son chiffon taché de cambouis. Sa face noircie lui donnait l'apparence d'un démon tout droit sorti d'un mystère médiéval. Il tétait sa pipe comme un forcené, produisant un ronflement sourd, et semblait préparer un long discours. Mais, comme s'il y avait soudain renoncé, il se laissa tomber lourdement dans son fauteuil de directeur et, penché sur son bureau :

– Tout ça, c'est une folie pure. Tout ça, c'est une folie pure.

Il demeura inébranlable, n'essaya même pas de discuter et d'argumenter. Il demanda seulement à son frère de lui épargner ce genre de divagations et de s'en aller. Il n'était pas d'humeur à écouter des inepties pareilles. Il ne voulait surtout pas porter sur ses épaules ce fardeau d'avoir seulement connaissance d'un projet aussi fou. Bardur ressentit une irrépressible envie de se moquer de son frère, de le traiter de pauvre type et de minus, car il savait à quel point Sigfus, le prince de la récupe, avait du mal à supporter les reproches. Il brûlait également de lui demander où il avait appris à dire « porter un fardeau sur ses épaules ». Mais il comprit que cela serait parfaitement inutile.

– Traite-moi de pauvre type si tu veux, frérot, dit Sigfus Killian, mais ne me demande pas de prendre part à cette aventure aussi stupide que vouée à l'échec.

Bardur se leva. Debout dans son pardessus de clochard, il ajusta son chapeau et se dirigea vers la porte. Avant de quitter la pièce, il se retourna brusquement et, pointant son index, tel un revolver, en direction de son frère, il bredouilla hâtivement :

– Prête-moi au moins ton appareil à souder.

Mais, comme s'il s'était attendu à une telle demande, Sigfus avait, avant même que Bardur ait pu achever sa requête, déjà répondu :

– Non, non et non !

Bardur quitta donc le bureau et referma la porte, une expression de mépris sur le visage. Le son de ses pas sur le parquet résonna jusqu'aux oreilles de Sigfus.

À cet instant, Bardur se prit sans doute à espérer que son frère, plein de remords, allait se précipiter à sa poursuite. Il connaissait bien ses proches. Dans une certaine mesure, son vœu se réalisa. Lorsqu'il eut atteint le portail, son frère le rappela en lui faisant signe :

– Écoute voir un peu !

Lorsque Bardur fut sur le seuil, Sigfus lui tendit une vieille paire de cuissardes noires qu'il était allé chercher en toute hâte dans un bric-à-brac de vieilleries qui se trouvait dans l'entrepôt de pièces mécaniques.

– Tiens, tu pourrais bien avoir besoin de ces bottes dans cette pataugeoire.

Bardur saisit les cuissardes et les regarda fixement, sans dire un mot. Elles étaient lourdes. Sigfus vit l'expression de perplexité sur son visage et dit, en guise d'explication :

– Il ne m'est pas possible de te laisser repartir les mains vides.

Les deux frères se quittèrent ensuite sans un mot. Sigfus retourna à ses ferrailles, tandis que Bardur s'éloignait dans son pardessus taché. Il remonta la route, coiffé de son chapeau noir et les pieds équipés de chaussures vernies noires, tel un danseur. Les volumineuses cuissardes dont Sigfus lui avait fait cadeau pendaient à sa main gauche.

Sixième chapitre

Lorsque Vilhjalm Edvard, au terme d'une brillante carrière à la banque Hambros, à Londres, revint vivre dans son pays natal, il s'était déjà fait construire une villa à Arnarnes. À cette époque, l'endroit était en passe de devenir l'un des quartiers les plus prisés de la capitale. C'est sur cet élégant promontoire situé au sud de Reykjavik que les familles récemment enrichies se faisaient bâtir des demeures colossales, des masses de béton quadrangulaires empreintes de fonctionnalisme architectural : de robustes piliers et poutres entre lesquels s'étendaient, en guise de murs, des baies vitrées à double épaisseur. Le fin du fin était d'habiter au bord de l'eau, à même le rivage. Il était éventuellement possible de s'aménager un ponton d'accostage, entre les rochers couverts de goémon et battus par les vagues lorsque soufflait le vent d'ouest. Parmi les habitants de cet endroit, on comptait des commerçants en gros, des dentistes, des avocats, des hommes politiques, des directeurs de banque. Et Vilhjalm Edvard.

À plusieurs reprises, il était revenu en Islande afin de surveiller les travaux. Pour choisir les portes, les revêtements de sol, l'aménagement de la maison, les peintures et le mobilier. Pour prendre toutes sortes de décisions. Mais c'était là un secret connu du seul chef de famille. Sa femme et ses enfants devaient en savoir le moins possible sur ce qui constituerait une surprise, qu'il révélerait soudain, tel un cadeau de Noël. « Regardez ce que papa a acheté ! » Puis arriva le jour J. Toute la famille rentra au pays à bord d'un Skymaster. La grosse et belle voiture dont il avait fait l'acquisition les attendait. Tous pouvaient y prendre place. Vilhjalm Edvard et Frida, la reine de beauté, ainsi que leurs quatre enfants, qui étaient tous élégants, mignons et proprets. La voiture prit le chemin du palais qu'il avait fait construire, aménagé et meublé. Arrivé au seuil de la porte d'entrée, Vilhjalm remit à son épouse Frida, en présence de quelques journalistes et photographes, un petit écrin. Celle-ci l'ouvrit, aussi émue que guindée dans sa robe rouge et ses escarpins à hauts talons assortis, ses cheveux blonds arrangés en chignon. À l'intérieur de l'écrin, sur un coussinet de velours, se trouvait une clef d'or qui étincelait. La clef de la maison. C'est par ce geste que Vilhjalm Edvard confia à sa femme responsabilité et autorité sur le foyer qu'il lui offrait. Et lorsque Frida introduisit la clef dans la serrure, éclata une averse de flashes. Tout cela parut dans le journal *Visir* et le magazine *Falkinn* : LA DAME ET SA CLEF D'OR. LA REINE REÇOIT LES CLEFS DU PALAIS.

Ils étaient traités comme des vedettes de cinéma.

De véritables mythes, des héros dignes des films hollywoodiens dans un pays où l'on n'avait jamais tourné le moindre film. Et où, par conséquent, on manquait de stars. Mais on avait des reines de beauté et des champions sportifs : justement ce qu'était le couple Vilhjalm Edvard et Frida, qui plus est jeune, riche et célèbre. Leur présence était fort prisée dans les réceptions de la bonne société et, comme c'est le cas pour cette sorte de gens, ils faisaient l'objet de rumeurs et de légendes.

Elle avait été élue et couronnée reine de beauté d'Islande au Jardin d'hiver et, même à Long Beach, aux États-Unis, elle avait suscité l'enthousiasme et l'admiration de tous, parvenant en finale. Quant à Vilhjalm, il avait été champion de Scandinavie de décathlon, et quatre fois champion d'Islande. Il avait remporté une médaille de bronze aux championnats d'Europe et était l'un des plus grands sportifs islandais de tous les temps.

Tous deux avaient quelque chose de princier.

L'annonce de leur retour en Islande ne fut pas un événement moins considérable pour la famille. Un grand moment, un point culminant dans la vaste parenté de Vilhjalm Edvard. Tous ses frères et sœurs s'enthousiasmèrent à cette nouvelle. À l'occasion de l'une des premières réceptions organisées dans leur nouvelle villa, Vilhjalm Edvard invita toute la famille, la sienne et celle de sa femme, accompagnée de la nuée de leurs enfants. Jamais par le passé, lors des fêtes précédentes, autant de membres de cette famille n'avaient été réunis. Tous ou presque répondirent à l'appel. Même les parents de Vilhjalm, Sigfus senior et Solveig. Ils vinrent, l'un comme l'autre, bien que cela fît des années qu'en aucune circonstance ils n'acceptaient de se retrouver sous le même toit. Et ce depuis que les enfants avaient été assez âgés pour ne plus avoir d'obligation à vivre ensemble.

La plupart des convives étaient de condition plutôt modeste. Tel était du moins le cas des frères de Frida, d'une bonne partie de la fratrie de Vilhjalm et des parents du couple. Même si, sur ses vieux jours, l'aïeule Solveig s'était mise à évoquer ses origines aristocratiques. Elle se nommait à présent Solveig de Laufskalir. Elle était la seule, en cette journée, à ne pas manifester d'étonnement et d'admiration à la vue de cette magnifique demeure. Elle jeta autour d'elle quelques regards blasés et finit par s'asseoir sans prêter plus d'attention à la splendeur des lieux. Tout cela semblait n'être pour elle que du quotidien. Mais, en d'autres circonstances, elle avait pris l'habitude, et cela s'accentuait au fil des années, de faire l'éloge de tout ce qu'elle contemplait, de paraître stupéfaite, de penser n'avoir jamais rien vu d'aussi beau dès qu'elle voyait les choses pour la première fois, lors des visites qu'elle faisait aux uns et aux autres. Elle était particulièrement douée pour afficher une admiration d'autant plus grande que le mobilier était misérable. À l'égard de ce qui témoignait de la pauvreté et d'une vie difficile, du mauvais goût et d'une absence totale de caractère, elle ne tarissait pas d'éloges et de compliments. Mais aujourd'hui, lors de la réception d'inauguration donnée par son fils Vilhjalm, elle ne remarquait pas la moindre chose qui valût la peine d'en parler.

Le psychiatre Fridrik fut le premier de la fratrie à se présenter à la fête. Jamais il n'avait vu de si belle demeure en Islande. Il arriva dans la longue et noire voiture allemande. C'était sa femme qui conduisait, Ethel, qui, cela faisait maintenant des années, était venue s'installer dans ce pays, mais ne parlait pas un mot d'islandais. Elle était vêtue tout de noir, gantée de noir, sa chevelure assortie, et affichait une expression d'intense affliction. On aurait dit qu'elle se rendait à ses propres funérailles. Et pourtant, elle était si belle, si élégante, que même Frida, la reine de beauté, en resta confondue.

Parvenue au seuil de la maison, Ethel tendit sa main gantée, le geste posé, et salua en allemand à mi-voix. Elle entra accompagnée de son époux Fridrik. Lui avait les cheveux ébouriffés et les oreilles rouges, et, comme à son habitude, il semblait nerveux. Il ne salua qu'une partie des enfants, et à deux reprises, mais ignora les autres. Puis il se retourna brusquement, le visage enflammé, comme s'il appréhendait une attaque par l'arrière. Mais il n'y avait personne d'autre que sa femme allemande, pâle et délicate. Elle tenait contre son visage un mouchoir et donna soudain l'impression d'être enrhumée. Un peu plus tard, Fridrik devait expliquer que sitôt qu'elle était entrée dans la maison, elle avait fait une réaction allergique à cause des tapis ou bien à cause de la forte odeur de vernis qui émanait du parquet, des portes, des lambris ou des cadres de fenêtres. Les yeux d'Ethel avaient gonflé et Fridrik avait dû la soutenir afin de la faire sortir. Lui-même avait l'air absent et déboussolé. Cela se passait seulement une demi-heure après le début des festivités.

Le second arrivant fut le père de famille en personne, Sigfus Killian senior. Il vint au volant d'une vieille jeep entièrement maculée de boue, cabossée et bariolée. Attenant à la grande et neuve maison d'Arnarnes, il y avait un double garage. C'est à cet endroit que Sigfus choisit de garer sa jeep. Il la rangea en travers des deux portes, parvenant d'une manière remarquable à bloquer tout l'espace avec son gros véhicule qui datait de la guerre. Puis le vieil homme entra dans la maison d'un pas militaire. Son attitude et la confiance qu'il affectait s'accordaient parfaitement avec la splendeur des lieux. Peut-être s'imaginait-il être un colonel se rendant à un conseil de guerre. Il ne lui manquait qu'une cravache ou une baguette. Mais il n'avait rien de tel. Ce ne fut que plus tard, après son accident, qu'il se procura un bâton de marche au bout ferré et d'un poids épouvantable. Le père et le fils se saluèrent sur le pas de la porte. Sigfus senior se tenait si droit, maigre comme il était, ou plutôt il se rengorgeait tellement qu'on avait l'impression que son dos allait se briser. Il tendit la main et lança à son fils un regard grave et perçant. Vilhjalm le dépassait presque d'une tête. Il était lui aussi assez élancé et avait belle apparence. Il avait pris un peu d'estomac. Son ventre tendait sa ceinture et sa chemise blanche. Il avait également un double menton qui débordait de son col serré et jetait une ombre sur son nœud papillon.

– Bonjour ! Sois le bienvenu au pays !

– Bonjour papa. Content que tu aies pu venir.

Puis, avec une aisance mondaine, Vilhjalm saisit son père par les épaules et l'entraîna à l'intérieur. Une lueur brilla dans les yeux de Sigfus lorsqu'il regarda autour de lui. Mais il ne sourit pas. Il prit une expression orgueilleuse et satisfaite, se tint encore plus droit et regarda en plissant les paupières, tel un général passant en revue ses troupes en armes, ceux qui étaient déjà là.

Arriva ensuite Lara avec son mari, le révérend Sigvaldi, et leur fils Aslak. Lara présentait tous les signes du manque de sommeil. Son visage avait vieilli et s'était ridé. Elle ne pouvait réprimer une profonde expression d'angoisse, bien qu'elle ait tout fait pour la dissimuler, qu'elle se soit généreusement maquillée, qu'elle ait appliqué autour de ses yeux du fard noir et bleu. Il y avait longtemps qu'elle avait cessé d'incarner cette énergie vitale qui l'avait caractérisée dans son enfance et son adolescence. Cette qualité avait été remplacée par un ton doux et une attitude aimable qu'elle adoptait à l'égard de chacun : « Très cheeer, disait-elle à tous. Oh, comme c'est meeerveilleux ! »

Puis il y avait le révérend Sigvaldi, avec son allure digne, son sourire doucereux qui laissait entrevoir, sur le côté, une dent en or. Il était de petite taille, de même l'était sa tête. Ses bras et ses jambes étaient maigres, mais son buste, qui s'arrondissait de plus en plus, venait contrebalancer cette maigreur. Il ôta son chapeau tyrolien lorsqu'il salua d'une voix fluette. Puis il retira ses épaisses lunettes d'écaille rondes pour les essuyer avec un mouchoir qu'il sortit de la poche de son veston. Son sourire s'intensifia. Sans lunettes, son visage ne forma plus qu'un rictus horizontal, une étroite grimace qui s'estompa sitôt qu'il les replaça. Il lança un regard circulaire, aperçut la splendeur qui l'environnait et se racla la gorge avec satisfaction.

Physiquement, leur fils Aslak tenait de sa mère. En tout cas, il ne ressemblait pas du tout au révérend Sigvaldi. Il était plutôt baraqué et d'allure sportive. Pas particulièrement grand, mais bien planté sur ses jambes, il avait des mouvements souples. C'était un garçon beau et doux et, quoique insignifiant, objet d'admiration et d'amour de la part des femmes. Et cela s'amplifiait avec l'âge. De tous, c'était lui le plus lié à Vilhjalm Edvard et à sa famille. À deux reprises, il avait eu l'occasion de leur rendre visite quand ils vivaient à l'étranger. Dans la nouvelle villa, il devint vite une sorte de familier. Pour Laki, son oncle maternel représentait tout et constituait sa principale référence dans l'existence. À l'instant où il ouvrait les yeux le matin, il ne tarissait pas sur son oncle Vilhjalm, sa famille, ses voitures, ses maisons, ses médailles, son argent et ses opinions. Il parlait de son oncle à l'école, faisait son portrait en cours de dessin, et lorsqu'il composait des rédactions ayant pour thème ses voyages mémorables et ses vacances d'été inoubliables, il n'y en avait que pour Vilhjalm. Il prononçait « oncle Vilhjalm » en moyenne quatre-vingt-treize fois par jour, mais ne mentionnait son père que deux fois par an tout au plus.

Les proches et les membres de la famille continuaient à arriver. Bardur, le frère de Vilhjalm, se présenta avec sa femme et ses trois enfants. Il louait un appartement en sous-sol dans le centre ville, mais il possédait quand même une voiture. Il s'agissait alors d'une coccinelle étrangement bariolée. Elle était de couleur grisâtre, mais l'une des portières était rouge et l'autre jaune. Quant au capot, il était blanc.

Puis ce fut au tour des frères de Frida. Ils arrivèrent avec leur femme. Des pêcheurs, des ouvriers, des coiffeurs. Des gens qui avaient travaillé énormément, économisé leur vie durant et fini par acquérir un logement médiocre dans une tour, ou du moins formaient l'espoir d'un tel luxe. Des gens dont le seul contact avec l'étranger remontait aux livres lus dans leur enfance. Des gens qui vivaient dans la crainte de la réception des factures, auxquels le simple fait de prendre un taxi, s'ils n'avaient pas d'autre choix, posait des problèmes de conscience et d'argent. Plusieurs d'entre eux avaient une flopée de gamins. Ils avaient fait le trajet à bord d'un autocar bleu et, pour la dernière partie du chemin, ils avaient longé la plage jusqu'à la villa.

À l'intérieur, les femmes faisaient de tout petits pas, avançant avec précaution. Elles examinaient l'équipement de la cuisine et la chaîne stéréo, palpaient l'étoffe des rideaux en faisant la moue et émettaient de petits claquements de langue, car elles ne savaient pas quoi dire devant pareil étalage de richesse. Elles préféraient garder le silence plutôt que risquer de dire des sottises. L'une d'entre elles, cependant, murmurait d'une voix chuintante et comme pour elle-même : « Du tisshu damasshé. » Quant aux hommes, ils restaient groupés, debout, au milieu du salon, à regarder avec étonnement l'imposante cheminée de briques rouges. Pour eux, l'approvisionnement urbain en eau chaude leur avait semblé la réponse définitive des temps modernes à la question du chauffage. Mais à présent, ils réalisaient qu'ils avaient manqué quelque chose. « Enfin, on a quand même le chauffage urbain ! » Le dernier arrivé à la fête fut le prince de la récupe, Sigfus Killian junior, qui fit une entrée bruyante et remarquée, comme à son habitude. Il poussa violemment la porte et hurla « Salut ! ». Lorsque le maître des lieux, son frère et directeur de banque, s'avança en personne pour le saluer, Sigfus ne se soucia pas de lui répondre mais s'exclama : « Mais tu as des Danfoss ! » en montrant les radiateurs. Il se débarrassa de ses chaussures et se retrouva avec ses chaussettes de laine gris chiné qui tombaient car elles étaient trop grandes. Il se pencha au-dessus du radiateur du salon et se mit à gémir sur un ton accusateur :

– Et pourquoi as-tu fait installer les robinets sur le dessus ?

Le directeur de banque réajusta son nœud papillon et lança un regard à l'assistance. Il cligna des yeux en souriant, mais ne se sentait pas tout à fait rassuré :

– Et où devraient-ils se trouver, Fusi ? demanda-t-il avec un soupçon d'inquiétude dans la voix.

– Mais en bas, mon vieux ! C'est beaucoup plus intelligent comme ça !

Parce que, lui, Sigfus junior, il en sait autrement plus que les autres sur ce chapitre. Tout ce qui concerne les activités manuelles, c'est son domaine. Voilà pour quelle raison il manifeste avec tant de vigueur son indignation : la position des robinets sur les radiateurs.

Cet incident avait provoqué un changement total dans l'atmosphère qui régnait au salon. Les hommes venaient de trouver un sujet de conversation de leur

ressort, relevant d'un domaine de compétence purement masculin : robinets, vis, chauffage urbain, ther-
mostats. « Tiens ! Où se trouve l'arrivée d'eau ? » Et
tout le groupe était maintenant engagé dans une discussion animée, les visages étaient parcourus de mimiques
enjouées. Ils descendent à la cave. Examinent l'arrivée
d'eau, les tuyaux, le compteur, se penchent et font des
commentaires sur l'installation. C'est Sigfus junior qui
mène la troupe. Mais le directeur de banque a relevé ses
manches et écoute les conseils de spécialiste prodigués
par son frère avec une mine complaisante.

Mais qu'en est-il des enfants ? Ils sont bien sûr un
peu intimidés mais ne tentent en aucune façon de mas-
quer leur enthousiasme et le respect que leur impose cet
endroit magnifique. Leur sentiment se reflète dans leurs
yeux sans qu'ils aient besoin de dire quoi que ce soit.
Des palais, ils en avaient déjà vu sur des gravures. Au
cinéma également, ils ont eu l'occasion de voir des
belles demeures et des nobles. Mais, pour ces gamins
islandais, l'idée de se voir soudainement plongés dans
un environnement aussi fastueux ne leur était pas venue
à l'esprit. Leurs joues s'étaient légèrement empour-
prées et leurs yeux écarquillés rayonnaient. Toutefois,
même si cette maison leur semblait grandiose, ainsi que
les richesses qu'elle recelait, c'étaient les quatre cousins à demi étrangers qui constituaient la plus étonnante
des attractions. Les enfants de Vilhjalm et Frida, qui
avaient grandi pour l'essentiel à Londres et se retrouvaient à présent en Islande. Les trois filles et leur frère,
Biggi, parfaitement peigné et bien élevé, revêtu de son
uniforme d'écolier anglais. Quant aux sœurs, elles étaient
impeccables. De véritables princesses, toutes trois
vêtues de robes de soie moirée assortie de dentelles et
de rubans. Elles ne se quittaient pas, poussaient de

petits rires et de petits cris. Il y avait Elsa, Dilja et la petite Frida. Celle-là ne savait pratiquement pas un mot d'islandais et était donc pour cette raison la plus intéressante des trois. Les deux autres s'exprimaient dans un islandais entremêlé de mots d'anglais et tenaient chacune par une main leur cousin Laki, lui offraient des réglisses et des bonbons étrangers. Ils évoquaient avec beaucoup d'animation les moments agréables passés ensemble lors de son dernier séjour chez elles en Angleterre. Tout cela paraissait drôle et charmant. Ils riaient volontiers, affichant de larges sourires. Le reste des petits convives, de condition modeste, restait en dehors de cette bonne société, tels des paysans, bouche bée, le nez morveux. Les plus audacieux et expérimentés souriaient bêtement. Ils riaient haut et fort à tout ce que pouvaient dire Laki et les deux fillettes. Les plus intimidés tournaient en rond, un peu comme s'ils avaient été d'un autre monde. Ils contemplaient ces merveilles qui partout s'offraient à leur regard, ou bien se tenaient sur le seuil de la chambre de leur cousin Biggi qui était allongé, maussade et indifférent, plongé dans la lecture d'un Batman. Il était environné de trains électriques, de circuits de voitures de course, d'un hélicoptère téléguidé, de maquettes d'avions et de quantité d'autres choses fascinantes que les autres enfants mouraient d'envie de voir de plus près. Mais ils ne se risquaient pas à entrer dans la chambre sans y avoir été invités. Ils n'osaient même pas adresser la parole à leur cousin, toujours vêtu de son uniforme d'écolier anglais. Il semblait appartenir à une autre catégorie d'êtres vivants. Il ne leur accordait aucune attention et continuait à lire son Batman, à somnoler plus ou moins. Il ne bougea pas d'un poil jusqu'au moment où une dispute éclata au seuil de sa chambre. Plusieurs spectateurs s'étaient mutuellement marché sur les pieds et l'on entendit un hurlement suivi de « T'arrêtes un peu, non ? ». Alors le cousin Biggi se retourna face au mur et ses bâillements redoublèrent d'intensité.

* * *

Ils furent cinq à se rendre dans l'ouest du pays, sur le lieu où le bateau était échoué. Ils arrivèrent à bord d'un camion à double cabine et à plate-forme bâchée. Il y avait d'abord Bardur Killian, le chef et propriétaire du bateau. Puis les deux chalutiers, Gardar et Globlesi, qui faisaient équipe depuis un bout de temps. Il y avait le chanteur populaire Kobbi Kalypso, qui était en outre un grand buveur devant l'Éternel, et Sigtrygg Sigurdsson, un chauffeur de petite taille mais assez endurant. Ils rendirent directement à l'endroit où se trouvait le bateau, non loin du rivage, à quelques encablures de la ville d'Isafjord. Il se dressait là, imposant et luisant, à seulement une quarantaine de mètres de la plage. Un monstre d'acier de la taille d'une maison et pesant plus de mille tonnes. La partie avant était presque complètement immergée, à l'exception des mâts et du bastingage, mais l'arrière sortait de l'eau, laissant apparaître le gouvernail et l'hélice. Les cinq hommes marchèrent un moment au bord de l'eau, le pas incertain sur les galets glissants. Tous gardaient les mains dans leurs poches. Bardur portait toujours son manteau de vagabond et son chapeau. Le chanteur était vêtu d'un complet veston. Quant à Sigtrygg, il portait ses éternelles sandales de chauffeur. C'était la fin du mois de janvier et le temps n'était pas trop mauvais. La température avoisinait zéro et une légère brise soufflait, apportant de la neige fondue. Tout était blanc et de petites mottes gelées s'étaient formées vers le haut de la plage.

Les gens du coin qui venaient à passer par là ou qui en avaient trouvé le prétexte s'arrêtaient sur la route, à l'endroit où s'était échoué le bateau, afin d'observer ces cinq types un peu dérangés qui marchaient sur les galets. Tant les habitants d'Isafjord que ceux de la région des fjords de l'ouest partageaient à ce sujet la même opinion : de mémoire d'homme, on n'avait jamais vu une telle expédition d'imbéciles venus du sud du pays.

Mais qui étaient-ils au juste ?

Gardar et Globlesi, on l'a dit, étaient chalutiers. Deux marins au visage buriné. En fait, Globlesi portait un autre nom : de source sûre, il s'appelait Jonathan. Mais on l'avait affublé de ce surnom. Il était de grande taille et d'allure vigoureuse. Il avait une abondante chevelure ébouriffée et un visage avenant. Gardar, son compagnon, était au contraire étonnamment maigre. On aurait dit un assemblage de cure-pipes. Sa tête était encore plus minuscule que le reste, étroite à la base et dépourvue de menton. Sa bouche arrondie exprimait l'interrogation. Ses oreilles étaient décollées, et son crâne, en guise de cheveux, ne présentait que quelques mèches. Ses bras étaient de vraies allumettes et pourtant, il avait la réputation d'être un marin costaud. Ce qu'on remarquait instantanément chez Kobbi le chanteur, c'étaient ses dents, aux incisives larges et d'un blanc étincelant. Lorsqu'il chantait, sa voix semblait sortir d'un seul côté de sa bouche. Il portait un complet clair ; des vêtements à la mode, mais élimés et froissés. En revanche, ses cheveux restaient impeccablement coiffés. Rien ne pouvait en modifier le mouvement. Ils étaient noirs et lisses et formaient des vaguelettes, bien collées sur le côté, avec une mèche qui retombait sur le front. Une coiffure qui semblait faite pour durer jusqu'au jour du Jugement dernier.

Il reste à parler du chauffeur endurant, Sigtrygg Sigurdsson. Il était tellement endurci que le simple fait de bouger ou de s'exprimer lui demandait des efforts considérables. Il avait une quarantaine d'années, était plutôt courtaud, trapu et robuste. Il portait toujours une veste de cuir, le col ouvert, des lunettes de soleil et mâchouillait avec lenteur.

Ce qui distinguait Sigtrygg de Clint Eastwood, c'est qu'il n'était pas aussi grand que ce dernier et qu'il avait coutume de porter des sandales au lieu de bottes de cow-boy. Il était principalement camionneur dans une usine de congélation de poisson et, à le voir au volant de son gros diesel tout poisseux, on aurait juré qu'il était à bord d'une Alfa Romeo rouge décapotable.

Sigtrygg était quelqu'un d'extrêmement silencieux. Son visage gardait sans cesse la même expression, et ses traits étaient invariablement tirés, comme s'il avait un couteau planté dans le dos et ne voulait pas que l'on s'en aperçoive. Il s'y était résigné. Il ne respectait rien ni personne et, lorsque ses supérieurs lui disaient ce qu'il avait à faire, il ne répondait pas. Il demeurait immobile un moment après qu'ils avaient fini de parler, les fixait droit dans les yeux avec dans le regard un éclat méprisant, pivotait sur ses talons et s'en allait.

Jamais il ne s'adressait à quiconque sans avoir été lui-même interpellé, sinon avec des gestes, des monosyllabes et l'expression d'un homme qui a vu tout ce qu'il y avait à voir.

Sigtrygg s'y connaissait en soudure et en découpe au chalumeau. Domaine qu'il partageait avec Kobbi le chanteur. Quant à Gardar et Globlesi, leur talent résidait dans leur capacité à résister aux conditions extrêmes.

À Bardur revenait le rôle d'idéologue et de leader spirituel de l'équipe. Il était en outre le maître d'œuvre et le concepteur de cette opération de sauvetage qui, à présent, était imminente. Il pensait connaître le moyen de réaliser ce que les sauveteurs les plus réputés de l'hémisphère nord avaient dû renoncer à faire : renflouer ce bateau venu s'embrocher sur un rocher, battu par l'écume salée des brisants.

Il avait observé et analysé par quels moyens ces hommes avaient essayé de remettre à flot le navire en faisant appel à des procédés traditionnels. C'est-à-dire simplement en fixant un bout de cordage et en tentant de le tirer vers le large. Ils en avaient conclu que jamais le bateau ne pourrait être dégagé du rocher, que cet écueil ne laisserait pas repartir sa prise. En revanche, Bardur avait bien compris que seule une petite partie du bateau, au milieu, était coincée. Il pensait donc qu'il devait être possible de découper la partie avant, puis la partie arrière, enfin de les ressouder en laissant le morceau central là où il était échoué. C'est pour cette raison qu'il était venu sur place accompagné de quatre gladiateurs et d'un camion chargé de matériel de soudure.

Mais, on l'a vu, les gens du coin ne croyaient pas vraiment aux chances de réussite d'une telle opération. À tel point que les sauveteurs ne purent même pas se loger à crédit à l'auberge du pays. Les propriétaires exigeaient d'être payés d'avance. Les cinq héros durent donc se mettre en quête d'un autre logement. Le chauffeur avait même suggéré qu'ils aillent s'installer dans le bateau. Mais Gardar et Globlesi, qui connaissaient bien les caresses de l'océan, estimèrent que cette idée n'était pas raisonnable, tant et si bien que les cinq compagnons s'emmitouflèrent dans leurs vêtements et leurs couvertures et dormirent dehors, sur la plate-forme du camion, dans le froid hivernal.

Le plus gros journal local dépêcha sur place un journaliste et un photographe afin de recueillir les propos de ces aventuriers, et de leur demander comment avait pu germer dans leur esprit l'idée de remettre à flot ce bateau échoué. Les envoyés spéciaux du journal se présentèrent un matin, quelques jours après l'arrivée des compagnons dans l'ouest. Le chef de ces derniers, Bardur Killian, avait fait un saut en avion dans le sud du pays. Il était certainement parti récolter des fonds. Les quatre autres dormaient encore sur la plate-forme bâchée du camion lorsque les journaleux vinrent frapper, ou plutôt garèrent leur jeep à côté d'eux et se mirent à klaxonner afin d'attirer leur attention.

Globlesi émergea d'une ouverture, à l'arrière de la plate-forme, et souleva si haut la bâche que l'arceau qui la soutenait se détacha. Il appela Kobbi le chanteur qui, à demi réveillé, s'extrayait de la couverture dans laquelle il s'était enveloppé, le visage encore somnolent, les cheveux comme un gros paquet de mortier noir sur le dessus de la tête. C'est lui qui répondit aux questions au nom de ses camarades. Il faut dire qu'en l'absence du chef, il était incontestablement le plus bavard du groupe.

Le jour commençait à poindre et l'obscurité faisait place aux ombres des montagnes. Il n'avait pas gelé depuis plusieurs jours et le sol était entièrement détrempé. Mais aujourd'hui, le vent avait tourné au nord et on devait s'attendre au retour du gel et de la neige. Le flanc de la montagne s'élevait presque à la verticale au-dessus des hommes installés à l'arrière de leur camion, blanc comme un glacier polaire, tandis qu'en contrebas la mer se fracassait contre les rochers du rivage. Et un peu plus loin, contre la masse métallique qu'ils avaient l'intention de sauver.

L'émissaire du journal local était venu là avec l'intention de poser des questions techniques. Mais lorsqu'il sortit de la chaleur de sa jeep, s'enveloppant dans son pardessus, et qu'il vit surgir sur la plate-forme les hommes à peine éveillés, avec la bâche recouverte de neige boueuse presque gelée, il ne put s'empêcher de demander :

– Vous n'avez pas froid ?

Kobbi le chanteur s'anima en entendant cette question. Il laissa apparaître largement ses dents, tel un homme politique américain, et demanda, du coin gauche de la bouche :

– Hein, vous avez quelque chose à proposer, les gars ? On serait plutôt partant pour quelques petites nanas bien chaudes pour nous réchauffer sur le camion.

– Ou alors un petit coup de schnaps, ajouta Gardar le marin, passant et secouant la tête hors du camion.

Il regardait le visiteur avec une moue attendrie et interrogatrice. Les yeux écarquillés, les sourcils relevés jusqu'à la racine de ses cheveux.

Les types du journal ne trouvèrent pas cela amusant. Le photographe leva son appareil et prit un cliché des hommes sur leur plate-forme. Un flash bleuté explosa dans une demi-sphère argentée.

Puis l'interview commença :

– Qu'avez-vous l'intention de faire avec ce bateau ?

Kobbi Kalypso : Eh bien on va faire le tour du monde, mon vieux. Plein sud. Et Viva España ! Pas vrai, les gars ?

Le journaliste : Mais comment est-ce que vous envisagez de le remettre à flot ?

Kobbi Kalypso : On pense qu'il n'y a qu'à le pousser pour qu'il reparte. Vous ne pouvez pas nous donner un petit coup de main, les gars ?

Le journaliste : Qui est le chef de votre équipe de sauvetage ?

Kobbi : C'est Robin des Bois. Non, sérieux, les gars, ne vous faites pas de bile pour ça. On a l'intention de découper le rafiot en deux. À ce moment-là, ça ne sera pas difficile de le dégager.

Le journaliste : En deux ?

Le journaliste avait lui-même fait par le passé divers petits boulots sur mer comme à terre. Qui plus est, il avait suivi minutieusement les précédentes et malheureuses tentatives destinées à sauver ce bateau. À cet instant, il lui vint soudain à l'esprit que ces types de Reykjavik, sur la plate-forme de leur camion, n'étaient peut-être pas aussi cinglés que la plupart des gens le pensaient. Il allait poser d'autres questions lorsque son regard se porta en direction de la mer, à l'endroit où le bateau était fixé au rocher. Et il garda le silence.

Kobbi Kalypso toisa les deux hommes du haut du camion avec un sourire narquois. C'est alors que surgit à ses côtés le conducteur endurci Sigtrygg Sigurdsson. Son visage affichait une expression de résignation face à une douleur qu'aurait suscitée une balle venue se loger dans son épaule, mais dont il n'aurait pas le temps de s'occuper. Il avait un mégot allumé au coin des lèvres. La fumée envahit ses yeux plissés. Il n'était manifestement pas venu pour discuter avec des étrangers, mais le photographe, en le voyant, saisit son appareil et prit une photo.

Kobbi Kalypso se protégea les yeux avec sa main au moment où la lumière bleue du flash les frappa dans la pénombre. Mais Sigtrygg Sigurdsson ne fit pas un geste. Il regarda le photographe droit dans les yeux, les paupières plissées, la cigarette en coin. Face à ce regard perçant, l'homme fut un peu désorienté. Sigtrygg continua à le fixer. Puis, entre ses deux doigts noueux, il retira le mégot du coin de sa bouche et demanda au photographe, le visage impassible :

– C'est quoi, ta pointure ?

Le photographe regarda ses pieds, gêné que le silence ait été rompu. Il déglutit et s'efforça de répondre de son mieux à cette question. Généralement, il chaussait du quarante-quatre. Sauf si ça taillait grand, auquel cas le quarante-trois faisait l'affaire. Toutefois, lorsqu'il achetait des bottes et des chaussures dans ce genre-là, il avait l'habitude de prendre du quarante-cinq afin de pouvoir mettre des grosses chaussettes de laine… et il continua à bavarder ainsi un bon moment. Sur la plate-forme, Sigtrygg restait impénétrable, laissant le photographe des fjords de l'ouest terminer ses histoires totalement dépourvues d'intérêt. Lorsqu'il cessa de parler, Sigtrygg jeta son mégot encore fumant à terre, juste à côté du pied droit du photographe et dit :

– C'est parfait, tu ne pourrais pas l'écraser à ma place ?

Bardur Killian, le patron, revint dans l'ouest le lendemain avec un peu d'argent. Où l'avait-il trouvé ? Bah ! peu importe. À présent, l'intrépide troupe de sauveteurs trouva à se loger à l'Armée du Salut. À cet égard, les perspectives d'avenir s'amélioraient. Mais le premier matin où ils s'éveillèrent dans les chambres chaudes et propres de ces soldats de la chrétienté, la situation se détériora de nouveau. Des responsables locaux étaient venus les trouver avec des mines épouvantables pour les informer que le pétrole des réservoirs du *Fortuna* s'était mis à couler et que son propriétaire aurait les pires ennuis si ce poison se propageait jusqu'au rivage, envahissant les criques et les baies, polluant et dégradant le littoral. Ce furent Kobbi Kalypso et Sigtrygg, alors compagnons de chambrée, qui eurent la primeur de ces mauvaises nouvelles. Ils en référèrent au chef qui, installé dans la cafétéria, prenait son petit déjeuner, sa serviette accrochée au col. Lorsqu'il fut mis au courant, il fit comme si de rien n'était. Il se contenta de regarder, calmement et sans affolement, le représentant du préfet et son collègue qui étaient porteurs de la nouvelle et exigeaient une réaction immédiate. Puis il dit :

– Il faut que j'aille jeter un coup d'œil sur cette affaire, les gars.

Il se leva et les salua d'une poignée de main.

Peu de temps après, ils parvinrent au rivage, descendirent du camion et se rendirent tous les cinq d'un pas nonchalant jusqu'au bord de l'eau. Le vent s'était mis à souffler et la mer était agitée. Une flaque de pétrole s'échappait du bateau et remontait vers la plage. C'était incontestable. Une pellicule s'était formée à la surface des flots qui se jetaient sur les rochers du rivage sans se briser ni faire d'écume. Le varech était comme épaissi par la graisse et les pierres étaient encore plus gluantes qu'à l'accoutumée.

Le chanteur ramassa un petit galet poli par les vagues et le roula entre ses mains. Puis il le lança en murmurant : « Saloperie de pétrole ! » Il sortit un mouchoir de sa poche, entreprit de s'essuyer les mains et demanda à Bardur :

– Est-ce qu'on a une quelconque responsabilité dans cette situation merdique ?

– Eh bien, à ton avis, pourquoi est-ce que la compagnie d'assurance a voulu se débarrasser de ce rafiot ?

– Ah bon ? Ça veut dire que si cette saleté commence à se répandre partout, tu vas te retrouver dans un vrai merdier ?

– On va faire en sorte que cela n'arrive pas, mon cher Kobbi.

* * *

Alors, les opérations purent commencer. Les membres de l'équipe abordèrent le bateau à l'aide d'un câble de sauvetage et réussirent à stopper la fuite de pétrole. À cette occasion, ils réfléchirent au moyen de couper la coque en deux. Bardur regagna la terre ferme et se rendit à Isafjord, où il recruta un chauffeur de taxi divorcé qui conduisait une vieille guimbarde américaine. Ensemble, ils se mirent en quête d'hommes et de matériel. Ils parcoururent les fermes du voisinage et réunirent une équipe : des garçons de ferme et des fils de paysans qui n'avaient pas grand-chose à faire à cette époque de l'année dans la campagne désolée, et qui se laissèrent entraîner par l'éloquence de cet homme optimiste venu de la capitale, et aussi par l'aura d'aventure qui émanait de ce projet. Le meilleur, dans l'histoire, fut que ces paysans apportèrent une contribution non négligeable à l'entreprise : ils vinrent avec leurs tracteurs et leurs jeeps, fournirent des remorques, des poulies et des pompes. Ils traînèrent même de petites citernes sur roues à l'arrière des tracteurs et dont l'utilité s'avéra inestimable lorsqu'il fallut ramener à terre les réserves de pétrole du bateau. Ceux qui possédaient ces citernes ou qui aidaient au sauvetage du carburant purent conserver l'essence en contrepartie. Nombreux furent ceux qui en tirèrent immédiatement des bénéfices substantiels. Les nouvelles se répandirent, de la même façon que lorsqu'on apprend la présence de bancs de morues. Toutes sortes d'aventuriers se précipitèrent sur place. Quelques jours plus tard, deux petits patrons de pêche sans travail se joignirent à l'équipe qui disposa désormais de bateaux pour faciliter le travail de sauvetage. L'un de ces deux hommes faisait partie de la brigade de pompiers locaux. Après avoir assisté un moment au travail à bord, à la façon dont le noyau dur de l'équipe s'y prenait pour calfater la partie avant et la partie arrière afin que ni l'une ni l'autre ne coulent lorsque l'on parviendrait à séparer le navire en deux, il fut saisi d'un tel enthousiasme qu'il retourna à terre et réussit à persuader le capitaine des pompiers de participer à l'opération en mettant à disposition leurs puissantes pompes, en cas de besoin. Même le constructeur naval Marsellius apparut un jour sur le rivage pour voir où en étaient les travaux.

Ce jour-là, les hommes étaient fort affairés. Ils avaient retiré de l'épave tout ce qui n'était pas scellé et avaient calfaté ce qui devait l'être. Ils avaient aussi entrepris le découpage de la coque au chalumeau. Bardur, Kobbi le chanteur et Sigtrygg le chauffeur étaient à bord, sur une plate-forme accrochée au flanc du bateau. Ils avaient passé de grosses parkas et portaient d'épais gants de caoutchouc. Ils découpaient l'acier, provoquant une pluie d'étincelles qui volaient dans toutes les directions. Il faisait assez froid. Un vent glacial s'engouffrait dans le fjord. De temps en temps, les trois hommes étaient aspergés par une pluie d'écume venant de la mer, mais rien ne pouvait les empêcher de poursuivre leur besogne. Sur le rivage, on était en train d'installer des baraquements et des toilettes. On entendait résonner et vrombir un vieux tracteur qui faisait office de groupe électrogène. Puis arriva un petit camion. En sortirent Marsellius, le constructeur naval d'Isafjord, et ses deux fils. Ils firent quelques pas sur la plage, observèrent l'équipement et les outils utilisés par les sauveteurs. Les deux jeunes furent envoyés par le câble de sauvetage jusqu'à l'épave du bateau pour se faire connaître du patron. Quelques instants plus tard, Bardur Killian arriva, suspendu au siège de sauvetage. Il était vêtu de son manteau et de ses gants de caoutchouc. Sous son chapeau de marin, des morceaux de glace étaient accrochés à ses cheveux. Ses lunettes fumées de soudeur étaient relevées sur son front. Il apostropha les nouveaux venus et leur offrit une cigarette.

Maintenant, Marsellius et lui marchent côte à côte. Bardur parle, montrant négligemment du doigt différentes choses, tandis que le constructeur naval approuve avec une expression d'où le scepticisme s'efface peu à peu. Puis ils échangent une poignée de main. L'homme remonte dans son camion et s'en va. Bardur remet ses lunettes, ses gants de caoutchouc et fait signe à ceux qui s'occupent du siège suspendu.

– Qu'est-ce qu'il a dit, le vieux ? demandent-ils tous à Bardur.

– Ça lui plaît bien, dit Bardur.

Il fait alors un geste de victoire et se laisse tracter jusqu'au bateau.

L'opération se vit ratifiée par le sceau royal : le maître l'avait approuvée. Ils travaillèrent jusque tard dans la soirée. Après le travail, lorsque tous eurent mangé et se furent réchauffés dans le baraquement, on sortit une bouteille de schnaps pour fêter ce succès. Juste une petite goutte pour chacun. Même les plus imbibés de l'équipe étaient animés d'une telle ferveur qu'ils surent se contenter d'une goutte dans leur café, sans que cela dégénère aussitôt en beuverie. Des discussions philosophiques s'engagèrent dans le baraquement. Il y avait là huit ou neuf hommes. Des gens qui étaient venus voir, des gens du coin. Notamment un type de Sudavik, entièrement vêtu de noir avec un chapeau de Zorro. Il portait également une écharpe nouée à la ceinture. Ceux qui le connaissaient affirmaient que, lorsqu'il allait dans les bals, il avait une épée. Il était légitime de se poser des questions sur cet individu. Bardur Killian trouva l'occasion d'interroger cet homme qui travaillait avec lui sur les raisons qui le poussaient à s'habiller en costume espagnol.

Il était bien en chair, avec de grosses joues rouges. Il était assis là, dans sa chemise à paillettes, coiffé à la manière d'un torero.

– L'explication est fort simple, dit-il. C'est parce qu'autrefois, j'avais une Chrysler Windsor, modèle 47.

– ? ? ?

– Si, c'était une voiture vachement puissante. Deux tonnes ! Mais elle avait quinze ans. Un samedi soir, on me demande si je peux aller jusqu'à Nupur, dans le Dyrafjord, en vingt minutes. C'était à soixante kilomètres et il a fallu que je donne un bon coup d'accélérateur. En arrivant dans l'Önundafjord, je tombe sur un troupeau de vaches qui traverse la nationale. Je veux ralentir, mais je me rends compte qu'il n'y a plus de freins. Alors je n'ai pas eu d'autre solution que de foncer dans le tas.

– Et alors ?…

– Eh bien, la voiture… évidemment bousillée. Moi, une triple fracture. Et seize bêtes tuées sur le coup. C'est pour ça que je suis le plus grand torero de tout le pays.

Ils reprirent encore une petite goutte dans le café et Kobbi leur apprit à chanter *Dans les mers du Sud.*

Dans les mers du Sud
Aux rivages gorgés de soleil,
Je fais voile quand chez moi
Il fait trop froid...

À la tombée de la nuit, ils commencèrent à se cha-mailler sur des questions de politique. Il y avait là un étudiant de Reykjavik qui s'était joint à eux. Un type débrouillard qui ne se ménageait pas au travail. Ses parents habitaient en ville et il était communiste. Il affirmait que les travailleurs devaient prendre posses-sion des entreprises, que toute cette exploitation devait cesser. Ce bavardage eut pour conséquence d'échauffer une bonne partie de l'assemblée, et Bardur Killian fut celui qui se rallia le plus à sa cause. Ce fut l'homme silencieux, Sigtrygg Sigurdsson, qui mit un point final aux controverses politiques. Il fit usage d'arguments face auxquels l'étudiant ne trouva rien à répondre. Sigtrygg était resté assis sans dire un mot. Il avait suivi la discussion, la bouche parcourue de petites contractions, lorsqu'il fut affirmé que la prétendue démocratie, ça n'était que du bluff, car ce sont ceux qui ont de l'argent qui font ce qu'ils veulent dans la société, car les conservateurs islandais ont trahi l'indépendance du pays en voulant entrer dans l'OTAN et en autorisant la base militaire yankee à l'aéroport de Keflavik...

Sigtrygg écrasa alors calmement sa cigarette et dit à cet étudiant amateur de controverses :

– Tu es communiste ?

– Oui...

– Est-ce que tu sais pourquoi on a tiré sur Beria ?

– Euh, non…

– Pour avoir acheté de la morue salée aux Islandais.

* * *

Le temps resta serein au cours de ces semaines de plein hiver. Mais, chaque jour qui s'écoulait, le froid devenait plus intense. C'était à présent un véritable climat polaire qui régnait et le bateau commençait à être pris dans la glace. Il fallait quand même continuer le travail, du matin jusqu'au soir, et de préférence nuit et jour, si l'on parvenait toujours à rester debout. L'enthousiasme de Bardur et de ses compagnons était si fort qu'ils ne ressentaient même plus le sommeil. Lui ne prenait jamais la peine d'enlever ses vêtements et se jetait tout habillé sur un banc pour dormir une heure au milieu de la nuit. Sigtrygg allait de temps en temps s'installer au volant du camion, il mettait le contact, fumait une cigarette et piquait un petit somme, l'espace de quelques minutes. Après cela, l'envie de dormir le quittait pour une douzaine d'heures. Le chanteur Kobbi Kalypso retournait chaque nuit à l'Armée du Salut afin de se reposer quelques heures. Il affirmait que cela lui était nécessaire s'il voulait conserver sa voix. Quant à Gardar et à Globlesi, jamais on ne les voyait s'assoupir. Enfin, le bateau put être séparé en deux parties.

Ils venaient de terminer de calfater la partie avant et d'en pomper l'eau de mer. La partie arrière du navire reposa alors sur plus de cent barriques de pétrole vides qui y avaient été amarrées, ainsi put-elle se maintenir à la surface, de justesse et en chaloupant pas mal. Bardur avait craint qu'elle ne chavire et ne sombre sitôt détachée du bateau. Mais tout se déroula comme prévu initialement, comme par une série ininterrompue de miracles. Trois bateaux de pêche remorquèrent l'arrière, cet énorme monstre de métal, dans le fjord, et remontèrent en amont jusqu'aux bancs de sable. L'avant du navire donna beaucoup moins de soucis. Il flottait comme un bouchon de liège et, lorsqu'il fut remorqué par deux petits bateaux, les sauveteurs se tenaient debout sur le pont de ce demi-cargo. Bardur Killian se dressait à la proue, solennel et princier, surveillait les remorqueurs et donnait des indications avec de grands gestes. Puis les deux bateaux larguèrent les câbles qui furent amenés à terre où des tracteurs et des bulldozers prirent le relais, tirant cette moitié de navire à côté de l'autre, bien à l'abri, au fond d'une baie.

Cette opération de sauvetage bénéficia de beaucoup de chance car, quarante-huit heures après que l'essentiel du navire fut mis à l'abri, une terrible tempête se leva. La mer était agitée et d'énormes vagues se formaient. Les hommes avaient laissé en place, sur le rocher, quelques mètres de la partie centrale du bateau – le morceau impossible à dégager. Des mâts s'élevaient à la verticale et, de chaque côté, des poutres d'acier faisaient saillie. Lorsque la tempête s'apaisa, il ne restait pratiquement rien de cette masse métallique, hormis un bout de mât tordu et un morceau de ferraille battu par les vagues contre le rocher. Tout cela fut emporté par la première grosse vague. On ne distingua plus alors aucune trace du naufrage.

* * *

Sans doute auraient-ils dû jouir à présent d'un repos bien mérité. Il n'y avait plus de danger, plus de dommages ni de dégâts, et la plupart des gens de la région avaient pris congé de cette joyeuse équipe. Mais Bardur et ses compagnons étaient incapables de rester inactifs. La chance leur souriait, le soleil se faisait plus présent, les jours rallongeaient et on voyait poindre le glorieux dénouement de cette expédition. Ils poursuivirent donc leur travail et entreprirent de ressouder les deux moitiés du navire. Ils élevèrent un remblai de terre à l'entrée de la crique et pompèrent l'eau afin d'assécher le site. De cette manière, ils n'eurent plus à travailler à demi immergés dans l'eau de mer glacée. Les flammes des appareils jetaient des lueurs tout autour d'eux et sur le versant de la falaise, du petit matin jusqu'au milieu de la nuit. Ceux qui passaient par le fjord voyaient se réaliser sous leurs yeux un miracle : ce gros bateau que l'on avait envisagé de mettre au rebut était en train de retrouver son intégrité sur ce rivage boueux. Il avait, bien sûr, été raccourci de quelques mètres, mais ça n'avait pas beaucoup d'importance, d'autant que c'était provisoire. Il était en effet question d'amener le bateau jusqu'à un chantier naval d'Amsterdam où il serait réparé et remis en circulation. Presque toute la presse du pays se mit à évoquer les profits que l'on pouvait attendre de cette entreprise. Le quotidien national *Morgunbladid* dépêcha l'un de ses journalistes dans l'ouest du pays. Il consacra à l'affaire une pleine page et se livra à un calcul simple sur les coûts entraînés par le sauvetage du navire et par sa réparation ; il confronta ensuite ce chiffre au prix que valait un tel bateau sur le marché international. Le journaliste termina son article de la manière suivante : « On n'a plus qu'à s'incliner, car quelle que soit la façon dont on regarde cette affaire, c'est comme si Bardur Killian et ses énergiques compagnons s'étaient embarqués dans cette expédition sans espoir, qu'ils avaient terrassé le dragon et qu'il ne leur restait plus qu'à se partager le butin. »

Lorsque le navire fut mis à l'eau, c'était, dans l'ouest, par une belle journée de printemps. Les ruisseaux gorgés d'eau s'écoulaient le long des versants des montagnes et les oiseaux migrateurs étaient revenus. Ils emplissaient l'air de leurs cris et de leurs chants. De petits bateaux fendaient la surface étincelante de la mer. Un patrouilleur s'était rendu sur place pour aider. Il y avait également un remorqueur. Un chenal avait été aménagé, comme une rampe de lancement. Il suffisait de tirer le navire, et sa quille fendrait de nouveau la mer. La télévision avait envoyé un reporter sur les lieux. Même la radio nationale avait dépêché un journaliste qui devait commenter les événements en direct par téléphone. Sa voix sut entretenir la tension dramatique lorsque les remorqueurs mirent les gaz et que les câbles se tendirent. À ce moment, le *Fortuna* commença à bouger, de quelques mètres à peine, puis s'immobilisa. Les remorqueurs augmentèrent la puissance. Tous étaient sur les nerfs. À nouveau, le grand navire repartit sur l'eau, provoquant un intense clapotis dans le chenal, et il s'éloigna de la terre ferme. Les membres de l'équipe de sauvetage se trouvaient sur le pont avant, sauf Bardur Killian qui était debout sur la passerelle de commandement, à la fois en qualité de capitaine et de second de cette flotte. Quand le navire fut parvenu au milieu de la crique, il donna l'ordre à ses hommes d'appareiller. Ce ne furent alors qu'acclamations et cris de victoire. Les hommes qui étaient sur les bateaux tout autour firent écho et donnèrent de la corne. Les voitures, à terre, klaxonnèrent. Le journaliste de la radio qui commentait l'événement en direct pour la population islandaise en perdait presque sa voix, tant l'émotion était à son comble. Tous, sur mer comme sur terre, restaient pétrifiés, collés à leur poste de radio. Ils entendaient résonner les acclamations et se sentaient parcourus de frissons de joie et de bonheur. Ce magnifique événement, dans la saison morte du printemps, pouvait aisément soutenir la comparaison avec une victoire en coupe du monde de football. Le nom du capitaine de l'équipe, Bardur Killian, était sur toutes les lèvres. L'homme au chapeau noir. Avec son petit sourire insouciant. Mon père.

Septième chapitre

Le révérend Sigvaldi, le mari de tante Lara, n'officia jamais comme pasteur bien qu'il eût été ordonné. Il était toujours absorbé par des soucis bien de ce monde. D'importantes préoccupations et des responsabilités temporelles. Il s'occupait d'une association caritative appartenant à l'Église, liée sans doute à la mission islandaise en Éthiopie. Cela équivalait à un ministère. Lorsque tante Lara parlait de son travail, elle prenait une expression pleine de fierté. Parfois, elle nous rendait visite, posée et respectable, les lèvres pincées, les yeux fardés et le visage couvert de poudre qui tombait dans sa tasse de café. Et elle évoquait le travail du révérend Sigvaldi. L'expression qui revenait le plus souvent était : « un homme de sa position ». Il va sans dire que lorsque l'on est mariée à un homme de sa position, on est parfois invitée à des réceptions où l'on côtoie des gens fort respectables, y compris le ministre du Culte. De telles activités requéraient un grand sens des responsabilités. Quant à la femme du ministre, elle était toujours d'une grande élégance. Et lorsque le révérend Sigvaldi et son épouse étaient invités, à Noël ou pour toute autre occasion, avec son sourire obséquieux d'où jaillissait la lueur d'une dent en or, avec des gouttes de sueur qui perlaient en haut de ses tempes, il lui fallait toujours s'esquiver au bout d'une demi-heure pour régler des affaires importantes ou pour un rendez-vous capital. Il prenait alors congé en disant : « Si le ministre de la Justice téléphone, dites-lui que je n'en ai pas pour longtemps. » Puis il sortait en se dandinant, petit, rond et enveloppé de son manteau, arborant ce sourire plus large que son visage qui s'estompait aussitôt qu'il avait franchi le seuil de la porte, comme chassé par son chapeau tyrolien.

Le plus étonnant de tous était certainement leur fils Laki. Il était la perfection incarnée, surpassait tous les garçons de son âge en beauté et en courtoisie. Il était à la fois sage, charmant et propret de sa personne. Il était même difficile d'imaginer qu'une telle image puisse exister en dehors de livres pour enfants écrits par des auteurs bien-pensants. Il avait les cheveux bruns, impeccablement coiffés, avec une raie sur le côté. Ses yeux étaient grands et bleus. Il avait l'air à la fois intelligent et vigoureux. Lorsqu'il souriait, une fossette se creusait sur l'une de ses joues. Il avait toujours les meilleures notes, entendait-on dire, n'était jamais en retard, ne séchait jamais les cours, apprenait la guitare pour laquelle on considérait qu'il avait un don, chantait dans la chorale de l'école de musique. Il pratiquait en outre le football, le handball et d'autres sports encore dans le cadre de l'association « Faucon » qu'avait fondée le révérend Fridrik Fridriksson, le leader de l'Association chrétienne des jeunes gens et des jeunes filles.

Dans tous les domaines, il était le meilleur.

Nous étions du même âge. Lara demandait parfois à maman comment cela se passait pour moi à l'école. Elle posait encore quelques autres questions. Puis soudain, elle trouvait l'occasion de parler de son fils Aslak. Il lui fournissait un inépuisable sujet de discussion. On ne peut pas vraiment dire que Lara se soit directement vantée de son fils. C'était plutôt ma mère qui renonçait rapidement à me voir comparer à lui.

Il n'était pas rare d'entendre le cousin Laki parler à la radio, dans les émissions pour enfants. Lara connaissait la femme qui dirigeait ces programmes. Son fils était un ami de Laki. Il promettait presque autant que lui. Tous deux avaient posé pour des photos publicitaires représentant des jeunes gens sains et heureux portant des vêtements solides et résistants : les cirés « Max ». Laki et son ami jouaient également dans une pièce destinée aux enfants, au Théâtre national. Laki y était brillant. À tel point que lorsque la télévision, qui n'en était encore qu'à ses débuts, monta l'opéra *Amal et les hôtes de la nuit* pour le retransmettre le jour de Noël, Laki suscita l'enthousiasme des téléspectateurs islandais. Il tenait en effet le premier rôle, celui d'Amal, le petit garçon pauvre qui vivait avec sa mère et recevait la visite des trois rois mages, alors que ces derniers étaient en route pour aller voir celui qui était en train de naître dans une mangeoire, si je me souviens bien.

Tout ce que disaient les personnages de cet opéra était chanté ou fredonné, et Laki/Amal, qui commençait généralement ses répliques en s'adressant à sa mère, chanta de sa pure voix de fausset un « ma-man » qui se grava instantanément dans le cœur des Islandais. Un « ma-man » inoubliable pour tous ceux qui virent ou entendirent la représentation.

– C'est le portrait de Villi tout craché, répétait sans cesse sa grand-mère Solveig dès que l'on parlait de Laki. Il était exactement comme ça, mon Villi.

C'est un fait, Vilhjalm Edvard avait été lui aussi un enfant plein de promesses. Aussi beau, aussi courtois. Sans parler, bien entendu, du sport. L'oncle Vilhjalm jouissait d'une grande estime dans les milieux sportifs. Il était considéré comme l'un des plus grands héros que la nation islandaise eût produits au cours de ces dernières décennies. Et lorsque Laki participait à une finale avec ses camarades de l'association chrétienne « Faucon », il arrivait que Villi vienne au stade afin d'assister à la rencontre. Il commençait par une petite visite aux vestiaires avant le match pour encourager les garçons. Une fois, le magazine *Jeunesse* fit paraître une photo de l'oncle en compagnie de son neveu, avec comme titre : « Deux générations de héros ».

Lorsque se tint cette grande et mémorable fête de famille à l'occasion de l'inauguration de la magnifique villa de l'oncle Vilhjalm et pour souhaiter la bienvenue à sa femme et ses enfants, je tournais en rond, mal à l'aise et emprunté, essayant de participer d'une manière ou d'une autre, mais, comme la plupart des invités, j'étais complètement dépaysé. Avant que la fête se termine, les trois sœurs Elsa, Dilja et la petite Frida apparurent en compagnie de leur cousin Laki. Ils prirent place sur une petite estrade dressée dans le salon, près de la porte du bureau du maître de maison. Laki avait sa guitare et était assis sur un tabouret, faisant face à ses cousines. Tous ensemble, ils chantèrent des chansons anglaises. Des chansons d'enfants. Ineffablement belles et émouvantes. Rien que d'y penser, j'en ai encore les larmes aux yeux. C'est à peine si je parvenais à écouter. J'en pleurais presque tant ce moment était ravissant et je dus me détourner, fixant mon regard sur cette œuvre magnifique qu'était la cheminée du salon. C'est dans cette posture, alors que je tournais le dos à l'assemblée et que je fixais bêtement la cheminée, que le pauvre garçon que j'étais fut surpris par le grand homme en question, mon oncle et banquier Vilhjalm Edvard.

Sa main se pose sur ma tête au moment où je lève les yeux. Il me demande :

– Tu trouves tout cela un peu étrange, fiston ?

Sur l'estrade, la chanson est terminée et les petits chanteurs sont partis. Les adultes sont en train de nous regarder, moi et Vilhjalm Edvard.

Je suis complètement figé, paralysé. Je sens que c'est l'occasion ou jamais de dire, de faire quelque chose qui puisse épater cet oncle hors du commun et qui me distingue des autres enfants. Par une force surhumaine, je prends mon courage à deux mains. Je montre le rebord de la cheminée sur lequel est posée une boîte ronde d'où sortent de longues allumettes, et je dis :

– Les longues allumettes...

Longues, elles l'étaient certainement. Dix centimètres ou plus encore, avec de grosses têtes rouges. L'oncle Vilhjalm, en homme généreux, tend sans hésiter la main vers la boîte, saisit l'une de ces longues allumettes et me la donne. Ma petite main se referme sur cette allumette que je brandis :

– Il est normal que tu en aies une, fiston.

Et l'atmosphère du salon devient plus légère. Les gens se mettent à se chuchoter des choses : dire que ce curieux garçon a trouvé cela étrange et qu'il est content qu'on lui ait donné une allumette ! Je suis tellement impressionné que je suis incapable de dire merci. Je ne parviens à bouger ni la tête ni les mains. Je pivote sur mes talons et sors mécaniquement du salon en tenant l'allumette comme s'il s'agissait d'un trophée ou d'un flambeau. Tout le monde s'écarte sur mon passage. Le soir, de retour à la maison, je vais me coucher avec l'allumette que je pose sur ma table de nuit, presque sous mon nez. Le lendemain matin, c'est la première chose que j'aperçois lorsque je me réveille. Mon cœur se met à battre.

Ma-man.

**

Maman ?

Elle répétait souvent : « Ah, quelle vie de souffrances et de chagrins ! » C'est la première chose qui me vient à l'esprit lorsque je parle d'elle.

Ce fut certainement une vie de souffrances et de chagrins que d'être mariée à un aventurier comme Bardur Killian. Elle qui, par sa nature, était si terre à terre et parcimonieuse. Elle avait toujours vécu guidée par un souci d'économie et d'efficacité. Elle n'hésitait pas à parcourir de longues et pénibles distances, à pied ou en bus, pour faire ses achats au Bon Marché. Elle cousait elle-même, pesait et dosait les aliments afin de ne rien gaspiller. Qu'il s'agisse de nourriture ou de vêtements, tout était utilisé. De cette façon, très progressivement, elle faisait de petites économies dont les effets se faisaient sentir dans la vie quotidienne. Mais tout ce qu'elle parvenait à mettre de côté ne représentait rien comparé aux spéculations hasardeuses auxquelles se livrait Bardur Killian. Et lorsque l'une de ses grandes opérations fructueuses tombait à l'eau, il perdait sans doute en une seule fois bien plus d'argent que maman ne pouvait espérer en économiser de toute son existence parcimonieuse.

Elle demeura cependant attachée à lui. Elle supportait tout et se résignait à son destin. Elle n'accablait pas son mari de reproches car, si l'occasion de lui dire ses quatre vérités se présentait, c'était comme frapper un homme à terre. Une fois qu'il avait perdu tout le bien de notre foyer, il ne servait à rien d'ajouter encore à son désespoir.

Et comment était-elle physiquement ?...

Ne ressemblait-elle pas à la plupart des mères ?

« Une vie de souffrances et de chagrins », se répétait-elle en soupirant lorsqu'il n'y avait personne pour l'entendre. Personne, sauf peut-être des individus qui ne comptaient pas, comme moi et mon frère Gundi. Mais si elle s'adressait à quelqu'un, c'était le terme de « déception » qu'elle utilisait le plus spontanément. « Une terrible déception. » Cela revenait comme un leitmotiv à tout moment de sa conversation. Et pas uniquement quand elle faisait le récit d'événements tragiques. C'était également le cas dans des contextes parfaitement neutres, et même plutôt joyeux lorsque cela concernait des sorties au cinéma, des balades en voiture ou encore les achats intéressants qu'elle avait faits. Si on lui demandait : « Alors, c'était comment, le film que vous êtes allés voir hier ? » elle répondait : « Oh, une terrible déception. On n'a pu avoir de places que dans les premiers rangs, et contre le mur. Et derrière nous, il y avait un vieux qui n'arrêtait pas de gargouiller. » On évitait alors de poser d'autres questions, imaginant que la soirée, du début jusqu'à la fin, avait été un vrai calvaire. Mais tel n'était pas forcément le cas. Il se pouvait qu'elle ait été profondément émue par le film qu'elle avait vu. Un beau film avec Frank Sinatra qui avait nécessité deux mouchoirs. Une expérience inoubliable. Et si on lui demandait comment s'était déroulée sa petite virée dans l'est du pays, elle répondait d'emblée que cela avait été une terrible déception, tant il avait plu le matin du départ. Et sur le chemin du retour, elle s'était fait avoir de cinquante couronnes dans un magasin. Ce n'était qu'au terme de l'énumération de

163

toutes ces déceptions qu'elle s'autorisait à évoquer les côtés positifs qui, au bout du compte, semblaient quand même prédominer : il avait fait beau, un temps doux et ensoleillé durant l'essentiel du séjour, et elle avait été reçue comme une princesse dans sa famille.

Mais il fallait à tout prix qu'il y ait des déceptions. Autrement, un silence insidieux s'instaurait. Les déceptions étaient là dans tout ce que l'on entreprenait dans l'existence. Elles nous attendaient forcément au prochain carrefour. Si on ne les apercevait pas au premier abord, elles étaient néanmoins imminentes, encore plus menaçantes. En réalité, elles étaient source d'un profond soulagement. Il était impossible de vivre en paix tant qu'elles ne s'étaient pas manifestées, claires et tangibles. Et lorsque l'on avait épousé Bardur Killian, il n'y avait pas de raison de perdre espoir. Avec lui, les déceptions ne se faisaient jamais attendre longtemps.

* * *

Après les jours de gloire et d'aura héroïque qui suivirent le sauvetage spectaculaire réussi par Bardur Killian et ses compagnons, ce furent de dures réalités qui vinrent frapper à la porte.

Cette aventure fut incontestablement la source de gros profits.

Qui en sortit gagnant ?

Une banque, une caisse d'épargne, deux hommes. L'un d'eux était le grand financier Vilhjalm Edvard Killian. Tous avaient prêté de l'argent dans cette opération de sauvetage. En outre, deux sociétés maritimes et un courtier de Bremerhaven firent de bonnes affaires avec le cargo *Fortuna*.

Quant à la dynamique équipe des sauveteurs, elle n'y gagna pas un kopeck. Son chef, Bardur Killian, mit longtemps à se tirer d'affaire. Il fut complètement ruiné. Il dut s'abstenir de toute activité commerciale et, pendant des années, il ne lui fut plus possible de posséder quoi que ce soit en son nom propre : il était interdit de chéquier et de livret de caisse d'épargne. C'est tout juste s'il était parvenu à payer les salaires. Bardur ne s'était pas montré suffisamment adroit lorsqu'il avait négocié les prêts devant financer l'opération. Il avait également falsifié certains documents et hypothéqué à deux reprises tout le bénéfice attendu. Il n'échappa à la justice et à la prison que par la grâce divine et par l'intervention d'hommes bienveillants. Son propre frère, Vilhjalm Edvard, dut notamment user de son influence, de ses relations et de son charisme, et il n'en sera jamais assez remercié.

Bardur Killian n'était pas plus porté sur la boisson que la plupart des gens. Il faisait même abstinence pendant de longues périodes lorsque ses affaires prospéraient et que les opérations qu'il menait étaient couronnées de succès. Des mois entiers s'écoulaient alors sans qu'il s'enivre. Il ne fallait pas se laisser tromper par son apparence. Il continuait à porter son pardessus de clochard, un mouchoir bariolé noué autour du cou et son chapeau noir sur la tête, tel un gangster sorti d'un film américain. En revanche, dès qu'il se mettait à boire, on le retrouvait aussitôt parmi les pires soudards de la ville. On le rencontrait en leur compagnie en plein milieu de la journée. Ils étaient parfois nombreux à le suivre parce qu'il avait de l'argent ou qu'il était susceptible de leur en procurer. Pour eux, c'était un grand chef. Mais sa pauvre femme avec ses enfants ! Dire qu'il lui fallait supporter tout ça ! Personne ne pouvait comprendre qu'elle ne se soit jamais découragée.

Cela demeure un mystère…

Après le sauvetage de ce géant des mers dans les fjords de l'ouest, Bardur Killian sombra dans la boisson et la misère. Ils commençaient par faire les bars ouverts pendant la journée, lui et le reste de la joyeuse équipe du sauvetage. Les premiers jours, dans l'euphorie de la victoire, et considérés comme de vrais héros nationaux, ils dépensèrent ce qui leur restait. On leur fit crédit. Puis arriva le moment où il fut de notoriété publique qu'ils ne recevraient pas un centime pour leur peine. Tout l'éclat dont ils étaient auréolés se dissipa du jour au lendemain. Bardur, Kobbi Kalypso, Gardar et Globlesi… Ils sont dans un bar.

« Tiens, encore toi ? – Quoi, encore moi ? Qu'est-ce que ça veut dire ? Oui, j'ai un peu de fric (je suis rentré à la maison et j'ai raflé la cagnotte de Noël. J'avais pourtant juré de ne pas y toucher !). » Alors l'enthousiasme revient. Pour quelques instants. Tant qu'il reste un peu d'argent. Et quand il n'y en a plus, les quatre hommes sortent en titubant de ce bar obscur, à demi aveuglés par la lumière éclatante de ce mardi. Il ne reste même plus assez pour prendre un taxi. Ils en prennent un malgré tout. « Où est-ce que vous voulez aller ? – Quelque part. Attendez que je réfléchisse un moment. Non, pas à la maison… Ni chez Villi, mon frérot, ce fumier… Et le révérend Sigvaldi ! Où est-ce qu'il pourrait bien être ? À la mission. Voilà ! C'est à la Fondation caritative qu'on veut aller ! » À l'intérieur de la voiture, les visages regardent les lumières de la rue. De dos, le chauffeur semble énervé. Le compteur tourne, émettant son tic-tac. Kobbi est assis à l'avant, il est à moitié retourné. Il va dire quelque chose. Mais Gardar et Globlesi n'écoutent pas. Ni l'un ni l'autre. D'ailleurs, ils n'écoutent jamais quoi que ce soit. Eux-mêmes, peut-être, sinon… « Est-ce que c'est ici, chauffeur ? Cette maison-là ? Attendez-nous un instant. » Ils sortent. Chapeau ajusté. Juste histoire de lui demander s'il n'aurait pas un billet en trop. Il s'est toujours méfié. Mais bordel, il n'est pas là, ce salaud ! Toisé de la tête aux pieds, comme une espèce d'oiseau de mauvais augure. « Et il ne reviendra pas ? – Non, ça, il n'y a pas de danger ! Et il n'est pas le bienvenu. » Il a dû se passer quelque chose. À nouveau dans le taxi… Le chauffeur veut voir si on a de l'argent. Menace d'appeler les flics. « Et-et-et puis quoi encore… Faut juste que je passe un coup de fil. » « Lara ! Allô, c'est Bardur… Si-si-si, ça va au poil. Hein ? Oui-oui-oui… Écou… Écoute-moi. Est-ce que Sigvaldi est là ? Quoi, dans sa boutique ! Attends, là, j'y suis plus. Il est devenu marchand ? Eh bien mon vieux… Il faut que j'aille voir ça de plus près ! » « Chauffeur ! Au magasin Gosi… Ah bon, c'est un kiosque. » Et voilà notre homme, pas loin de péter un plomb dès qu'il m'aperçoit. Cigarettes, cigares et bonbons. « Le révérend Sigvaldi est bon-bon ! (il n'a pas l'air de trouver ça drôle. On le voit bien à sa façon de sourire). Non, c'est juste une citation d'un poète (il a dû faire un coup fumant à la mission !). Putain, mon vieux, c'est un superbe kiosque ! (il y a une odeur de moisi à l'intérieur). Révérend-vendeur. Est-ce qu'il ne te resterait pas un billet, par hasard, je te rembourse de toute façon la semaine prochaine. » Rien, il n'a rien du tout, ce minable. Il me prête un chèque. Daté d'il y a trois semaines. « Et qui c'est, ce Rutur Björnsson ? Bon bon, c'est gentil quand même. Ça me va parfaitement (trois fois plus que je n'en espérais…). » Le chèque dégage une odeur de caoutchouc.

Le chauffeur n'en a rien à faire. Il se contente de rigoler, ce fumier. Je commence à en avoir assez de ce type-là. On attend au bord du trottoir. Globlesi est sorti pisser contre une palissade. On est tout à côté d'une pharmacie. « Qu'est-ce qu'il peut pisser, votre copain ! » dit le chauffeur. Il commence à s'énerver. On lui demande s'il ne connaîtrait pas quelqu'un qui vendrait de la gnôle. Eh bien oui, lui (on lui en achète souvent). Ce rapiat prend le chèque pour la moitié de sa valeur. Mais il fait payer la bouteille trois fois son prix. « Je prends des risques », dit-il ! Il prend des risques ! « Viens pas me raconter ça à moi ! Je viens de sauver un rafiot de cinq mille tonnes dans l'ouest du pays ! Et j'ai mis en jeu tout ce que je possédais ! – Viens pas me raconter ça à moi », interrompt le trafiquant. Il ricane. Des ordures pareilles, on devrait les pendre par les couilles. Bon, c'est réglé pour la bouteille et l'argent, mais maintenant, où est-ce qu'on va ? Il n'y a personne chez un batteur des îles Vestmann que connaît Kobbi. On atterrit dans un chalutier. Hallveig Frodadottir… Quelle porcherie, mais quelle porcherie ! Le lendemain, c'est au tour de mon frérot Villi. Il y a des occasions où il est bon de mettre sa fierté dans sa poche. « Mon cher Villi ! Est-ce que tu ne pourrais pas me prêter un peu d'argent ? » Il envoie un gamin avec un billet. Il n'a pas voulu me voir. Même pas en entendre parler. Ça suffit pour une bouteille. J'ai passé un coup de fil pour commander un plein chargement de fumier au nom de Vilhjalm Edvard Killian. « Vous n'aurez qu'à le déposer devant chez moi. Inutile de venir frapper à la porte, ma femme fait une petite sieste dans la journée. Ce soir j'aurai des gars avec moi pour l'étendre dans le jardin ! » J'ai aussi commandé un habit de pasteur pour le révérend Sigvaldi Arnason, le vendeur.

On a terminé chez le batteur des îles Vestmann. Il propose des cachets. Il y a là des types plutôt louches. Bagarres et flics. Il y en a un qui a eu le ventre ouvert avec une bouteille brisée. Il s'en dégage une odeur immonde. Une odeur d'excrément. Pas marrant d'être un pauvre type. Je m'enfuis au-dehors et vais dormir dans un local à poubelles. Puis, le lendemain, à nouveau le bar. Où sont passés les copains ? Pas un rond en poche. Appeler le vieux ? Ah non ! Mon frangin Sigfus ? Et subir ses sermons ? Ma sœur Hrodny ! Elle, au moins, elle n'est pas toujours sur mon dos. La pauvre fille. Mariée à un colossal imbécile. Onze ans de plus qu'elle. Et c'est elle qui a hérité de l'infirmité de notre grand-mère, qui s'est mise à boiter à la suite d'un accident… Merde, c'est pas le bon numéro. Même pas capable de connaître les numéros de téléphone de ses proches. Et lui, je ne me souviens plus de son patronyme. Geirmund quelque chose. Pas Geirmund Lebiceps. Voilà, c'est ça. Ça doit être lui : « Pêcheur. Alfheim. » Ça colle. « Allo, Hrodny ? Où je suis ? Je suis à l'hôtel Borg. Est-ce que tu ne pourrais pas me dépanner ? (toujours les mêmes discours). Tu ne pourrais pas m'envoyer un gamin pour… Ouah ! Kalypso se pointe avec un billet ! Écoute, ma petite Hrodny, oublie ce que je viens de te dire, tout va bien (clac !). » Inutile de demander à Kalypso où est-ce qu'il l'a dégoté. Il y a là des aristocrates du comptoir. Des avocats et des experts comptables alcooliques, un photographe homosexuel, un peintre qui n'a jamais vendu une toile, d'éternels étudiants. Mais aucune femme. Un pauvre bougre est suspendu au bar. Il était à la même place hier. Et avant-hier… Il y passe sa vie, voûté et désespéré. Il paraît que sa femme l'a quitté. Il est magasinier à la Compagnie de distribution des eaux. Mais qu'est-ce qu'on peut bien emmagasiner à la Compagnie de distribution des eaux ? De l'eau ? Jamais il ne parle à qui que ce soit. Ou, pour être plus juste, personne ne lui adresse jamais la parole. Il a l'air si peu intéressant. Il dit au barman, qui est forcé de l'écouter tandis qu'il essuie les verres : « Les gens ont quand même du mal à vivre ensemble sous le même toit. Enfin certains. » Et le barman prend une expression compatissante. L'employé des eaux se réchauffe. Il est face à quelqu'un qui compatit aux épreuves de l'existence de son prochain : « Tu sais quoi, je crois bien que tu es mon meilleur ami. »

Quel abruti ! Peut-être qu'il a de l'argent ? Je m'assieds à côté de lui :

– Est-ce que l'été ne serait pas enfin arrivé ? Hein ?

– Je ne suis pas un as de la conversation, mais je n'aime pas boire seul. J'ai une demi-bouteille d'aquavit à la maison. Si tu veux, on ira la boire ensemble quand le bar fermera. Peut-on imaginer meilleur ami que moi ?

Mais j'ai vite fait de me raviser. Avant la fermeture, le photographe est déjà parti avec lui. La plupart des gens qui sont là ont fini par faire connaissance. Ils ont engagé la conversation avant l'annonce de la fermeture. Au dernier verre, tous sont devenus d'excellents amis. Et il y en a d'autres qui entrent. Gardar et Globlesi. Quoi ? Pas encore repartis en mer ! C'est le bateau qui est tombé en panne. On l'a remorqué au port. Soyez les bienvenus ! Et arrivent encore d'autres marins. On les reconnaît facilement (eux aussi ont généralement de l'argent sur eux). Puis apparaît un autre pêcheur. J'ai déjà vu ce type-là quelque part. Le géant des mers en personne. En cuissardes et gilet de laine… Que se passe-t-il… Mais je connais cet homme ! C'est Geiri, mon beau-frère. Ça alors ! Est-ce qu'il va me reconnaître ? Bien sûr que oui, et personne d'autre que moi.

– Viens là, Bardur, j'ai besoin de ton aide.

– Qu'est-ce que je peux faire pour toi, mon vieux Geiri ? C'est le *Kolgrim* qui s'est échoué ? On va arranger ça ! Je te présente : Geirmund, mon beau-frère, Monsieur Muscle...

– Dépêche-toi, Bardur, je n'ai pas le temps de rigoler...

– Parfait, mon vieux Geiri (je vais peut-être pouvoir lui soutirer de l'argent). Vous venez, les gars ?...

– Non, eux, ils restent là !

(Et ils obéissent. Comment se fait-il que l'on se plie si facilement aux ordres ?)

Au-dehors, la Skoda est à moitié garée sur le trottoir, le moteur en marche. Qu'il fait clair ! Sur le pare-brise, une contravention. Une foutue odeur de poisson règne à l'intérieur. Il est au volant et ne dit pas un mot. Il roule. Le moteur hurle et crisse. Mais ce veau reste en seconde ! Tête de veau, c'est comme ça qu'il devrait s'appeler : Geirmund tête de veau ! Geirmund tête de veau, dit Monsieur Muscle. Conduite chaotique et à-coups. C'est alors qu'il aperçoit la contravention, lance des injures, actionne les essuie-glaces pour la déloger. Je renonce à demander ce qui se passe...

Le port. Le bateau qui attend, le moteur en marche. On donne l'ordre d'appareiller.

– Quoi ! Mais où est-ce qu'on va ?

– Pêcher au chalut. À Eldey pour commencer. Il y a aussi du poisson à prendre à Svörtuloft.

– Hein ! C'est une tournée de pêche !

L'angoisse m'envahit. Je suis bourré. La gueule de bois. Et ce rafiot qui empeste. Je vais être malade. Sur le pont, il y a des types en cuissardes...

– Écoute, mon vieux Geiri, je n'ai même pas de cuissardes…

– On a ce qu'il faut !

– … ni de ciré (ma voix s'étrangle).

– On a ce qu'il faut !

– Ma femme et les gamins ne savent pas où je suis…

– Si !

On est partis. Pour revenir à terre, il faudrait patauger dans cette eau du port visqueuse et saturée de pétrole. Tous me regardent en ricanant. Il fait froid. Pire encore : clair.

En bas, quelle odeur ! Ça vaut sûrement celle qui régnait dans les chambres à gaz ! Ça peut faire hurler, mais c'est la vérité, tout insolente qu'elle soit. Il y a là un type qui me salue aimablement. Il se présente :

– Benjamin.

– Moi, c'est Bardur.

Arrive un jeune homme. Il descend si vite les marches qu'on a d'abord l'impression qu'il est tombé.

– Toi ! le capitaine veut te parler.

Eh bien, qu'il vienne ici, ai-je envie de dire. Je remonte et me rends à l'arrière du bateau. L'énorme tête du capitaine apparaît au hublot. J'essaie de marcher d'un pas nonchalant, mais le bateau se met à rouler et mon sens de l'équilibre à jouer avec mon estomac, qui n'était déjà pas en grande forme !

– Là-bas, dit-il, il y a des couvertures et des trucs dans ce genre-là. Des tas de couchettes inoccupées à l'avant. Quand j'ai des passagers aussi inexpérimentés et imprégnés que toi, je leur donne toujours dix-huit heures pour récupérer dans leur couchette. C'est la règle. Après ça, plus le droit de se plaindre. Il est quatre heures. Demain matin à dix heures, tu dois être prêt. Maintenant, va cuver.

Pourquoi on se laisse donner des ordres comme ça ?

Endormi aussitôt. Réveillé dans l'obscurité, sans savoir l'heure qu'il est. Il ne doit pas être loin de minuit. Je vomis. Vers le lavabo à tâtons. J'ai des spasmes. Je dégouline de sueur. Mon cœur bat comme celui d'un oisillon. Agitation et cris sur le pont, au-dessus. Le bruit du moteur s'est modifié. Il tourne à bas régime. Le bateau se balance de tous côtés. De l'eau qui bout dans une grande casserole sur une cuisinière. Des flammes vacillent à l'intérieur. On les voit à travers une grille. Des tasses sur la table. Des serviettes humides. Nulle part où se laver. À nouveau la couchette. Malgré tout c'est un refuge. Je m'installe pour faire un somme. Mais des hommes descendent. Les voix se taisent, manifestement par égard pour celui qui dort. Rien dans le filet, disent-ils, il n'y avait rien dans le filet. Rien ? Ils sont à table. Fument, boivent du café, rotent et pètent. Ronflement de pipes. Le jus de pipe qui se consume. Ça ne contribue pas à bonifier l'atmosphère de la couchette. Après le bain de sueur, les couvertures de laine piquent. Nausée, picotement dans les yeux.

– Bon, pourvu qu'on ne se plante pas, finit par dire l'un d'entre eux en s'étirant.

Le jeune marin jette un œil dans ma couchette. Nos regards se croisent. Il me fixe, sourit avec un soupçon d'envie :

– Dix-huit heures de bonheur.

* * *

Geirmund avait raison. Après dix-huit heures, on est remis d'aplomb. Bardur s'éveilla, prit un petit déjeuner frugal et monta sur le pont. Le temps s'était remis au beau. Un brouillard si épais qu'on ne voyait pas grand-chose au-delà du bastingage. Mais tout en haut, un peu de bleu apparaissait. La mer était calme et dans des teintes vert bleuté. L'air retentissait des cris stridents des oiseaux de mer. Le capitaine, derrière le hublot donnant sur le pont, appela Bardur et lui dit de crier « Hissez ! » par l'écoutille.

En peu de temps, les hommes sont arrivés. La marche à suivre n'est pas aussi compliquée qu'il y paraît. Le cabestan ramène le câble du chalut, puis les cloisons sont relevées et fixées. Alors arrive le chalut. Le chalut est hissé à bord. Quelqu'un se précipite, plié en deux, et défait le nœud. Tout un bric-à-brac se répand sur le pont : des oursins bleus qu'on appelle « bourses du Diable », des raies, un crabe, une baudroie, quelques colins et des morues. Geiri est au hublot. Le coin de la bouche abaissé vers la mâchoire. Il ne s'est pas peigné ce matin. C'est également le cas de Bardur Killian qui a enfilé une tenue de pêche, comme un vrai marin, le bonnet ciré attaché sous le menton. Il n'a pas l'air aussi triste que la veille ni même aussi pessimiste, lui qui a survécu à tous ces tracas. Une table est installée sur le pont et on commence à vider le poisson. Bardur a la tâche de lancer les poissons sur la table et de balancer par l'ouverture d'évacuation les bourses du Diable, les raies et tout le déchet. Ils sont six sur le bateau. Avec Bardur comme simple matelot. Ça sonne presque comme un poste honorifique.

Le cuistot descend pendant que les autres nettoient le pont. Il met à cuire des homards qui sont remontés dans le chalut avec le poisson et verse du lait caillé. Puis ils viennent s'asseoir tous les cinq (le second est resté sur le pont) et commencent à manger. Ils sont tranquille-ment installés, sauf le capitaine qui avale son déjeuner, bougonne l'air grincheux et est déjà hors de vue lorsqu'il lance : « B'nap'tit. – B'nap'tit, répondent les hommes les uns après les autres. – Bon appétit à vous », dit Bardur dès qu'il a compris. Les autres le regardent avec un sourire. Ils ont l'air de types sympathiques. Le second vient prendre part au festin de homards. Et le repas devient plus drôle après la sortie de Geirmund. Ils se mettent à commenter la pêche de la matinée. « Il n'y a rien à ramasser dans ce coin, à part ces saloperies d'oursins. – On ne ramène jamais rien de cette vacherie d'endroit. – Il y a ces foutus rochers, au fond. – Est-ce qu'on est en route pour Eldey ? » demande Bardur. Les autres sont contents de l'entendre parler. « Il va mieux, le beau-frère ? Bienvenue dans ce lieu de salut. Une croisière à bord du *Kolgrim*. – Hahaha. »

Quelle merveille que ces homards. On brise le cartilage avec les pouces, un peu de sel, éventuellement un petit morceau de beurre, et on n'en fait qu'une bouchée. Puis on pioche à nouveau dans la casserole. Le cuistot verse un peu d'eau et ça continue à fumer. Puis arrivent sur la table le lait caillé et un pot de crème. Le premier mécano est toujours inquiet à propos des frais de nourriture. S'ils dépassent une certaine somme, ce sera ça en moins sur les salaires de l'équipage. « Moi, j'appelle ça du gaspillage ! » dit-il sur un ton amer en voyant la crème. Et tous rigolent. « Moi, j'appelle ça du gaspillage ! » Benjamin « Gaspi ». C'est comme ça qu'on devrait le surnommer.

– Le vieux veut sans doute aller à Svörtuloft, dit Bardur qui veut paraître bien informé.

Yeux écarquillés.

– Hein ! Alors maintenant, Geirmund va raconter où il a l'intention d'aller pêcher ? Il file un mauvais coton…

Jamais, lors de la tournée de pêche, ils n'allèrent à Svörtuloft. Mais plus tard, dans la journée, le bateau prit le chemin des îles Vestmann. Ils firent un essai à Surtsey, puis au large du glacier Öræfajökul. L'été était arrivé. Un vent frais soufflait du nord, apportant des senteurs de terre ferme. La mer était bleue et calme. Pêche excellente. Ils achevèrent la tournée par quelques chalutages à nouveau au large d'Eldey. Ça commençait à souffler. Vers minuit, ils tirèrent le filet qui était endommagé et entreprirent de le réparer. La tâche ne fut pas facile dans le froid et la nuit, au large d'une mer agitée. Ils besognaient dur, vêtus de leur équipement imperméable. Geirmund descendit de sa passerelle et, avec ses grosses pattes, fut le plus efficace de tous pour réparer le filet. En sabots et en pull, dans le remous des vagues. Comment arrivaient-ils à distinguer quoi que ce soit dans cet enchevêtrement de mailles verdâtres qu'ils appelaient un chalut ? La poche fut à nouveau jetée à l'eau et ils remontèrent un plein chargement de poissons qui recouvrit le pont. Pas la moindre pause. Nuit entière passée à vider du poisson dans la houle. Geirmund quitta une fois de plus sa passerelle et vida lui aussi le poisson. Il était plié en deux, avec son couteau qui s'agitait. On aurait dit une danse du sabre.

Au matin, le temps s'était apaisé. Ils remettaient le pont en ordre. Le bateau glissait sur l'eau. À peu de distance s'élevait l'île d'Eldey, avec sa falaise escarpée animée par le fourmillement des oiseaux. Des pétrels volaient autour du bateau. Ils frôlaient le bastingage avec leurs manières populaires, presque vulgaires. Mais du rivage d'Eldey arriva un fou de Bassan. Le roi des oiseaux de mer, grand, blanc et noble. Il décrivait des cercles au-dessus du bateau, à haute altitude, surplombant Bardur Killian qui s'était assis sur un banc afin de contempler cet oiseau qui, s'il repérait de la nourriture loin sous la surface de l'eau, piquait alors à la verticale. Son vol était gracieux, le bec dans l'alignement du corps et les ailes plaquées sur le côté. On n'entendait qu'un sifflement lorsqu'il s'abattait avec une rapidité surprenante. Il déchirait la surface des flots et disparaissait dans les profondeurs, à peu de distance du bastingage. Il s'évanouissait. Un bref éclair blanc, alors qu'il s'enfonçait dans la mer profonde, sereinement et à l'abri du vent près du bateau. Puis il remontait, arrogant et majestueux, avec un poisson dans le bec.

* * *

Ainsi notre famille habitait un appartement aménagé en sous-sol. Les soucis économiques étaient permanents, bien que nous autres enfants ayons toujours eu l'impression que tout allait bien.

Mon père ne renonçait jamais à faire des projets qui devaient rapporter très rapidement beaucoup d'argent. De l'argent, on pouvait en trouver partout, et en grosses quantités. Il suffisait d'être assez malin pour le ramasser. Quand il y avait une loterie, mes parents achetaient un billet. Le vieux était persuadé de gagner. Mais cela n'arrivait jamais. Les choses se présentaient sous un autre jour lorsqu'il s'agissait d'un concours auquel chacun pouvait participer. Mon père était de la partie et il s'y entendait pour gagner. Il savait venir à bout des rébus les plus compliqués et empochait ainsi un an d'abonnement à tel ou tel hebdomadaire. Lors d'une foire aux meubles, les visiteurs furent mis au défi de deviner le nombre de clous qui étaient contenus dans un cylindre transparent placé à l'entrée. Papa donna un chiffre. Il écrivit sur un billet : cent cinquante-sept mille huit cent vingt-trois. Une photo de lui en vainqueur fut publiée. Il portait mon frère Gundi dans ses bras tandis qu'il recevait le premier prix pour avoir, parmi les dix-sept mille propositions, fourni l'estimation la plus proche. Il reçut en lot un bon d'achat dans un magasin de meubles et dans une boutique de tapis, et d'autres choses encore. C'est pour cette raison que des tapis en Dralon firent leur apparition dans tous les coins de notre appartement, ainsi qu'un canapé recouvert de Tergal bleu-vert. Ces matériaux provoquaient tellement d'électricité statique que l'on se prenait une décharge au moindre mouvement. Si quelqu'un portait une chemise en Nylon, il produisait aussitôt une pluie d'étincelles jaillissant dans toutes les directions. L'un de nos jeux favoris consistait à fermer les portes, tirer les rideaux et éteindre les lumières. L'un d'entre nous, vêtu d'une chemise en Nylon, se laissait alors glisser d'une chaise, rampait sur les tapis et remontait le long du canapé. La gerbe d'étincelles qu'il causait était aussi fournie que celle d'une lame de fer qu'on passe à la meule pour l'affûter.

Mon père connut également son heure de gloire le jour où il participa à un concours de slogans organisé par le fabricant de bonbons Noi pour la promotion de ses pastilles « Topas ». Des bons de participation parurent dans les journaux. Il fallait inscrire, sur deux lignes, un slogan vantant les pastilles « Topas ». Papa découpa aussitôt l'un de ces bons dans le *Morgunbladid* et envoya sa proposition de slogan. Elle fut retenue parmi les trois meilleures et il reçut en prix, de la part du fabricant, un carton rempli de friandises qui nous étaient destinées. Son slogan fut imprimé sur le couvercle de certaines boîtes de « Topas » : *Topas ! l'amie des fumeurs et des chanteurs !* Dès que l'on tombait sur une boîte de « Topas », le suspense était à son comble : qu'y avait-il d'inscrit sur le couvercle ? S'agissait-il du chef-d'œuvre de papa destiné aux fumeurs et aux chanteurs ? On en frémissait de joie et de fierté.

Voilà quelles étaient les prouesses du chef de famille.

Une fois, notre père nous emmena au cinéma, mon frère et moi, pour voir un film d'aventures. Il nous paya à tous les deux une boîte de « Topas ». Gundi tomba sur celle qui avait le bon slogan. Je vis alors les yeux de mon père s'animer d'un éclat fugace de joie et d'émotion et l'entendis chuchoter : « Ouais, eh bien ça, au moins, personne ne viendra nous l'enlever. »

C'étaient les années Nylon et Tergal. On considérait les chemises en Nylon comme l'étape la plus importante franchie par l'humanité depuis l'invention de la roue : il n'y avait pas besoin de les repasser. Mais elles présentaient la caractéristique, lorsqu'il gelait en hiver, d'être une source de froid glacial et pénétrant, tandis que, l'été, lorsqu'on s'exposait au soleil, elles devenaient brûlantes. Elles étaient tellement inflammables qu'elles se consumaient au contact d'une cigarette incandescente, laissant sur la peau des plaies qui restaient cuisantes longtemps après que la source de chaleur avait été neutralisée. Plus tard, ce furent précisément ces mêmes caractéristiques qui rendirent célèbre le napalm.

À dire vrai, nombreux furent ceux qui mirent leur vie en danger lors de soirées de Nouvel An. Des hommes qui avaient bu quelques verres dans la chaleur de maisons bien chauffées, où régnait une atmosphère de liesse, où la joie leur donnait les joues rouges, et qui étaient ensuite sortis dans le froid glacé pour faire partir des fusées. L'ivresse leur avait donné à ce moment-là une sensation d'endurance telle qu'ils ne prêtaient pas attention aux gerçures qui, dans ce froid intense, ne tardaient pas à apparaître sous leur chemise en Nylon. Le pire se produisait lorsqu'ils se mettaient à pousser les voitures, occupation favorite des soirs de Nouvel An, généralement sous une averse de neige. Cinq ou six types en chaussures vernies et chemise de Nylon sortaient en courant de chaque maison et mesuraient leur force en poussant les voitures en bras de chemise. Dès qu'une voiture était dégagée, ils passaient à la suivante parce que c'était amusant. Il en résultait une fièvre carabinée ou une pneumonie.

En Islande, à cette époque, les mots de Tergal et Nylon avaient une résonance magique. Ils étaient indissociablement liés à l'idée de fonctionnalité et à l'espoir de faire une bonne affaire. Aussi incroyable que cela pût paraître, mon grand-père Sigfus, le roi de la récupe, se rendit une fois à Londres, ou peut-être à Édimbourg, pour une affaire professionnelle que j'ai du mal à imaginer. À cette occasion, quelqu'un eut la bonne idée de dire qu'il fallait profiter de ce voyage pour me rapporter un pantalon en Tergal. Un pantalon en Tergal pour garçon. Et c'était à lui que l'on avait demandé une chose pareille ! Il avait quitté le pays avec une feuille où étaient inscrites mes mensurations et la coupe désirée. Il avait certainement oublié ce bout de papier et, qui plus est, avait dû trouver une manière plus captivante de passer le temps pour le premier voyage à l'étranger qu'il entreprenait depuis des années. Toujours est-il qu'au retour il rapporta un pantalon taillé pour un géant obèse. Cet impair causa une terrible déception et un profond abattement à ma mère. Durant les jours qui suivirent, lorsqu'elle appelait les dames qu'elle connaissait, elle évoquait cette terrible déception. Plusieurs de ses amies passèrent à la maison pour constater par elles-mêmes la réalité de cette histoire à peine croyable. À chacune de ces visites, on me faisait venir dans la cuisine, avec mon allure dégingandée et mon nez qui coulait, afin de présenter le pantalon contre moi. J'aurais pu y entrer tout entier et j'incarnais probablement la vision classique de la misère. Bien que, pour ces dames, cette affaire ait été un sujet de chagrin et d'indignation, elles n'étaient pas insensibles au comique de la situation. Une lueur d'ironie, légère mais perceptible, passait dans leurs yeux lorsqu'elles me toisaient, moi, pauvre gamin désemparé, à côté de ce gigantesque pantalon de Tergal. Pour finir, ma mère m'entraîna en centre ville chez P&O, chez Andersen & Lauth et tous les meilleurs tailleurs et marchands de vêtements de la capitale. Tous furent mis au courant du problème et se virent proposer de prendre ce pantalon en dépôt ou de l'échanger contre un autre article. Sans doute m'avait-elle emmené avec elle dans l'éventualité où il faudrait essayer un vêtement, mais très certainement aussi comme une sorte de pièce à conviction dont la présence silencieuse allait permettre d'établir la bêtise de cet homme, le grand-père du gamin, qui devait seulement acheter un pantalon en Tergal à l'étranger. Et rien de plus. Bien sûr, c'était de l'authentique Tergal et, à bien des égards, un vêtement bien ouvragé. Mais, bien qu'il se soit agi d'« un très bel article », il ne se trouva pas un marchand ou un tailleur pour nous venir en aide. « Non, désolé, on ne peut rien faire. » Et c'est à plusieurs reprises qu'avec ma mère il nous fallut recommencer ce chemin de croix, dont nous revenions humiliés et amers. Cependant, au plus fort de notre détresse, la Providence s'en mêla. Un ami de grand-père devait se rendre à Londres ! On ne sut pas trop si c'était pour y disputer un tournoi de bridge ou pour subir une opération à cœur ouvert. Les avis étaient partagés à ce sujet. Ce qui est sûr, en revanche, c'est qu'on lui donna le pantalon afin qu'il aille l'échanger à l'endroit où il avait été acheté. Il y eut grande liesse au palais. Dans notre appartement en sous-sol. Il fut désormais possible de rappeler toutes les amies de ma mère pour leur raconter que les choses allaient rentrer dans l'ordre. Pauvres de nous ! L'ami de grand-père se rendit comme prévu au bon magasin à Londres – ou à Édimbourg – et parvint à échanger le pantalon. Toutefois, la seule différence que présentait le nouveau pantalon était sa couleur : il était bleu marine, alors que le premier était noir. Quant à la taille, elle était identique et aurait convenu à un forgeron ou à un boulanger. Une terrible malchance. Et ma mère voyait bien à quel point cet achat aurait pu être une bonne affaire. Ce qui était dès le départ insensé, c'était d'avoir confié au vieux Sigfus le soin de faire des achats. Des types comme lui sont bien entendu incapables de se débrouiller correctement et pas fichus de faire affaire ! Et l'objet de la mission, c'était précisément le cadeau de Noël du gamin ! Moi-même, j'ai ressenti d'épouvantables remords. Dans cette histoire, ma position de victime disparut presque totalement : c'était en fait moi le responsable. Si je n'avais pas existé, ces affreuses contrariétés ne seraient jamais arrivées. Je souffrais intensément de cette situation.

Oui. J'étais un enfant que les malheurs frappaient de toutes parts. Ainsi, il n'était jamais possible de m'envoyer passer quelque temps à la campagne, comme les autres garçons. L'exode massif de la population islandaise vers la ville était un phénomène encore récent, et nul ne doutait qu'il fût possible de vivre correctement dans la capitale. Mais cette dernière était avant tout réservée aux adultes. Un peu comme les débits de boissons où les grandes personnes sont en principe capables de veiller sur elles-mêmes et, éventuellement, de s'y amuser un peu. Cependant, pour les enfants – et cela valait surtout pour les garçons qui doivent devenir des hommes – une telle existence était inenvisageable ! Apprendre à vivre, à travailler, à grandir, à se débrouiller seul, en un mot : à devenir un homme, ces choses-là ne pouvaient se faire qu'à la campagne. Et chaque printemps, les garçons qui promettaient et avaient un tant soit peu d'ambition partaient en autocar pour la campagne. Ils y passaient aussi l'été, gagnaient le gîte et le couvert en allant chercher les vaches, en charriant du fumier, en s'occupant des moutons, en faisant les fenaisons ; ils apprenaient à conduire le tracteur et gobaient des œufs frais dans la lande. Lorsque ensuite ils rentraient à la maison, au début de l'automne, ils avaient grandi, leur teint était hâlé par le soleil et ils étaient nominalement possesseurs d'un agneau ou d'un poulain.

Sauf moi.

Quelle existence pour un enfant de dix ans que d'arpenter les rues de la ville à longueur d'été ! C'était le meilleur moyen d'en faire un vaurien ! (Il m'arrive parfois, en voyant mon image dans un miroir, de constater que c'est ce qui s'est vraiment passé.) « Bien, quelle que soit la situation, il va falloir s'occuper de trouver au gamin une bonne place pour l'été prochain. » C'est ce qu'ils répétaient chaque hiver. À maintes reprises. Mes parents disaient cela pour moi. Mais aussi pour eux. Et de telle façon que je l'entende, en me montrant du doigt, moi qui étais en train de devenir un vaurien. À moins que Dieu et la Providence s'en mêlent et déjouent cette fatalité par un travail sain dans une ferme. Ma sœur et mon frère, quant à eux, faisaient des séjours à la campagne. Comme la plupart de mes camarades. Pourquoi pas moi ? Mon cas devait être particulier, car le printemps revenait d'une année sur l'autre, selon un déterminisme inexorable, toujours aux environs de mon anniversaire, que l'on fêtait dans l'ombre de cette fatalité qui voulait qu'une fois encore il semblait impossible de m'envoyer à la campagne. Il ne me restait plus qu'à traînasser dans la ville tout l'été. Sans doute étais-je condamné à causer le malheur de mes parents en devenant un bon à rien.

Le travail à la ferme ? N'était-ce pas un esclavage sans fin ? Pourquoi ne pense-t-on jamais à envoyer les enfants sur un chalutier ?

Si je n'avais plus rien à me mettre sur le dos, ma mère m'emmenait faire les magasins où l'on devait pouvoir trouver quelque chose qui m'aille. Et lorsque la vendeuse se tournait vers ma mère et lui disait : « Que puis-je faire pour vous ? », celle-ci pointait son doigt dans ma direction et je devenais l'objet de leur attention. Je restais généralement près de la porte, voûté et l'air un peu nigaud, la goutte au nez et ne sachant quoi faire de mes jambes. Maman demandait : « Est-ce que vous auriez quelque chose pour un gamin pareil ? » La vendeuse me toisait. Je pouvais voir dans son expression un soupçon de doute et de résignation. Mais un miracle étant toujours possible, elle se mettait à farfouiller à la recherche de ce quelque chose.

Avec le temps, j'ai essayé de me débarrasser de cet air d'abruti en jouant sans cesse un jeu, en affichant une expression affectée. J'ai progressivement pris l'habitude d'être quelqu'un de tout à fait différent. À tel point que j'ai perdu la faculté d'être moi-même. À présent, je ne sais plus ce que signifie être naturel. Cette situation devenait si pesante qu'un jour j'ai décidé de réapprendre à être naturel, à redevenir moi-même. Je me suis concentré, essayant de me pénétrer de cette idée. Mais, pris de violents vertiges, j'ai dû renoncer au bout de quelques minutes.

Huitième chapitre

On devait être en été, puisque Sillivaldi avait eu la permission de jouer dehors avec Lars et moi. À cette époque-là, la rue était parcourue d'une longue tranchée. Des travaux destinés à l'acheminement de l'eau chaude pour le chauffage urbain. On était en train de couler du béton dans cette tranchée lorsque Lars marcha sur un clou. Il poussa un hurlement de circonstance. Ce fut une première avalanche de cris, mais personne n'accourut. Le sang s'était mis à couler du pied de Lars. Il avait retiré sa botte de caoutchouc et sautillait à cloche-pied dans la tranchée en poussant ses hurlements. Pendant ce temps, Sillivaldi et moi observions la scène sans trop savoir quoi faire. Soudain, on aperçut Ethel, l'Allemande. Elle se tenait au bord du trou et s'adressait à nous. On ne comprenait rien de ce qu'elle disait, mais il était hors de doute qu'elle désirait nous tendre une main secourable. On l'aida donc à sortir Lars de la tranchée.

Celui-ci était sans doute tellement abasourdi par la soudaineté de l'incident qu'il fut dans l'incapacité de rentrer immédiatement chez lui afin d'informer sa mère de la tragédie qu'il venait de vivre. Peu de temps après, nous nous retrouvâmes tous les trois dans la cuisine d'Ethel. Le blessé s'assit sur la table tandis qu'Ethel passait un chiffon humide sous la plante de son pied, là où le clou avait pénétré. Puis elle pansa la blessure. Et l'incident fut clos, d'autant plus qu'Ethel nous présenta des tranches de gâteau et nous servit à chacun un verre de lait. Elle était rayonnante, contrairement à son habitude. Peut-être était-ce la joie d'avoir pu apporter son concours. Elle eut même un rire de jeune fille en devinant que nous étions dans l'incapacité de comprendre le moindre mot de ce qu'elle nous disait. À notre tour, nous rigolions. Ce moment était plein de joie.

Nous étions sur le point de retourner jouer dans la tranchée, le ventre rempli de gâteau et de lait, quand Ethel nous dit : *Komm !*

Ça, nous pouvions le comprendre. Elle nous fit entrer dans sa chambre à coucher et nous montra une poupée.

Une poupée !

Une grande et belle poupée, vêtue d'une robe garnie de dentelle. Un peu ancienne. Elle n'avait pas les yeux mobiles. Alors ? Est-ce que nous voulions la prendre ? Lars l'avait prise dans ses bras. Puis moi. Et Sillivaldi, le voulait-il, lui aussi ?

Jouer à la poupée n'était pourtant pas notre occupation favorite, mais il était évident qu'Ethel cherchait à nous retenir. Est-ce qu'on savait chanter ? *Singen !* Oh non…

On souriait, l'air un peu gêné et les joues rouges. Pas *singen*… Ce fut donc elle qui nous chanterait un air. Elle allait commencer. Elle alla s'installer sur un petit coffre qui se trouvait dans la chambre. Elle s'assit comme l'aurait fait une petite fille, brusquement, les mains serrées l'une contre l'autre entre ses genoux. Puis, d'une voix claire et radieuse, elle chanta…

> *Sais-tu combien de petites étoiles*
> *Parcourent le firmament bleu…*

Tant qu'elle chantait, elle ne nous regardait pas. Ses yeux fixaient un point situé devant elle, une chose extrêmement lointaine. Puis elle se tut un court instant avant de se lever et de nous poser à chacun un baiser sur la joue. Elle nous raccompagna alors jusqu'à la porte.

Une fois dehors, pas un mot ne fut échangé entre nous à propos de ce numéro de chant. Et l'on se garda bien d'en faire part aux autres. Néanmoins, nous nous retrouvâmes bientôt de nouveau sur son perron. Ce fut même le lendemain, si je me souviens bien. Lorsqu'elle parut sur le seuil, Sillivaldi prononça : *Singen !* Et à peu près la même scène se déroula. Elle nous redonna du gâteau, nous fit tenir la poupée dans nos bras et nous chanta :

Faut-il donc, faut-il donc, qu'à la ville j'aille
Qu'à la ville j'aille, quand toi, mon trésor, tu restes là...

Quant à nous, nous lui chantâmes *Mon petit pluvier*. Debout, vêtus de nos vareuses, coiffés de nos bonnets de marin, emplis d'émotion :

Tous furent en un clin d'œil
Par le corbeau dévorés...

Nous sommes revenus la voir à plusieurs reprises. Tantôt de notre propre chef, tantôt à son initiative. C'était chaque fois le même programme, dont le point culminant était le moment où Ethel nous chantait un air, le regard perdu au loin, assise sur son coffre, les mains jointes entre ses genoux, comme pour une prière. Il est incontestable que nous ne pouvions vraiment pas aborder ce sujet, ni entre nous, ni avec d'autres. Il faut même avouer que ce n'était pas sans éprouver une certaine mauvaise conscience que nous entrions dans cette demeure afin d'écouter une femme chanter et, parfois, de tenir, pour elle, une poupée dans nos bras. Il y avait là quelque chose d'un peu secret... Si cela s'était su et ébruité, nous le savions bien, ces moments auraient aussitôt été anéantis et ne se seraient plus jamais reproduits. Nous aurions même été dans l'incapacité d'expliquer avec de simples mots ce que nous allions faire à cet endroit, auprès d'Ethel. Mais un jour, alors que nous étions en sa compagnie, Fridrik surgit. Le psychiatre était rentré chez lui sans prévenir, juste au moment où nous avions eu la permission de prendre dans nos bras la jolie poupée d'Ethel.

Il s'esquiva et partit dans la cuisine. Nous, nous voulûmes partir sur-le-champ. Mais Fridrik n'avait rien contre notre présence. Au contraire. Il sortit sur le pas de sa porte pour nous dire que nous pouvions rester là. Il dut répéter ces mots à deux ou trois reprises pour que nous comprenions bien ce qu'il nous disait, et cela ne semblait pas lui suffire. Il voulait nous signifier par tous les moyens que nous étions les bienvenus et que nous devions rester auprès d'Ethel. Il tira promptement un portefeuille de la poche arrière de son pantalon et compta d'une main tremblante de l'argent qu'il nous offrit, proposant de nous donner un billet de cent couronnes si nous acceptions d'entrer pour rester auprès d'Ethel. Mais à ce moment, la peur nous gagna et nous prîmes la fuite. Par la suite, nous veillâmes à ne pas venir jouer trop près du perron de cette femme qui chantait en allemand...

Vole coccinelle, ton père est à la guerre,
Ta mère en Poméranie
Et la Poméranie en flammes,
Vole coccinelle...

* * *

Ma tante Hrodny et Geirmund, son mari, avaient tendance à bouder les réunions de famille. Ils ne nous rendaient pas souvent visite non plus. Ils étaient plutôt solitaires. Sans doute parce qu'ils trouvaient peu d'intérêt à faire la fête et à se distraire. Depuis l'enfance, Hrodny avait été une sorte de prototype de vieille fille. Même le fait de s'occuper de deux robustes gaillards n'y avait rien changé. Le premier était son mari, et le second, son fils, qui lui aussi se nommait Geirmund et était, comme son père, une masse de béton armé. Hrodny affichait du matin au soir une mine pincée. Ses épaules semblaient comprimées et ses yeux de myope demeuraient rivés à ses éternels tricots qu'elle ne lâchait jamais. Si elle disait quelque chose, prenait parti ou acquiesçait, elle était prise d'une agitation qui durait un moment. Après avoir trouvé les ressources nécessaires pour prendre la parole, sa tête se mettait à trembler comme sous le coup d'une forte émotion. Et lorsqu'elle s'était ressaisie, elle poussait alors un long et profond soupir. C'était encore entre les murs de son appartement situé au dernier étage d'un gigantesque immeuble qu'elle se sentait le mieux. Elle en sortait le moins possible et, au lieu d'aller faire ses courses comme les autres mères de famille, elle téléphonait à l'épicier du coin et se faisait livrer ses achats. Ce n'était pourtant pas son pied bot qui la handicapait. Elle pouvait parfaitement trotter.

C'était peut-être parce qu'ils étaient si distants, si rares dans leurs visites, que je les trouvais tellement intéressants. En tout cas, j'étais toujours très excité lorsque j'avais l'occasion de les voir. Occasion que je n'aurais ratée pour rien au monde. Je fus donc ravi la fois où ma mère dut aller à l'hôpital et qu'il nous fallut, avec mon frère et ma sœur, aller habiter chez les uns ou les autres.

Et puis il y avait aussi la cuisine de la tante Hrodny. Ce qu'elle préparait à manger n'avait pourtant rien d'exotique. Elle faisait des bouillons de viande, des soupes au lait, du boudin noir, du haddock et, le week-end, du rôti d'agneau. Mais la manière dont elle préparait cette nourriture faisait que l'appétit quadruplait dès qu'on se mettait à table. C'était une nourriture qui n'appelait pas spécialement de commentaire. Elle était seulement faite pour être mangée, sans plus de détours ni de cérémonies. Il ne serait venu à l'idée de personne de la complimenter pour sa cuisine. Et encore moins de s'en plaindre ou de refuser de manger. Quoi qu'il en soit, au cours de mes séjours chez ma tante Hrodny, j'ai grandi et pris du poids. Il est bien possible que je n'y sois pas allé aussi souvent et n'y sois pas resté aussi longtemps que je l'imagine, sans quoi je serais devenu comme les deux surhommes bouffis dont elle partageait l'existence et auxquels elle faisait continuellement à manger.

Geirmund senior avait bien entendu grandi sur un bateau, au milieu des périls et des tracas de l'océan, comme dit le poème. À onze ans, il avait pris la mer à bord d'une petite embarcation avec son père. On lui avait fait comprendre que, dans ce genre de boulot, il n'y avait pas de place pour la faiblesse. C'est la vie qui fait l'homme, dit le même poème. Geirmund ne devint pas très grand et on ne peut pas dire qu'il était gras. Mais il avait un volume stupéfiant. Il était cylindrique et gauche. Son visage affichait une expression méchante lorsqu'il faisait face à des étrangers ou à des marins d'eau douce. Son nez était d'une largeur exceptionnelle, ses yeux plutôt petits et son visage à jamais rougi par les embruns salés et marqué par le manque de sommeil. Il n'essayait même pas de peigner ses cheveux sur son front dégarni. Le poste d'équipage constituait le refuge de son existence et, quoique devenu propriétaire et capitaine de son propre bateau de pêche, il ne s'habilla ou ne se comporta pas pour autant d'une manière qui convenait à sa position. Il avait sa femme, qui vivait repliée sur elle-même dans leur appartement mansardé, qui lui lavait ses vêtements de travail et élevait leur unique fils. Lui aussi était un vrai marin à qui l'appel de la mer n'avait pas laissé le loisir de terminer sa scolarité. L'existence du père était au large, au milieu des bancs de poissons, vêtu de son pull couvert d'écailles et le visage buriné par la mer, complètement absorbé par la pêche. Et les jours où le temps ne permettait pas de prendre la mer, il ne songeait même pas à rentrer à la maison. Il attendait sur son bateau pour être le premier à reprendre le large. Si la pêche avait été bonne, le dernier jour de la tournée, il récompensait l'équipage en lançant dans chaque couchette du poste une bouteille de racine d'angélique.

Geirmund junior fut l'un des héros de mon enfance. Il était de quatre ans mon aîné et était donc plus mûr que moi. Mais ce qui le caractérisait, c'était qu'il était si fort et si robuste que le seul fait d'être de sa famille me rendait automatiquement plus intéressant. Les rares fois où ses parents et lui nous rendirent visite lorsque j'étais gamin, je sortis dans la rue avec mon cousin

Geirmund. La plupart des garçons du quartier se rassemblaient et le soumettaient à des épreuves de force. Il lui fallait soulever d'énormes pierres, déchirer net des annuaires de téléphone ou couper des cordes avec les dents. Par ailleurs, il n'était pas plus sociable que ses parents et préférait rester seul. Il se trouvait une chaise dans un coin pour y bricoler tranquillement. Il tirait alors un canif de sa poche et se mettait à tailler quelque chose. Il avait toujours sur lui un bout de bois ou un morceau de branche à tailler. Il leur donnait une forme avec son couteau, sculptant des oiseaux de mer, des ours polaires ou de petites pirogues qu'il donnait ensuite aux enfants qui se trouvaient là.

La première fois que je suis allé habiter chez eux, j'avais sept ans. À cet âge, cela faisait une grande différence entre lui et moi. J'ai passé la semaine à le regarder bouche bée. Mes yeux étaient rivés sur ce prodige, ce superman, et je riais à en perdre haleine dès qu'il faisait quelque chose de drôle ou d'inhabituel, à la moindre pitrerie qu'il exécutait pour m'amuser. À cette époque-là, il était en sixième. Il partait pour l'école avec son lance-pierre qui pendait de sa poche de derrière et ne revenait pas avant le soir. Il poussait la porte de l'appartement, envoyait balader son cartable de toutes ses forces, avalait son repas. Il disait alors quelques blagues ou se contentait de roter car il savait qu'il n'en fallait pas plus pour que je m'étrangle et dégringole de ma chaise en riant aux éclats, les joues dégoulinantes de larmes. Puis, dans la soirée, il disparaissait dans l'obscurité de sa chambre où il restait enfermé avec l'un de ses copains. Ils écoutaient les Rolling Stones. Et moi, j'avais la permission de m'asseoir par terre et de regarder ces garçons baraqués écouter la musique les yeux mi-clos et taper en rythme avec leurs poings la tête de lit ou le bureau.

La seconde fois où je suis allé habiter chez eux, on était davantage sur la même longueur d'onde. J'avais alors dix ans et Geirmund junior en avait quatorze. Dès que je suis arrivé au seuil de leur appartement, j'ai eu l'impression que Geirmund s'animait. Il s'est exclamé : « Non, c'est toi ? » Et on aurait dit que cela ne lui était pas égal. Il avait grandi et doublé de volume. Il portait à présent des favoris et était en passe de devenir aussi bouffi que son père. Son visage avait pris un aspect irrégulier. On aurait dit de la lave. Il avait une demi-incisive en moins et son allure avait quelque chose de martial. Sa voix était maintenant rauque et rugueuse. Seule une syllabe, de temps à autre, prenait une tonalité suraiguë. Nous sommes devenus des intimes.

Geirmund était parvenu au stade où l'on doit s'enivrer pour passer du côté des adultes. Le jour où l'on réussit à ingurgiter une telle quantité d'alcool qu'on ne tient plus debout, qu'on perd la conscience jusqu'à en pisser dans son pantalon, et qu'on rentre à la maison en rampant, alors, on est devenu un adulte. Un vrai homme. Geirmund s'était déjà saoulé à deux reprises, et c'était là une expérience qu'il voulait me faire connaître. À moi, ce minus. Il avait bu quelques gorgées de Southern Comfort avec du Coca, juste devant un dancing ; il avait eu l'impression de se trouver en pleine mer, tout s'était mis à tanguer ! Une autre fois, quelqu'un lui avait fait boire du champagne dans un taxi : « Et ça, mon vieux, c'est un vrai poison. Du champagne ! Un vrai poison. Une acidité qui te ronge les boyaux. Et on est tout de suite éméché. » Un de ceux qui étaient dans le taxi avec eux en avait pris une seule gorgée et s'était endormi. Effondré dans la voiture. Ils ont cru qu'ils n'arriveraient pas à le réveiller. Il avait fini par retrouver un peu de lucidité : « Ouah, où je suis ? Qu'est-ce qui m'arrive ? » Mais ça, ce n'était rien en comparaison de la cuite que Geirmund envisageait de nous faire prendre. Et pour une cuite, ça allait en être une vraie ! Une vraie cuite, c'est quand on siffle une bouteille d'un litre de genièvre et qu'on casse le nez à quelqu'un. Ou encore mieux, qu'on se fait soi-même casser le nez et qu'on rentre à la maison tout seul en rampant. Le comble du bonheur ! Rentrer à la maison en rampant. Monter à quatre pattes l'escalier encaustiqué et s'écrouler une fois arrivé. Geirmund était parvenu à me décrire cette expérience avec un tel enthousiasme que je me la représentais comme une sorte de nirvana. J'imaginais qu'arrivé au stade où l'on rentre chez soi en rampant, on a atteint une parfaite harmonie avec l'ensemble de la création. Que le Dieu suprême nous étreint dans ses bras et qu'alors ce n'est que le corps vêtu d'un costume au col déchiré qui passe le seuil de la porte à quatre pattes. L'âme, quant à elle, plane à travers les vastes espaces oniriques du bonheur.

C'était au début de l'été, le 17 juin, jour de la fête nationale, que le grand événement devait avoir lieu.

– Il ne reste plus que quatre jours, me dit un matin mon cousin Geirmund en laissant retomber ses paupières alors qu'on venait de se réveiller.

Moi aussi je m'abandonnais à la joie que procure la perspective d'une telle aventure. Une fois installés devant le porridge préparé par Hrodny, après quelques cuillerées, il dit, en prenant une expression entendue et en pointant son gros index vers la porte d'entrée :

– Tu vas voir, je rentrerai en rampant.

Et tous deux nous prîmes l'air grave en opinant de la tête.

Quoi qu'il en soit, il m'est totalement impossible de me souvenir de ce qu'il résulta de cette cuite. S'il est rentré à la maison en rampant avec le nez cassé ou non. Si seulement même il est sorti ou s'il est resté à la maison. Moi qui généralement me rappelle tout dans les moindres détails.

Geirmund père et fils et Hrodny, ma tante boiteuse, formaient la branche de ma famille que j'appréciais le plus. Même au cours de ces années où l'éclat émanant de l'oncle Vilhjalm et de sa famille royale à demi étrangère fut à son apogée.

Geirmund senior était un gaillard immortel et increvable, qui arborait une invariable expression de mépris. La couronne de cheveux gris qui ceignait son crâne était drue et hirsute comme le pelage d'un chat en chaleur. Il ne cachait pas sa douleur lorsqu'il était forcé d'écouter les bavardages de la vie de tous les jours. Les membres de sa famille qui passaient leur existence au foyer ou qui travaillaient sur la terre ferme cherchaient bien entendu d'incessantes occasions de se rencontrer. Ses beaux-frères et belles-sœurs, tout endimanchés, essayaient de trouver des sujets de conversation. Les belles-sœurs buvaient leur tasse de café avec le petit doigt légèrement redressé et admiraient le beau service au milieu des volutes de fumée. Pendant ce temps, les enfants couraient à droite et à gauche et cassaient tout sur leur passage. Mais Geirmund, Monsieur Muscle, arrivait toujours à se soustraire à leur compagnie. Et même si l'on insistait auprès de sa femme, isolée dans son appartement au dernier étage, pour qu'il vienne également, il refusait catégoriquement ; elle disait qu'il était en mer. Et si tel n'était pas le cas, il restait à bord de son bateau à quai. Il ne craignait pas de défier les tempêtes de l'hiver, endurait les climats polaires et affrontait la banquise. Mais les réunions de famille, non. Pour cela, le courage lui manquait. Il arrivait cependant que ce soit lui qui reçoive, lorsque c'était à leur tour d'organiser la fête de Noël. Hrodny se mettait donc aux cuisines, avec ses petites mains et sa mine malingre. Mais juste avant que les premiers invités n'arrivent, il trouvait un prétexte pour sortir précipitamment. Il passait son chandail de laine, attrapait ses cuissardes de pêche et refusait de répondre. Il disparaissait ensuite au volant de sa Skoda qui penchait du côté du conducteur. Et si les hôtes n'étaient pas repartis lorsqu'il rentrait, que les hommes étaient toujours assis, l'estomac saturé de café, et que les femmes faisaient des ronds de fumée en parlant des rideaux, il faisait alors irruption. Il restait là, à se tortiller en grattant les écailles de poisson accrochées à son pull et s'enquérait de la santé de chacun, articulant des onomatopées amicales, mais sans parvenir à dissimuler ce qu'il ressentait en son for intérieur. Surtout lorsqu'il ouvrait violemment la porte de la salle de bains et qu'il lançait à la volée ses bottes sales qui, après avoir survolé le lavabo et les toilettes, atterrissaient avec un bruit sourd dans la baignoire rose.

* * *

Plus je pense à cette maison figurant sur le tableau, plus je suis persuadé qu'il pouvait s'agir de celle d'Ethel en Allemagne. Celle où elle habitait avec sa mère Gertrud, la veuve de guerre, et avec l'étudiant islandais. Ce sont eux, les trois personnages assis à table : la veuve de guerre, l'oncle Fridrik et la belle Ethel avec sa mèche d'argent. C'est l'après-midi et ils sont en train de prendre le café par un temps clément.

Gertrud et Fridrik sont habillés tous deux en bleu. Ils forment une sorte de couple. Fridrik est assis entre elles deux et Ethel vient de poser sa main sur la sienne, sur la table. Elle le regarde dans les yeux. Son regard est enthousiaste mais mélancolique. Il lui lance un rapide coup d'œil, tandis que, de son autre main qu'il glisse sous la table, il la caresse. Elle est jeune et belle, vêtue d'un chemisier jaune, et se raidit légèrement, à la fois sous l'effet de ce contact et d'une certaine attente. Où cela mènera-t-il ? Et aussi parce qu'au fond d'elle-même a surgi un pressentiment sinistre et indistinct. Celui d'une fleur magnifique que l'on a déracinée du jardin dans lequel elle avait poussé pour la replanter sur un rocher désert, froid et battu par les vents…

Pourquoi alors est-il écrit VICOLO DEI PAZZI ? Est-ce que ce n'est pas de l'italien ? Et qu'est-ce que cela peut bien signifier ?

Ce n'était pas la maison de Lækjarbakki où tous avaient vécu et qu'ils avaient appelée la Maison Blanche. Et même si elle me faisait penser à la maison de Heba, la fille qui habitait de l'autre côté de la rue, ce n'était pas celle-là non plus. En fait, il ne pouvait pas s'agir d'un endroit situé en Islande. Tout y était bien trop vivant, trop chaud, trop beau. Les arbres sont trop hauts et les personnages semblent aller trop bien pour que je puisse imaginer que ce lieu se trouve ici, tout au nord, aux confins de l'océan.

Une fois, il y a bien longtemps, quelqu'un est venu nous rendre visite. Il se tenait dans l'entrée et attendait mon père. Pour passer le temps, il regardait ce tableau. Puis il eut un sourire ironique et s'exclama : « La route de Kleppur ! » comme pour lui-même.

J'ai arpenté ce chemin d'un bout à l'autre. Là-bas, près de Vatnagardar, où d'un côté se trouvent les gros

immeubles qui se dressent contre le vent du nord glacial, et où de l'autre côté il y a des usines, des entrepôts,
le port et l'hôpital psychiatrique. Une chose est sûre : le
tableau n'a rien à voir avec cet endroit.

C'est dans l'hôpital psychiatrique appelé Kleppur
que travaillait l'oncle Fridrik et que vivait son frère
jumeau, le taciturne Salomon. Lui, personne n'en parlait jamais. Pas une fois, à l'occasion de ces intermi-
nables réunions de famille qui se tenaient à Lækjarbakki,
on n'était allé chercher Salomon. Parmi ce groupe de
frères, de sœurs et de parents du clan Killian, ce
n'étaient que rivalités et inimitiés. Pourtant, ils trouvaient toujours une occasion pour se rencontrer : lors
d'anniversaires, de repas de confirmation, de fêtes de
Noël ou de pendaisons de crémaillère. Mais l'un
d'entre eux était systématiquement mis à l'écart. Il
s'agissait de Salomon, dont l'unique défaut était en fait
de demeurer constamment silencieux. On aurait mieux
fait de considérer l'avantage que procurait cette situation.

Les enfants, eux, parlaient parfois de Salomon, car
cet oncle malade constituait une intéressante matière à
réflexion. Mais nous avions la discrétion de ne pas
poser de questions à son sujet aux adultes.

Est-ce qu'on ne lui rendait jamais visite ?

Un vague souvenir. Un trajet en bus. Ces vieux
tacots jaune et vert avec le volant du côté droit. Ça
craque et ça gronde. La route est longue et accidentée
(ligne 13 : Kleppur-bus express). Et pour finir, ce grand
bâtiment, l'hôpital psychiatrique. Ma sœur Imba et moi
sommes avec maman. Imba s'appuie tout contre moi (je
me tiens entre elles deux, les tenant chacune par la
main) et chuchote : « Je crève de peur. » Je me mets
également à avoir peur. Sans vraiment savoir pourquoi.

Le bus redémarre dans un bruit assourdissant. Il est maculé de boue. Il pleut. Nous marchons. Une grande porte qui grince. Une entrée, un couloir, l'écho. « S'il vous plaît, pourriez-vous nous indiquer… »

N'était-ce pas plutôt Bibi que l'on voulait voir ? La tante maternelle de maman dont on découvrirait plus tard le corps sans vie échoué sur la plage ?

Dans le couloir. Un long couloir. Des hommes et des femmes en robe de chambre ou en pyjama devant chaque porte. Ils jettent des regards mélancoliques. Cris, appels et gémissements se font entendre dans le lointain. Imba serre ma main très fort. Elle crève de peur et d'excitation. Mais, de l'autre côté, je tiens la main rassurante de ma mère.

Soudain, on s'arrête net. Cri à demi étouffé. Car, dans l'encadrement de l'une des portes, il est là et nous regarde, les yeux battus et la bouche bée : notre père. Vieilli, plus voûté, le regard éteint. Ma sœur Imba pousse un cri et l'infirmière se retourne brusquement, poussant cet homme dans sa chambre. Elle nous lance un regard sévère : « Il a fait quelque chose ? – Non, non… »

Non, non…

* * *

Lorsque Ethel arriva dans le garage, elle referma la porte à clef derrière elle et fit tourner le moteur de sa belle limousine noire jusqu'aux portes du pays éternel. C'est alors qu'il nous vint cette idée, au beau milieu de tout ce malheur : on allait peut-être pouvoir jouir à présent du grand appartement de l'oncle Fridrik. Il n'y avait pour lui aucun intérêt à aller et venir tout seul dans un tel espace. Il aurait pu s'installer au sous-sol. Mais ce n'est pas ce qui se produisit.

La façon dont procéda Ethel, lorsqu'elle eut décidé d'investir son garage une fois pour toutes, relevait d'une précision et d'un esprit d'initiative tout germaniques. Cela arriva un samedi soir, alors que Fridrik venait de partir prendre sa garde à l'hôpital. Elle sortit de la maison et se rendit au garage munie d'une couverture, d'un coussin et d'un gros rouleau de ruban adhésif, large et épais. C'est apparemment avec un sang-froid totalement dépourvu d'énervement qu'elle s'appliqua à colmater les lézardes et les jours, scotchant méticuleusement le tour des fenêtres et des deux entrées du garage, ainsi que la petite porte qui donnait sur le jardin, afin que pas un soupçon du gaz qui allait l'asphyxier ne se perde. Afin que le moindre filet d'air frais de l'automne islandais ne puisse se glisser à l'intérieur et entraver son projet de fuite hors de l'univers de ce village de pêcheurs. Alors, elle mit le contact de sa voiture allemande, s'étendit sur le siège arrière, sa tête reposant sur le coussin et la couverture recouvrant son corps. C'est dans cette position que Fridrik la découvrit le lendemain matin.

Ambulances, police, papa monté chez l'oncle Fridrik.

– Allez plutôt jouer dans votre chambre, les enfants !

Maman, blanche comme un linge. Et nous, incapables de nous retenir d'aller regarder par la fenêtre pour apercevoir les policiers, les mains sur les hanches, en train de surveiller les lieux. Un homme en pardessus portant une sacoche de médecin pénètre dans le garage. Des relents d'essence partout. Puis deux hommes entrent avec une civière et ressortent avec la même civière. Chacun à un bout. Et quelque chose au milieu.

Un corps… On comprit aussitôt qu'il s'agissait d'Ethel, avec sa mèche argentée et son visage empreint de tristesse, bien que, sous la couverture, on ne pût rien distinguer d'autre que des contours.

L'enterrement. Qui pouvait-on s'attendre à voir ? La veuve de guerre, bien sûr. La mère d'Ethel et ex-fiancée de l'oncle Fridrik. Lorsque l'on sut qu'elle allait venir pour quelques jours, cela fut une telle nouvelle dans la famille qu'il nous fut difficile de ne pas être au courant de cette histoire, même si les voix se mettaient à chuchoter dès que nous autres enfants étions à proximité. Ce fut à cette occasion que j'entendis parler pour la première fois du suicide :

– Est-ce qu'Ethel est morte ?

– Oui, mon chéri, elle a mis fin à ses jours.

Comment donc se passeraient les retrouvailles entre l'oncle Fridrik et sa belle-mère et ex-fiancée, à présent qu'Ethel était morte et qu'il leur fallait être confrontés l'un à l'autre à l'occasion de son enterrement ?

– Cette femme me stupéfie véritablement, entendis-je dire ma tante Lara alors qu'elle était assise dans la cuisine, impeccablement triste et désolée, et emplie de compassion à l'égard de l'humanité, et plus spécialement de son frère qui avait dû endurer tant de choses dans son existence. Cette femme doit-elle vraiment faire tout ce trajet depuis l'Allemagne, dans un moment pareil, au risque de raviver ces vieilles histoires ?

Quelques jours plus tard, la dame allemande est arrivée. Elle avait fait le voyage jusqu'à la capitale islandaise afin d'être présente à l'enterrement de sa fille. Contrairement à ce que l'on aurait pu imaginer, elle ne descendit pas dans un hôtel de la ville, ne voulant pas se faire remarquer, mais vint directement dans notre maison. Elle fit brusquement irruption devant chez nous.

Elle descendit d'un taxi au moteur vrombissant, avec deux sacs de voyage que le chauffeur alla chercher dans le coffre. Mon frère et moi rentrions de courses avec notre mère. Nous étions allés acheter des chaussures élégantes pour l'enterrement, « quelque chose dans ce genre pour ces deux-là ». Ce fut précisément au moment où nous remontions la rue et arrivions devant la maison que la dame allemande sortit de la voiture. Il ne faisait aucun doute qu'il s'agissait de la belle-mère d'Allemagne, tant elle ressemblait à Ethel, avec les mêmes cheveux noirs et les mêmes étranges yeux bruns. Elle était juste un peu plus âgée, plus petite et plus dodue.

Mais l'oncle Fridrik ne se laissa pas abattre. On aurait dit qu'il attendait cette femme. Il sortit, descendit les marches, l'air un peu confus, comme à son habitude. Pour une raison quelconque, il était en chaussettes et l'une de ses jambes de pantalon était retroussée jusqu'au genou. Il salua la nouvelle venue de manière amicale, presque chaleureuse. Elle fit de même. « Doux Jésus, doux Jésus », entendis-je chuchoter ma mère. Puis l'oncle Fridrik saisit les deux bagages et les monta en haut des marches. La porte d'entrée se referma sur eux.

Ce furent l'oncle Vilhjalm, Sigfus senior et junior, le révérend Sigvaldi et Geirmund Monsieur Muscle qui portèrent le cercueil à la sortie de l'église. À leur suite marchaient l'oncle Fridrik et sa belle-mère allemande qui, en fait, se nommait Gertrud. Ils étaient graves. Un peu absents. Se tenaient par la main.

Jamais Gertrud ne rentra en Allemagne. Elle s'installa dans l'appartement de l'oncle Fridrik. Je pense qu'elle devint comme une mère pour lui. Avec une étonnante rapidité, elle apprit des rudiments d'islandais et intégra quelques usages locaux. Elle était capable de choisir le poisson et savait houspiller les poissonniers qui aiment bien se chamailler avec les mères de famille. Et Gertrud houspillait également l'oncle Fridrik. Elle le grondait comme s'il s'était agi d'un garnement, d'une façon fort maternelle. Elle se plaignait à ma mère de ce que jamais il ne pensait à mettre ses chaussons, allant et venant en chaussettes. Il n'arrivait pas non plus à se mettre dans le crâne qu'il devait essuyer ses bottes lorsqu'il revenait du jardin.

Après la mort d'Ethel, l'oncle Fridrik s'adonna au jardinage avec un zèle décuplé. Toutes les maisons de la rue étaient entourées d'un terrain clôturé. Il est exagéré de qualifier la plupart d'entre eux de jardins car il ne s'agissait en vérité que de parcelles herbeuses où poussaient les pissenlits et les boutons-d'or. Tout au plus un groseillier et quelques pieds de rhubarbe. C'était là le sommet de l'activité horticole du quartier, à l'exception de l'espace qui entourait notre maison. Ou plutôt celle de l'oncle Fridrik, qui désormais se parait d'un ravissant jardin d'Éden où poussaient et prospéraient toutes sortes de plantes aux couleurs magnifiques et qui était parcouru d'allées dont les dalles séparaient les plates-bandes. C'était non seulement le terrain le mieux soigné du quartier, mais, l'été qui suivit la mort d'Ethel, il fut en outre élu plus beau jardin de la ville. Dans le journal, on put voir une photo de l'oncle Fridrik au milieu de ses plantations, avec la fontaine et son filet d'eau, quelques statues çà et là, et l'abeille bigarrée qui bourdonnait paisiblement.

Le propriétaire typique d'un tel paradis mène généralement une guerre incessante et sans merci contre les enfants du voisinage. Il refuse de renvoyer les ballons qui atterrissent dans l'enceinte des haies. Mais tel n'était évidemment pas le cas du psychiatre Fridrik. Il vivait bien sûr dans la crainte de nos jeux, il avait peur que nous abîmions son jardin avec nos farces et nos bêtises. Mais jamais il ne s'en prit à l'un d'entre nous. Il se contentait de se précipiter hors de la maison s'il pensait que quelque chose se tramait et se mettait alors à travailler sur ses plates-bandes. Ainsi manifestait-il sa présence, prêt à parer à toute éventualité. Il arrivait en courant, quoi qu'il se passât, avec un racloir dans une main et une pelle dans l'autre. Une fois, il avait surgi dans un smoking noir qui forçait le respect – il s'apprê-tait à se rendre au théâtre en compagnie de Gertrud, sa belle-mère, et de quelques collègues de Kleppur. Mais le plus souvent, il portait sa robe de chambre feutrée à carreaux et était chaussé de bottes en caoutchouc.

La seule chose que les autres enfants qui habitaient dans la rue avaient du mal à comprendre chez l'oncle Fridrik, c'était son excessive nervosité. Lorsqu'il par-lait avec eux, sa voix se mettait à trembler, il bégayait et suffoquait tellement que personne ne comprenait un mot de ce qu'il disait. Pour exprimer sa pensée, il fai-sait des grands gestes, et son visage était parcouru de tics. Les enfants le regardaient avec un air de totale incompréhension, si bien qu'il renonçait à communi-quer et allait plutôt s'activer sur ses plates-bandes. En revanche, si une balle volait en direction de ses fleurs, il lâchait ses outils et plongeait dessus, parvenant à dévier le tir avant qu'il ne cause d'irréparables dommages à ses tulipes. C'était un spectacle particulier que de voir mon oncle Fridrik, ce psychiatre estimé, faire des bonds de plusieurs mètres dans sa robe de chambre brune, et jambes nues dans ses bottes de caoutchouc boueuses. Il serait vain de tenter de restituer cette scène avec exacti-tude. Ensuite il allait ramasser la balle. Il ne la relançait pas, mais avançait d'un pas tranquille, comme s'il s'agissait d'une boîte d'œufs. Il rejoignait les enfants, le visage et les lunettes maculés de terre après son vol plané dans les plates-bandes, avec une légère grimace provoquée par la nervosité, et il leur renvoyait leur balle avec un discours ponctué de bégaiements et de raclements de gorge qui le rendaient incompréhensible, à cela près que les enfants sentaient bien qu'il ne désirait que la paix et ne cherchait pas à susciter des querelles. Il voulait juste s'occuper tranquillement de son jardin. Si bien que lorsqu'on jouait à s'attraper ou que la guerre entre quartiers se déroulait sur les terrains à l'arrière des maisons, on évitait respectueusement le jardin de Fridrik afin d'épargner ses superbes plantations.

Un jour, les garçons les plus âgés de notre rue fabriquèrent un système de télécommunication. Il s'agissait en fait d'un téléphone constitué d'un fil tendu entre deux récepteurs avec lesquels il était possible à la fois de parler et d'écouter. Le câble était d'une très grande longueur et, à condition de le faire passer par les jardins et de le tendre entre les maisons, celui qui habitait tout en haut de la rue pouvait discuter avec celui qui vivait dans la première maison du bas. Quand cette technique fut éprouvée, une foule d'enfants se rassembla à chaque extrémité afin d'assister à cet événement exceptionnel et d'observer l'un des deux grands crier dans l'appareil et écouter la voix distante de l'autre parvenir avec une intonation toute téléphonique. C'est alors que la communication s'interrompit brusquement. Inutile de crier plus fort. Lorsque l'on s'en aperçut, chacun se mit à remonter le câble qui courait le long des rampes de balcon et des fonds de jardin des maisons de la rue. Les deux groupes se rencontrèrent devant notre maison.

C'est à cet endroit que le fil avait été mystérieusement sectionné. Dans le jardin de l'oncle Fridrik. Alors que les protagonistes de cette expérience examinaient les extrémités coupées, se demandant ce qui avait bien pu se passer, la porte-fenêtre s'ouvrit et le psychiatre Fridrik apparut sur le balcon, inquiet et nerveux, des restes de savon à barbe et un pansement récent sur le visage, et cria à voix haute et distincte, sans que personne ne lui ait demandé quoi que ce soit :

– Je n'ai coupé aucun fil !

Mais le jardin de l'oncle Fridrik paraissait bien terne en comparaison de la plus jolie fille de la rue. Elle était si jolie qu'elle avait été élue reine de beauté d'Islande lors d'une cérémonie officielle. Lorsque son retour dans notre quartier fut imminent, après cette importante nomination, les enfants du coin sentirent qu'il fallait fêter l'événement d'une manière ou d'une autre. C'est ainsi que la trêve passée avec l'oncle Fridrik fut rompue. Une rapide descente dans le jardin suffit à cueillir toutes les pensées aux couleurs magnifiques pour décorer la passerelle au-dessus de la tranchée devant la maison de la reine de beauté. Après la cérémonie, notre reine rentra superbe et altière, affichant un élégant sourire, bien qu'un peu intimidée. Elle était parée de sa couronne et portait un sceptre. Nous avions formé une garde d'honneur devant la tranchée. L'événement parut si remarquable que le journal *Visir* dépêcha un photographe. Le lendemain, une photo fut publiée. On y voyait la reine, tous les enfants et la passerelle décorée de fleurs. Mais, en examinant attentivement l'image, on apercevait à l'arrière-plan l'oncle Fridrik en robe de chambre et en pantoufles, tenant un seau et une pelle, comme pétrifié, une expression d'effroi sur le visage.

Neuvième chapitre

Grand-père possédait une Willys. C'était une Willys à damier bleu, avec un habitacle en bois. Le volant était brun foncé et simple, poli à force d'avoir été vigoureusement empoigné par autant de mains. Au centre de ce volant, à l'endroit où, sur les belles automobiles, figure l'emblème de la marque, il y avait un écrou ou un boulon. Le tableau de bord ne se parait que d'un unique compteur, un indicateur de vitesse circulaire et hors d'usage au moins depuis les années de guerre, quand le vieux avait fait l'acquisition de cette jeep contre des pièces de rechange. Le volant de la Willys était si dur à manœuvrer que grand-mère eut le bras fracturé en prenant le virage à l'entrée de Lækjarbakki : ce volant revenait avec une telle force ! La fracture la fit longtemps souffrir. Mais ce n'était pas grand-chose en comparaison de la honte qu'elle éprouvait de n'avoir pour seul moyen de transport que ce véhicule rudimentaire. Grand-mère aurait bien voulu rouler à bord d'une limousine comme celle que sa belle-fille, l'épouse allemande de l'oncle Fridrik, posséda par la suite. Le malheur de ma grand-mère était de s'être mariée à un marchand de pièces détachées et de devoir se résigner à rouler en jeep, comme le premier péquenot venu. Et elle ne comprenait vraiment pas comment Ethel, qui avait épousé un médecin diplômé et possédait une limousine noire de fabrication allemande, pouvait être malheureuse.

Un jour, mon grand-père et mon père prirent leur courage à deux mains et réparèrent le compteur de vitesse de la Willys. Cela n'était pas dû à un accès de bonne volonté. Mais l'accord privé que mon grand-père avait avec le Service des mines, au temps où un type de sa connaissance y occupait un poste important, était arrivé à expiration. L'accord en question était relativement simple : le vieux n'avait pas besoin de faire passer sa Willys au contrôle technique. Mais le copain des Mines finit par mourir, à moins qu'il ne partît à la retraite. Dès lors, il n'y eut plus de passe-droit. Grand-père commença à recevoir des lettres le sommant de présenter son véhicule au Service des mines ; puis des avis de mise en instance qu'il chiffonnait, piétinait et flanquait à la poubelle avec de grands gestes. Mais lorsque la police arriva avec des cisailles pour enlever les plaques minéralogiques de la Willys, il devint inutile de demeurer plus longtemps dans cette dissidence. Il rentra la vieille jeep de l'armée dans le garage et prit mon père avec lui, mon père qui, côté travail, était un peu dans le flou à cette époque-là. Et ils retapèrent la vieille guimbarde.

Ce fut par une aride journée d'été que mon père nous emmena, ma sœur, mon frère et moi, à Lækjarbakki. Grand-mère était partie vivre en ville. Seul mon oncle Sigfus demeurait là, avec son père. Sigfus junior avait entièrement repris l'affaire de vente de pièces détachées, et avait déjà transféré la plus grande partie de ses activités dans leur lieu actuel. Il utilisait Lækjarbakki comme zone d'entrepôt, surtout pour que le vieux ait quelque chose à faire.

Je pense même qu'il n'y avait pas de grosses réparations à effectuer sur la Willys. Tout au plus changer des ampoules, les ressorts du frein à main, bien sûr le compteur de vitesse, et la voiture serait aux normes. De plusieurs centaines de kilos de vieilles ferrailles, ils extirpèrent des pinces, des clefs universelles, des crics, une vieille enclume, des ressorts de jeep et des bidons de lubrifiant vides. Le klaxon fut remplacé et l'on put avoir le plaisir, comme autrefois, d'entendre sa voix de ténor nasillarde. Le carrosse était devenu si beau qu'il n'y eut pas d'autre choix que de se mettre au volant pour aller faire un tour. Mon grand-père et mon père prirent place à l'avant, nous trois, à l'arrière. On se mit en route. La voiture continuait à vibrer de toute sa carrosserie, mais ce n'était rien en comparaison du bruit qu'elle faisait auparavant. On entendit grand-père remarquer à quel point la voiture était devenue vive et nerveuse. Mais la principale nouveauté résidait dans le compteur de vitesse. Les deux hommes décidèrent de voir jusqu'à quelle allure on pouvait pousser la Willys. C'est papa qui était au volant et grand-père était obligé de se pencher en avant pour pouvoir contrôler le petit compteur.

– Plus vite, hurlait-il. Mets les gaz !

Mon père fut gagné par l'excitation. Accroché fermement au volant, il se tenait entièrement raide sur son siège à force d'enfoncer la pédale d'accélération. À présent, on ne s'entendait plus parler. La voiture filait tout droit. Elle s'élançait le long de la route en grondant et vrombissant. Et, dans tout ce vacarme, on réussit à entendre le cri de victoire de grand-père :

– Ça y est ! On est à soixante ! Continue !

Mais une sorte de sens caché avertit mon père. Plus tard, il déclara que la manière dont tremblait le volant ne lui disait rien qui vaille. Il stoppa la voiture, générant un long crissement. Il était blême. Et il nous chassa du véhicule en dépit des bruyantes contestations que nous lui opposâmes. Puis ils échangèrent leur place. On était arrivé au sommet d'une côte et papa nous ordonna de rentrer à Lækjarbakki. C'est donc grand-père qui prit le volant, et la Willys se mit à patiner de joie lorsqu'ils repartirent et dévalèrent la pente. Ils ne tardèrent pas à atteindre une étonnante vitesse et la jeep commença à rebondir comme un ballon. Elle sauta de plus en plus haut, se coucha sur le côté et, de rebond en rebond, dégringola la pente transversalement. Elle fit un premier tonneau. Atterrit avec fracas sur la lande. Encore une série de tonneaux. À chaque culbute, elle perdait quelque chose : le capot, le pare-brise, une portière, des morceaux de bois de l'habitacle, enfin papa. Elle finit par s'immobiliser dans un fossé.

Mon père en fut quitte pour un œil au beurre noir. Mais grand-père eut les deux jambes brisées. L'arrivée de l'ambulance offrit un spectacle extraordinaire, avec son gyrophare rouge et sa sirène qui hurlait, roulant sur le chemin tout en bosses et en creux qui mène à Lækjarbakki. Grand-père faisait comme s'il ne ressentait pas la moindre douleur. Il était assis, fermement accroché à l'épave. Il râlait et poussait d'affreux jurons. Puis le père et le fils montèrent à bord de l'ambulance qui repartit par le même chemin cabossé, la sirène toujours en marche et le gyrophare rouge tournoyant sur le toit. On aurait donné nos deux jambes pour obtenir la permission de prendre part à ce magnifique voyage. Et pendant que grand-père était hospitalisé, l'oncle Fusi s'en alla, emmenant toutes ses affaires. Désormais, Lækjarbakki resta désert.

Mon frère Gundi hérita d'une nature aventureuse. Il n'était encore qu'un gamin lorsqu'il commença à faire des affaires avec tout ce qui lui tombait sous la main. Et il en tirait généralement des bénéfices. Lorsque je me remémore les années de jeunesse avec mon frère Gundi, une voix claire et enjouée résonne à mes oreilles : « Gagner de l'argent ! » Si je vois l'image d'une grive sur une branche, j'entends dans ma tête le chant de la grive. De même, des images de chat m'évoquent un miaulement. Il y a une vieille photo de Gundi. Il a sept ou huit ans ; son visage enfantin a une expression sincère, ses cheveux sont bien peignés. Ses dents de lait sont tombées, les définitives apparaissent çà et là. Il porte un tricot de laine qui laisse sortir le col de sa chemise. Il est propre et net, comme toujours. Un sourire inaltérable et avenant. Et sur ses lèvres, les mots « gagner de l'argent ».

On entend souvent parler de garçons de ce genre, qui dépouillent chacun de sa petite monnaie, qui échangent sans cesse des photos d'acteurs à leur avantage, qui mènent avec le plus grand zèle un trafic de bandes dessinées et se constituent la plus précieuse collection de timbres du quartier. Uniquement grâce à leur ingéniosité et à leur sens des affaires. Mais mon petit frère ne se contentait pas de ces activités. C'était un passionné de voitures, trait caractéristique de notre famille. Il apprit à conduire alors qu'il n'était encore qu'un gamin, à l'occasion de nos visites à Lækjarbakki. Notre père avait généralement un vieux tacot. Tantôt une antique Volkswagen, tantôt une Opel Caravan, ou encore une vieille Renault qu'il conserva longtemps et dont on garde tous une certaine nostalgie. Gundi passait son temps, dès l'âge de onze ou douze ans, à conduire ces voitures en secret. Il allait parfois traîner en voiture le soir dans le quartier et il va sans dire que sa compagnie était prisée des autres gamins qui ne rechignaient pas à faire une petite virée en voiture. Et Gundi commença à faire payer les tours en voiture. À deux reprises, il eut de gros problèmes à la maison à cause de ces activités. Il s'était fait pincer une première fois alors qu'il s'était retrouvé en panne sèche, tard le soir, quelques rues plus loin. Une autre fois, il s'était fait prendre après qu'un habitant du quartier eut téléphoné à la police en disant qu'il avait aperçu une voiture de marque Opel, dont il fournit le numéro d'immatriculation, qui descendait la rue avec un enfant au volant. Car il s'agissait véritablement d'un enfant. Toujours si petit, avec sa mine de garçonnet. Son jeune âge était généralement un obstacle à ses affaires, mais lui servait parfois lorsque l'on apprenait qu'il avait encore fait des siennes. On ne pouvait pas rester longtemps en colère face à un petit garçon aussi gentil et souriant.

Lorsque Gundi eut quatorze ans, notre père dut, une fois de plus, travailler pour se refaire au lendemain d'une quelconque opération malheureuse. Il occupait son temps libre en conduisant un taxi pour la compagnie Steindor. Ce fut là une tentation à laquelle Gundi ne put résister. De temps en temps, le week-end, lorsque notre père n'était pas en service, Gundi allait subtiliser les clefs, s'installait au volant de la voiture de chez Steindor, une Chevrolet automatique, et vadrouillait d'un lieu de divertissement à un autre. Ce dont il tira évidemment de substantiels bénéfices. Nombreux étaient ceux qui étaient surpris, bien que contents d'avoir déniché un taxi, lorsqu'ils voyaient un enfant au volant. À l'immense volant de cette énorme voiture. Gundi avait beau s'asseoir sur son cartable d'école afin de paraître plus grand sur son siège, cela ne changeait pas grand-chose.

Autant que je me souvienne, jamais la conduite de ce taxi ne mit Gundi dans des situations trop périlleuses. En revanche, il mit tout le pays sens dessus dessous lorsqu'il monta une station de radio dans le grenier de notre maison. Cet événement eut lieu en effet bien avant l'époque où les radios libres furent autorisées. En dehors de la radio américaine de la base de Keflavik, il n'existait en Islande qu'une seule station : l'antique radio de Reykjavik. Peu d'événements parurent aussi sensationnels, peu d'infractions furent jugées aussi téméraires que lorsque le bruit se répandit qu'il existait des radios pirates, des radios qui, dans un épouvantable bruit de friture, émettaient dans un rayon d'un kilomètre et diffusaient des torrents de musique de jeunes. Au départ, Gundi avait ébauché ce projet à l'école, en classe de travaux pratiques. Puis avec l'un de ses camarades un peu excentrique, il commanda un poste émetteur dans un catalogue américain. Ils montèrent alors un électrophone et un vieux magnétophone dans le grenier. Seul un petit groupe d'amis et de camarades de classe triés sur le volet eurent le privilège d'être mis au courant de cette activité et de quelle manière ils pouvaient capter les émissions. Certains soirs étaient diffusés les principaux tubes du moment. Et, sur un arrière-plan de grésillements et de sifflements, on pouvait entendre, entre deux chansons, la voix haute et enjouée de Gundi qui disait :

– Et voilà, vous venez d'écouter une chanson du groupe Black Sabbath !

Mais les magiciens des services de surveillance des Postes et Télécommunications eurent vent de cette incongruité. L'un d'entre eux avertit la police et le journal *Visir* titra la nouvelle en dernière page : UNE STATION PIRATE À REYKJAVIK EN TOUTE ILLÉGALITÉ. C'était là la moindre des choses. Et il n'y avait rien de plus excitant que ce genre d'informations. La capitale connut un véritable état de siège dès que l'on apprit l'existence de radios pirates activement recherchées par les autorités. Avoir la maîtrise des ondes, c'était avoir le pouvoir sur la république. Il n'était donc pas surprenant que les piliers de la société mettent tout en œuvre pour dénicher la cachette de Gundi et de ses complices et pour mettre fin à leur activité. L'opération fut couronnée de succès. Un soir, au milieu d'une chanson de Led Zeppelin, trois policiers vinrent frapper à la porte du domicile de l'oncle Fridrik, et Gertrud, qui n'avait pourtant pas l'intention de se laisser faire, dut céder face à des forces numériquement supérieures. Elle descendit par la porte de derrière, passant par la chaufferie, et se rendit chez nous, avec les représentants de la loi sur les talons. Au terme d'un grand tohu-bohu à travers la maison, les deux garçons furent pris en flagrant délit dans le grenier avec tout leur matériel, le tourne-disque, le magnétophone et l'émetteur lui-même. Une photo parut dans *Visir* dès le lendemain. Il fut mentionné que le noyau de cette installation illégale tenait tout entier dans une boîte à chaussures.

* * *

Au sein de notre famille, il a toujours semblé étonnant – le sujet était souvent abordé – que mon grand-père, devenu vendeur de pièces détachées, soit allé à l'université. « Il a fait des études supérieures », entendait-on dire parfois. « Il a sans doute étudié la philosophie. »

Sans être vraiment en mesure de le confirmer, je soupçonne qu'en fait de philosophie, il avait seulement suivi des cours préparatoires auxquels tous les étudiants devaient assister et qui n'ont jamais été considérés comme de véritables études. Les siennes furent discontinues et plutôt faiblardes. Il n'empêche que ce vieux dur à cuire était, il va sans dire, un philosophe à sa façon, qui vécut et mourut selon un code de l'honneur à toute épreuve que l'on pourrait résumer par cette seule phrase : « Ne te prends pas en pitié. »

En revanche, sur ses vieux jours, il se montra parfaitement à l'aise dans les milieux académiques et fit preuve de grandes dispositions en matière d'éducation. Lorsqu'il fut à nouveau sur pied, après son accident, il ne tarda pas à se voir confier certaines fonctions administratives dans l'un des lycées de la capitale.

Les problèmes avaient en fait surgi à partir du moment où mon oncle Sigfus avait évacué Lækjarbakki en emportant toutes ses affaires. Le moment approchait où le vieux allait sortir de l'hôpital, après plusieurs mois d'alitement, avec ses deux jambes cassées qui ne se remettraient jamais complètement. Cet homme, qui allait avoir soixante-dix ans, n'était plus capable de vivre seul à Lækjarbakki. Il lui était désormais impossible de se déplacer correctement. Aucun de ses enfants n'avait voulu le prendre chez lui. J'entendis une fois ma mère invoquer Jésus avec une grande fébrilité. Il était question qu'il vienne vivre à la maison. Ce fut Vilhjalm Edvard qui résolut le problème, comme il l'avait déjà fait lors d'autres situations difficiles. Il prit contact avec quelques-unes de ses relations, des gens importants dans le pays. Ce fut sans doute le ministre de l'Éducation en personne qui fit obtenir au vieux un poste de concierge dans un lycée que l'on venait de construire.

Dans ce respectable lycée avait été élaboré un système administratif efficace et démocratique, conformément aux idées émanant d'hommes compétents sur la répartition de l'autorité et le droit de chaque individu à disposer de lui-même dans le cadre de la communauté. Cela impliquait le libre choix des enseignants et du conseil des élèves. Des responsables de section étaient désignés pour chaque matière. Ils travaillaient en relation étroite avec la direction de l'établissement. Au-dessus de cette organisation, il y avait un directeur et un directeur adjoint nommés par le ministère et qui étaient choisis parmi un groupe de candidats qualifiés. Ce système reposait sur l'incessant travail de divers comités de recherche pédagogique et sur les théories d'hommes politiques fort réputés. Il en résultait une impression de grande clarté dans les rapports et les organigrammes. Mais, dans le lycée de grand-père, on pouvait difficilement prétendre que l'on avait mis à l'épreuve les avantages – ou les inconvénients – du système, car, quelles que soient les voies hiérarchiques ayant été envisagées entre les comités et les bureaux au sein de l'établissement, il ne faisait aucun doute que toute l'activité qui s'y déroulait, tout ce qui y était effectué et décidé, enseigné et pensé, était soumis à la volonté et au pouvoir d'un seul homme, et que cet homme était Sigfus Killian senior.

Il parcourait l'école du matin jusqu'au soir avec une expression sévère et les sourcils froncés, donnait des ordres d'une voix puissante et sur un ton plutôt direct. Il était sorti de l'hôpital équipé de deux béquilles en fer dont il ne se sépara jamais plus. Il n'avait peut-être pas continuellement besoin de s'appuyer dessus, mais il les faisait quand même retentir violemment sur le sol.

Des gens que j'ai connus par la suite et qui étaient passés dans ce lycée m'ont raconté que cette démarche imposante et bruyante avait été d'une certaine utilité pour les professeurs et le reste du personnel qui vivaient dans la crainte perpétuelle de ce concierge tyrannique. Le son de ses béquilles leur permettait en effet de toujours localiser en quel endroit du bâtiment il se trouvait.

Il fut surnommé Cerbère-Fusi. Si l'on jette un œil au journal de l'école, en lisant les numéros correspondant aux années de règne de mon grand-père, on constate que l'essentiel de ce qui y est écrit le concerne d'une façon ou d'une autre. On y trouve, entre autres choses, des notices sur lui et son attitude tyrannique à l'égard du travail en commun. On le voit également au centre de petites bandes dessinées relatant la vie de l'école. On y découvre aussi la parodie d'une chronique qui paraissait dans le quotidien national : « *Ma réponse* », *par Billy Graham*, devenue, dans le journal de l'école : « *Ma réponse* », *par Cerbère-Sigfus*, accompagnée d'un portrait de l'intéressé. Il y a également un feuilleton. Un pastiche de James Bond et de son combat contre les espions soviétiques intitulé : *C'est bien parce que c'est toi, ou James Fusi contre les femmes de ménage*. Il est en outre toujours qualifié de « rédacteur en chef souverain et garant d'honneur du journal ».

Si les élèves avaient affaire avec la direction de l'école, il leur fallait officiellement passer par le conseil des élèves ou bien par voie administrative. Dans un second temps, selon les circonstances, le directeur ou le directeur adjoint était avisé. Mais tout le monde savait parfaitement que les requêtes de ce genre ne servaient à rien, qu'elles n'étaient que pures formalités. Il était impossible de faire quoi que ce soit sans l'accord du concierge. Mais si Cerbère-Sigfus donnait son autorisation, c'était toujours après une certaine hésitation et à des conditions impitoyables – et à titre exceptionnel, comme il le disait à quiconque venait le trouver : « C'est bien parce que c'est toi, je suis d'accord pour cette fois. » C'est bien parce que c'est toi ! Il lançait cela à tous ceux qui venaient lui présenter une requête, quelle que soit leur position hiérarchique : les élèves, les agents d'entretien, les professeurs et les chefs de département. Différentes personnes de ce lycée étaient en fait plutôt fières en pensant qu'elles jouissaient d'une autorisation spéciale de la part du concierge. Mais s'il s'opposait à quelque chose, il était inutile de râler. Il interdisait les rassemblements et dispersait les contrevenants, annulait les décisions de l'administration de l'école. Un matin, cela fit grand bruit, il appela une dépanneuse pour faire enlever du parking la voiture du directeur, car, selon lui, ce dernier n'avait pas parfaitement observé les règles de sécurité en matière d'incendie lorsqu'il s'était garé.

Le directeur en question était un homme de petite taille. C'était quelqu'un d'intègre, très souriant et plutôt timide. Bien qu'il ait été un homme cultivé et couvert de diplômes et que nul ne pouvait nier son intelligence et sa bonne volonté, il manquait singulièrement de personnalité pour pouvoir tenir tête à Cerbère-Fusi. Une fois, des élèves entendirent le directeur demander à mon grand-père l'autorisation de reculer d'une semaine la date de l'examen de fin d'année. L'hiver précédent, toutes sortes de conditions difficiles étaient venues perturber le travail scolaire, et, lors d'une réunion, l'administration du lycée avait trouvé opportun de repousser la date des examens. Mais Cerbère-Fusi refusa catégoriquement :

– Il n'en est pas question, dit-il au directeur qui souriait comme pour s'excuser tout en épongeant la sueur de son front. Que signifie cette pagaille ? Comment peut-on espérer diriger cet établissement avec ce genre de toquades ? On se croirait dans un asile de fous ! C'est pas vrai…

– Oui, répondit le directeur en baissant le ton, mais c'est que…

– Il n'y a pas de « c'est que », mon ami. Si tu m'en avais parlé un peu plus tôt, j'aurais pu y réfléchir. Mais maintenant, il n'y a plus rien à faire !

– Bien, dit le directeur déçu. Tant pis.

Mais lorsqu'il fut parvenu à l'entrée de la loge, au moment où la porte se refermait sur lui, Cerbère-Fusi le rappela :

– Écoute, attends un moment ! Est-ce que ça te convient si on repousse de quatre jours ?

– Oui, oui, bien sûr, se hâta de répondre le directeur, les yeux pleins d'espoir. Ce serait vraiment bien comme ça… s'il y avait une quelconque possibilité…

– Eh bien, mon cher, c'est bien parce que c'est toi : on va procéder ainsi pour cette fois-ci. Mais, à l'avenir, je ne tolérerai pas un tel bordel, compris ?

Le directeur promit et jura. Puis il prit congé à nouveau, rempli d'optimisme et de reconnaissance.

Dans les rapports du ministère relatifs aux années où grand-père fut en fonctions, il est bien notifié que ce lycée se distinguait nettement des autres établissements secondaires. On n'y avait relevé ni difficultés administratives ni problèmes de discipline.

* * *

Ma grande sœur est un être d'une grande intelligence. Elle est sensible, réaliste, elle a les pieds sur terre. J'ignore d'où elle tient ces qualités. Elle a quatre ans de plus que moi. À l'école, on lui fit sauter une classe. Tout ce qu'elle a entrepris dans l'existence, elle l'a fait en connaissance de cause, sans bruit, comme il fallait le faire. Elle est aujourd'hui dentiste aux îles Vestmann.

Elle fut baptisée Ingibjörg, à cause d'Ingibjörg de Salem, la femme qui se chargea d'élever mon père. Ingibjörg et Tryggvi y attachaient une grande importance. La vieille dame avait eu la permission de tenir cette petite fille qui portait son nom sur les fonts baptismaux et, dès lors, le couple la considéra comme sa descendante. Ma sœur Imba était à la fois leur filleule, leur fille unique et la seule petite-fille qu'ils aient eue dans leur existence.

Il n'est pas complètement à exclure que Gundi et moi ayons été passablement jaloux de cette grande sœur qui avait une grand-mère et un grand-père supplémentaires pour elle toute seule. Car, pour ses anniversaires et à Noël, ils lui offraient des cadeaux princiers : d'énormes poupées, des maisons de poupées et des voitures de poupées. Et ils joignaient à cela de gros billets. Tandis que nous, nous recevions une boîte de crayons de couleur. Notre grande sœur était également invitée chez eux le week-end. Elle leur rendait visite et prenait place dans le salon, telle une princesse. Elle buvait du Coca et mangeait des chocolats. Une vie paradisiaque ! En fait, avec le temps, elle commença à se plaindre de ces obligations. De devoir perdre son temps chaque dimanche chez le couple Salem. Quant à moi, je la trouvais d'une absurde ingratitude. C'est bien volontiers que je me serais chargé de ce devoir de visite, si ces gens-là m'avaient manifesté le moindre intérêt.

Tryggvi était maigre et délicat. Il s'exprimait à voix basse et prudente. Toujours vêtu d'un complet à rayures, avec une chaîne de montre qui sortait de la poche de son veston et une épingle plantée dans sa cravate. Après avoir vendu le bureau de tabac Salem, il travailla long-temps comme employé d'administration dans une pros-père entreprise d'import. Il s'acquittait fort bien de son travail et n'écrivait qu'avec un stylo à plume. Il n'arri-vait jamais en retard, mais jamais en avance non plus. C'était à tout point de vue un parfait gentleman.

Ingibjörg, sa femme, concourait dans une autre caté-gorie de poids. Elle était grassouillette et vigoureuse, occupait une position prépondérante dans trois associa-tions féminines et était la force motrice des activités paroissiales et de la chorale de l'église. Elle organisait la vente de vignettes dans la moitié de la capitale, s'occupait de la collecte de vêtements pour le Secours populaire et apportait sa contribution à toutes sortes d'activités de bienfaisance. Son époux avait lui aussi des activités associatives. Il était trésorier de la Grande Loge d'Islande et membre d'honneur de la Société de philatélie.

Leur intérieur était sombre, à cause des stores et des épais rideaux. On n'allumait jamais la radio ou d'autres appareils apparentés. Mais le silence jouait une sym-phonie au rythme des battements calmes de l'horloge. Les murs étaient ornés d'assiettes. Sur des étagères et des tables gigognes trônaient des statuettes. De sombres meubles rococo. Un buffet rempli de porcelaine et d'argenterie. Il arrivait que le soleil parvînt à glisser l'un de ses rayons dans le salon, faisant miroiter l'imposant lustre de cristal multicolore qui pendait au plafond.

Deux fois par an, la maîtresse de maison organisait une réunion de femmes dans le salon. Pendant ce temps, le vieil homme restait dans son bureau à examiner sa collection de timbres, une loupe à la main, une pince dans l'autre. Un jour par semaine, une jeune femme venait faire la poussière. Les autres jours, il n'y avait jamais personne, mis à part le vieux couple et ma sœur Ingibjörg qui, vêtue d'une robe, venait le dimanche et prenait place dans le salon. Elle feuilletait des livres d'images en buvant un verre de soda ou un bol de cacao et se servait de chocolats et de petits gâteaux.

Ingibjörg et Tryggvi possédaient également une voiture. Une vieille auto anglaise. Un modèle ancien. De couleur noire. Elle restait généralement au garage et il était souvent nécessaire de la démarrer à la manivelle. Lorsque la voiture était sortie, la maîtresse de maison prenait toujours place à l'arrière. Lui conduisait. Le volant était à droite, comme c'est le cas pour les voitures anglaises : du mauvais côté. En voyant passer cette magnifique automobile, on avait l'impression qu'une grosse dame, installée à l'arrière, voyageait seule, et qu'il n'y avait pas de conducteur.

Ils ne nous rendaient jamais visite dans notre sous-sol, sauf le jour de l'anniversaire de ma sœur Imba. À cette occasion ils arrivaient dans leur voiture anglaise, sonnaient à la porte, Ingibjörg en tête, coiffée d'un volumineux chapeau noir piqué d'une épingle, et Tryggvi juste derrière elle, un énorme paquet à la main. Lors de ces fêtes d'anniversaire, d'autres enfants étaient invités. Ils couraient partout et se jetaient sur les coupes de bonbons. Tryggvi et Ingibjörg Salem, installés dans le canapé, dignes et silencieux, regardaient leur filleule avec une lueur de fierté dans les yeux alors qu'elle menait les jeux.

Lorsque arrivaient les grands jours de vente de vignettes, Gundi et moi avions la permission d'accompagner notre sœur Imba chez le couple Salem. Nous servions essentiellement de main-d'œuvre corvéable, cela va sans dire. On nous exploitait jusqu'à épuisement. Nous devions sonner aux maisons de la ville en demandant : « Voulez-vous acheter des vignettes en faveur des paralytiques et des handicapés ? » (bien sûr, comme nous n'étions pas très doués, on prononçait facilement de travers : « pour les Paratyliques et les Handicrapés »). Inutile de préciser qu'Imba était toujours la reine de la vente en ville. C'est elle qui vendait le plus et le mieux. D'ailleurs, tout le monde voulait acheter des vignettes à cette jeune fille à l'air si pur et si sincère. Gundi ne se débrouillait pas trop mal non plus, s'il n'était pas en ma compagnie. Quant à moi, je parvenais tout au plus à vendre une vignette par-ci ou par-là. Et avec difficulté.

Toujours est-il que le respectable foyer du couple Salem constituait une sorte de monde enchanté auquel nous n'avions qu'un accès indirect.

Les relations qu'ils entretenaient avec mon père étaient courtoises, mais dépourvues d'intimité et d'affection. Plus tard, j'ai souvent eu le sentiment qu'il n'avait pas trouvé son compte en allant vivre auprès d'eux. Toujours est-il qu'ils ne lui firent pas faire d'études. Il m'a raconté un jour, sur le ton de la plaisanterie, qu'en l'honneur de sa confirmation, les Salem avaient organisé une belle réception dans un hôtel de la ville, et qu'ils avaient récupéré tout l'argent qu'il avait reçu en cadeau pour payer la note de l'hôtel.

Mais la chose qui nous paraissait la plus extraordinaire, concernant le couple Salem, c'était cette rumeur selon laquelle ils étaient bourrés d'argent et que nous, leur famille, qui vivions dans le sous-sol de l'oncle Fridrik, étions leurs principaux héritiers. Ils avaient certainement des actions et des biens immobiliers dans toute la ville. Et leur maison avec les meubles, l'argenterie et la collection de timbres. Et la voiture anglaise. Cela faisait beaucoup de richesses. On parlait peu de cette histoire d'héritage dans ma famille. Si l'un de nous abordait le sujet, les adultes déviaient aussitôt le cours de la conversation. Mais ça flottait dans l'air. C'était sans doute Ingibjörg Salem qui en avait elle-même parlé à ma sœur Imba, peu de temps avant le départ du couple pour une maison de retraite. Elle lui avait dit qu'elle figurait, ainsi que papa, sur leur testament. Ils avaient pensé à elle. À cette époque, le vieux Tryggvi approchait quatre-vingt-dix ans. Il était maintenant si délabré qu'il ne pouvait plus rester chez lui. Ingibjörg, quant à elle, avait les jambes en si mauvais état qu'elle avait dû renoncer à sortir, d'un pas mal assuré, pour acheter les produits indispensables. Il lui arrivait d'appeler pour demander que moi et mon frère allions leur faire des courses.

Ils partirent donc dans une maison de retraite. Tous les deux dans une institution pour anciens marins. Mais leur appartement demeura en l'état. Dans un premier temps, il avait été convenu que ma sœur Imba irait chez eux deux fois par semaine pour arroser les plantes. Elle nous emmenait généralement avec elle. Elle disait avoir peur de l'obscurité dans ce logement vide et déserté. Pendant qu'elle arrosait les plantes, nous regardions le lustre de cristal au plafond. Énorme et imposant. Si le soleil dardait un rayon à travers les rideaux, nous le laissions se briser sur un prisme de cristal que nous décrochions de la couronne de lumière avec des gestes pleins de respect. Nous regardions ensuite avec émotion ces taches aux couleurs de l'arc-en-ciel que le soleil projetait sur les murs du salon.

III

Avec le heaume fendu, le bouclier rompu,
La broigne déchirée, l'épée brisée et le prix du péché.

Bolu-Hjalmar

Dixième chapitre

Les amis de Bardur Killian n'étaient-ils pas tous des ratés ? Des minables qui n'avaient ni argent ni influence dans la société ? Des chalutiers et des chanteurs alcooliques ? Non. Ce serait oublier le café-club Gliman. Là, il rencontrait des gens importants. Et, paraît-il, il savait les mettre dans sa poche.

Il s'agissait d'un groupe de dix ou douze hommes. La moitié d'entre eux au moins étaient présents à chaque réunion, le lundi matin, autour d'un café, dans la tour de l'hôtel Borg. Le café-club Gliman. Glim-man, en réalité. Ils y pratiquaient à l'origine la « glima », la lutte traditionnelle islandaise. Tous les lundis matin. Car un bon sport est plus précieux que de l'or ; rien de tel pour se remettre d'aplomb au seuil d'une semaine de travail que quelques prises de lutte : croc-en-jambe, coups de hanche et chute des deux adversaires. Et un café là-dessus. Mais les membres du club évoluèrent rapidement. Ils comprirent que le café était la partie la plus sensée du programme. Il est probable que l'idée même de lutte aurait complètement disparu si le mot « glima » n'avait pas figuré dans le nom que ces hommes avaient donné à leur club. Or, au Gliman, on s'adonnait à d'impressionnantes discussions. Il était question de fortes sommes d'argent, de l'avenir du pays et de l'industrie.

On s'y exprimait volontiers à la première personne du pluriel (« Ce que nous envisageons… ») en évoquant son parti politique, l'entreprise pour laquelle on travaillait ou encore la famille à laquelle on appartenait. Tous les individus de ce petit monde se considéraient comme des gens extrêmement puissants. L'un d'entre eux parlait parfois au nom de l'Assemblée. C'est à peine s'il y avait siégé le temps de deux périodes électorales, mais cela contribuait à la respectabilité du café-club Gliman, même s'il n'avait été à l'Assemblée qu'à titre de représentant du parti antimilitariste qui n'avait jamais eu beaucoup d'importance dans la vie politique islandaise. Tous avaient des liens occultes ici et là. Ils possédaient des amis de confiance aux postes les plus élevés. L'un était le coiffeur de plusieurs personnages haut placés, un autre était député. Il y avait deux avocats versés dans la poésie, le directeur d'une fabrique de savon, le responsable d'un entrepôt d'outils, un chef de magasin de la base américaine (qui pouvait fournir de la bière pour les réunions de la fête traditionnelle de Thorri, en hiver), et, bien entendu, Bardur Killian. Faisaient encore partie de ce groupe l'héritier probable d'une compagnie d'assurances, ainsi qu'un directeur de banque. Ou plutôt d'une caisse d'épargne. Mais ça revenait au même. Les autres l'appelaient toujours directeur de banque. Il n'était évidemment pas un directeur du même niveau que Vilhjalm Edvard. Ce dernier était l'un des principaux dirigeants du plus gros établissement financier du pays. Il n'était d'ailleurs pas membre du club Gliman. C'était son frère Bardur qui tirait parti de cette parenté, également considéré comme un individu spirituel, éloquent et plein d'idées.

Il m'emmenait parfois avec lui au Gliman. À cette époque, j'étais adolescent. Lui était fier de pouvoir montrer son fils et héritier, à l'instar de ses compagnons. Il n'était jamais question des filles. Un héritier. Mais de quoi ? De quoi aurais-je bien pu hériter ? Je n'étais certainement pas d'une compagnie très intéressante. Plus tard, en revanche, il emmena Gundi et les choses se passèrent beaucoup mieux. Lui était mieux dégrossi que moi. Peut-être était-ce cette vantardise assortie de morale virile et de bavardages sur les prouesses physiques qui ne me convenait pas. Toute cette esbroufe à propos de l'argent qu'ils n'avaient pas encore gagné.

Au Gliman, mon père racontait des histoires. Les autres le trouvaient très amusant. C'étaient des histoires de beuveries, des histoires d'hommes qu'il ne racontait jamais à la maison. L'une d'elles donnait à peu près ceci :

– Tiens, j'ai paumé un billet de mille balles, ce week-end ! Si, si, avec Kobbi Kalypso, on avait commencé à picoler et on a terminé au Rödul. Et Kalypso dit brusquement qu'il fait tellement sombre et qu'il y a tellement de monde qu'il parie qu'il est possible de se balader avec la braguette ouverte et tout l'attirail dehors sans que personne ne s'en aperçoive. Je le prends au mot. Mille balles s'il le fait et s'il fait le tour de la salle comme ça. Et là, mon vieux, tu vois, il l'a fait ! Dans tout l'établissement. En haut et en bas, aux deux étages. Le bourreau des cœurs en personne, un samedi soir. Avec son machin qui sortait de sa braguette. Et un billet de mille en prime !

En réalité, les membres de ce club étaient des lutteurs qui ne pratiquaient jamais la lutte. Au cours des années, ils étaient devenus mous et flasques, le souffle court et poussif. Ils en avaient progressivement pris conscience. Or, un jour, fut organisé un championnat inter-nordique destiné à renforcer le sport de masse. L'objectif était de savoir quel était le peuple qui se montrerait le meilleur dans une épreuve de natation. Il fallait recenser et inscrire, dans chaque pays, les volontaires pour nager à la piscine sur une distance de deux cents mètres. Au Danemark, en Suède, en Norvège et en Finlande, des affiches furent placardées à l'entrée des piscines et des gymnases afin de mobiliser les gens pour cette compétition : « Tous à l'eau pour un deux cents mètres ! » Sans pour autant susciter de véritable ruée populaire, le succès de l'entreprise ne fut pas négligeable et deux à trois pour cent de la population scandinave s'essaya à la natation au cours du mois où ce concours fut ouvert. Ce qui parut plutôt satisfaisant. Mais ici, en Islande, les choses prirent une tournure tout à fait extravagante. La vie entière de l'île se focalisa sur ce championnat. On allait leur montrer, aux frères scandinaves, de quoi on était capable. On allait gagner ! Les médias rendaient compte scrupuleusement des événements et, jour après jour, toute l'information était accaparée par ces deux cents mètres. Les hommes politiques, et même le président et les ministres, se firent prendre en photo à la piscine, incitant l'ensemble de la population à se dévouer pour la nation. L'Islande attend de chacun qu'il fasse son devoir ! Notre devoir, qui était de se battre sur la terre ferme, de se battre sur mer, et aussi dans les piscines. Du sang, de la sueur et des larmes. « Combien de fois es-tu allé nager ? » C'était la première phrase qu'échangeaient les gens lorsqu'ils se rencontraient. Quel que soit l'endroit et quels qu'ils soient. Lorsque l'on fit le bilan, chaque citoyen était allé nager ses deux cents mètres en moyenne neuf fois. Les Islandais s'étaient donc acquittés de leur devoir environ quatre cents fois plus que les habitants des nations sœurs. Du coup, il n'y eut plus rien d'amusant dans cette histoire. Un vrai gâchis. Comme si on tirait au canon sur des oiseaux. Dans les pays voisins, ceux qui furent au courant de cette compétition haussèrent les épaules en déclarant qu'un tel comportement était caractéristique de ces fous d'Islandais : gâcher un plaisir innocent en prenant les choses beaucoup trop à cœur. À l'occasion de cette mobilisation nationale, l'ancien idéal d'exercice physique fut remis au goût du jour au club Gliman. Les membres prirent part à la compétition et le lieu se transforma en club de natation. Ils cessèrent de se rencontrer à l'hôtel Borg pour se donner désormais rendez-vous à la piscine. Mais rester à barboter dans l'eau était une activité peu distrayante et, à la limite, ennuyeuse. Surtout en comparaison des instants passés tranquillement assis à se vanter et à écouter toutes sortes de racontars. Progressivement, ils se cantonnèrent au petit bassin d'eau chaude autour duquel ils venaient prendre place, se contentant de faire prendre l'air aux poils grisonnants de leur torse et de papoter un moment. Le club Gliman. Il se trouvait là d'autres petits groupes de gens au sein desquels figuraient parfois d'importantes célébrités. Il arrivait même que tous se mélangent, et cela devenait alors vraiment captivant. Néanmoins, les membres du club conservaient un vif sentiment de parenté. Ils constituaient une sorte d'aristocratie locale qui finit par gagner ses lettres de noblesse autour du petit bassin. Une fois, en effet, ils passèrent à la télévision. L'événement eut lieu aux premiers temps de la télévision islandaise, dans les années héroïques du journal télévisé. Un jour de janvier, c'était à la fin du mois, une tempête glaciale se leva. Elle est d'ailleurs restée dans les annales. C'était, au sens propre du terme, un climat polaire. Les températures les plus froides jamais relevées depuis au moins vingt ans. Conséquences logiques d'un tel froid : explosions de calorifères dans les vieux quartiers, gens confinés dans leurs salons, emmitouflés dans leurs manteaux et les doigts gelés. Un violent vent du nord apportait des rafales de neige et soufflait à travers les rues. Les communications avaient été interrompues, les lignes électriques endommagées, les rendez-vous annulés et les écoles fermées. Un sujet idéal pour le journal télévisé. Des images parfaites. Tout en noir et blanc. Des voitures bloquées dans les congères, des hommes mettant à l'abri leurs petits bateaux dans le port, les couloirs déserts des écoles, un bus chaviré, tous les magasins fermés en ville. Mais, pour finir, une petite note d'optimisme : les piscines. La piscine en plein air de Laugardalur. Il y avait là des types qui n'avaient pas froid aux yeux. Il s'agissait du club Gliman, dont les membres ne se laissaient pas intimider par le temps et sortaient en courant des cabines, en maillot de bain, en pleine tempête polaire. On les voyait contourner les amas de neige glacée pour se rendre dans le bassin.

– Vous n'avez pas froid, les gars ? demanda le journaliste en claquant des dents.

Lui était vêtu d'une parka fourrée munie d'une capuche. Son micro était enveloppé d'une chaussette en laine.

– Non, non, qu'est-ce que tu crois ? C'est juste un petit rafraîchissement ! Nous, on ne s'arrête pas à ça ! Tu nous prends pour des femmelettes…

Ce fut la réponse des sept hommes assis dans le bassin. Les nuages de vapeur qui s'élevaient donnaient l'impression qu'ils étaient en Enfer. Tous souriaient, comme pour une publicité de dentifrice. Mais quand la télévision se déplace pour vanter votre vitalité, il ne convient pas de rester assis dans un bassin d'eau chaude. Ça ne suffit pas ! Deux d'entre eux sortirent donc de l'eau, Bardur Killian et l'un des deux avocats versés en poésie, pour aller se vautrer dans la congère la plus proche. Blancs comme du lait, juste vêtus de leur maillot de bain trempé. Ils n'étaient pas d'une grande élégance, mais tellement téméraires. Ils se roulaient dans la neige glacée. S'envoyaient des boules de neige. Avec un sourire figé exprimant le courage.

* * *

Hrodny et Geirmund père et fils habitèrent long-temps un appartement au dernier étage d'une tour, comme on l'a déjà dit. Mais lorsque Geirmund senior approcha de la cinquantaine, le fait de voir l'argent s'entasser commença à poser problème à cette famille. Avec son bateau, le *Kolgrim*, Geirmund était devenu, au fil des ans, un véritable roi de la pêche. Il passait son existence en mer et ne dépensait pas le moindre sou. Il n'était pas non plus dans la nature de Hrodny de mener une existence d'excès et de dépenses. Et comme Geir-mund était à la fois capitaine et propriétaire de ce si bon bateau de pêche et que l'on ne gaspillait jamais rien, l'argent ne tarda pas à s'amonceler. Il menaçait même de se consumer dans l'embrasement de l'inflation. Il fallait donc envisager un placement stable. Geirmund décida de faire construire un véritable palais. En guise de placement.

Dans la mesure où les sommes en question étaient considérables et ne cessaient de s'accroître, il fallut faire preuve de méthode pour dépenser tout cet argent. Geirmund ne pouvait évidemment pas superviser lui-même les opérations puisqu'il était toujours en mer, se tuant à la tâche pour capturer encore plus de poisson. Il confia donc à un entrepreneur le soin de surveiller la construction du palais. Il lui donna quantité d'instructions fort simples que l'on peut résumer ainsi : tout devait être aussi grand et coûteux que possible. Fut alors bâtie une maison sur deux niveaux d'une superficie de deux cents mètres carrés chacun. À l'étage, se trouvait l'espace d'habitation. Au rez-de-chaussée, il y avait un garage, une buanderie et des pièces de rangement. La maison était entourée d'un terrain que des horticulteurs eurent pour mission d'aménager de telle sorte qu'il ne nécessite qu'un minimum d'entretien. Ils en dallèrent la plus grande partie, plantèrent des arbres dans des bacs et circonscrirent l'ensemble par un mur de pierre haut et massif. Le toit du bâtiment était plat. On ne voyait rien d'autre que de la pierre et du béton, à l'exception des fenêtres carrées. Pour finir, la maison fut peinte dans différents tons de jaune et de brun. On acheta des portes en acajou. Elles étaient sculptées et dotées de vitres teintées à motifs. Toutes avaient, en guise de poignées, des boutons transparents cerclés d'or. Le salon faisait à lui seul plus de cent mètres carrés. Le sol était recouvert d'une épaisse moquette de couleur mauve. Elle reposait, à ce qu'il semblait, sur une abondante couche de mousse, car lorsqu'on marchait dessus, on avait l'impression de patauger dans des sables mouvants.

Peu de temps après qu'ils eurent emménagé, Geirmund senior fêta ses cinquante ans. Il fallut à cette occasion rattraper les négligences et l'absence de mondanités du passé. Il organisa donc une réception princière dans son nouveau palais.

Geirmund engagea deux hommes de son équipage pour préparer le repas pour une centaine d'invités, ainsi qu'un groupe de serveurs qui devaient veiller à ce que chacun ait son verre rempli et que nul ne soit à court d'alcools de toutes sortes. Dans la grande pièce, une table de douze mètres de longueur avait été dressée. Elle était couverte de mets coûteux, aussi bien froids que chauds.

On avait également installé un bar derrière lequel se tenaient des serveurs vêtus de chemises blanches et de vestons noirs qui agitaient des cocktails comme s'il en était allé de leur vie. Geirmund lui-même avait fait l'acquisition d'un blazer à boutons dorés et d'un pantalon gris de gentleman. Il portait une élégante chemise avec une cravate et une pochette assortie. La maîtresse de maison, Hrodny, se tenait à ses côtés, les épaules enfoncées et un peu voûtée. Ils serraient la main de tous les invités qui se présentaient. Il s'agissait avant tout de loups de mer, des hommes d'équipage du *Kolgrim*, les anciens comme les actuels, de mariniers, de champions de la pêche, de poissonniers, de gens qui travaillaient dans la congélation du poisson et, bien sûr, de la famille proche et éloignée du couple d'hôtes.

D'emblée il fallut visiter les lieux, ce qui prit beaucoup de temps. Le salon avait été conçu de manière fonctionnelle. Il avait été compartimenté avec de petites cloisons, constituant ainsi quatre ou cinq espaces indépendants tous meublés d'un canapé, de fauteuils et d'une table basse. Chaque espace avait son propre style. L'un d'eux était d'inspiration rétro, canapé « Chesterfield » et table sculptée. Un autre était aménagé en teck, avec des lignes aérodynamiques. Il y avait, dans un coin, un meuble de jardin fait de bambou et de roseau qui grinçait et craquait. Il y avait également un espace au décor chinois, éclairé par un lustre sphérique à franges. Tout cela parvenait à former un ensemble qui s'accordait avec la moquette mauve dans laquelle les invités avaient l'impression de s'embourber jusqu'aux genoux. Quant aux murs, ils auraient semblé bien dénudés et froids si quelqu'un d'avisé n'avait suggéré à l'habile marin de les habiller de tableaux. Cela constituerait en outre un excellent investissement. L'homme qui avait fait acheter des tableaux à Geirmund n'était autre que son propre beau-frère, Vilhjalm Edvard Killian, directeur de banque et grand connaisseur d'art. Ce n'étaient d'ailleurs pas des croûtes qui étaient accrochées au mur. Les plus grands artistes de l'île, les représentants les plus prisés de la peinture islandaise, avaient leur place ici. De grandes et imposantes toiles. Kjarval en personne, Gunnlaugur Blöndal et son homonyme, Gunnlaugur Haraldsson, Eirikur Smith. Même l'art géométrique était représenté, avec Karl Kvaran et Valtyr Pétursson. Geirmund, les cheveux coupés de fraîche date (on aurait dit qu'il était presque chauve) et sa tête rougeaude qui sortait de son ample blazer, avait lui-même fini par apprendre les noms des peintres et il parcourait les pièces de la maison comme un guide dans un Musée des beaux-arts. Il faisait le tour des toiles avec, dans son sillage, de grands ou petits groupes auxquels il désignait les œuvres de sa grosse patte. Il donnait le nom de l'artiste puis disait « Hmm », un son qui résonnait à la fois comme une question et une approbation. C'était à l'auditoire de choisir.

– Et là, c'est de l'abstrait, hmm. C'est le plus récent, hmm. Karl Kvaran : *Imagination*, hmm ? Et là, Kjarval en personne, hmm. Ça fait un peu penser à du porridge, hmm. On arrive maintenant à la peinture que je préfère, hmm. La seule que j'ai choisie moi-même. Les autres, c'est mon beau-frère Villi qui les a trouvées, hmm. Mais celui-là, c'est Freymodur qui l'a, pour ainsi dire, peint pour moi. 12 septembre, hmm. Il a peint mon rafiot, le *Kolgrim*, hmm, hmm !

Et là, il y avait matière à regarder. Il s'agissait, de loin, de la plus grande des toiles. Deux mètres sur quatre environ. Elle représentait le *Kolgrim* naviguant sur une mer ensoleillée. La mer est bleue, le ciel est bleu. À l'arrière-plan, on voit la côte avec ses falaises, ses rochers, un village et une paisible fumée qui s'élève dans les airs. Au premier plan, il y a le fameux bateau de soixante tonnes en bois de chêne : il est tout astiqué et peint en blanc. Il fend les flots et sa proue est couverte d'écume. Ce tableau se trouve dans la pièce désignée comme étant celle du maître de maison. C'est là que ce dernier doit pouvoir méditer à son travail et se consacrer à ses centres d'intérêt. Un immense bureau, un fauteuil qu'il est possible de surélever et d'abaisser, de tourner et de retourner. Et toutes sortes de choses encore. Un téléphone, un globe terrestre, un baromètre monté sur une barre de gouvernail. Des objets qui se languissaient du maître de maison et de sa sollicitude. Et puisqu'on était engagé dans ce circuit de visite, il fallait également montrer la chambre du garçon, Geirmund junior, qui, à cette époque, avait une vingtaine d'années et était bien sûr en mer, la saison du hareng battant son plein. Et il n'était pas près de rentrer. Sa chambre : des murs noirs et le plafond vert fluorescent où était fixée une rangée de projecteurs qui se mettaient en marche, envoyant des lumières colorées et clignotantes dès qu'on allumait. Apparaissaient alors un canapé-lit, des étagères garnies de bouteilles de schnaps vides soigneusement disposées, et un poster gigantesque représentant une Kawasaki pourvue d'une fourche démesurément allongée.

Que pouvait-on servir à boire à cette société ? Eh bien, la boisson la plus appréciée était le « baudet », c'est-à-dire un mélange de vodka et de ginger ale avec de la glace et une rondelle de citron. Un cocktail assurément délicieux. C'est à peine si l'on sent le goût de l'alcool. Les discussions s'animent dans le salon au fur et à mesure que l'on vide des verres de baudet. Dans chaque coin, chaque recoin. Dans chaque fauteuil, chaque canapé s'engagent les conversations. Les convives vont à la table du banquet se servir une pleine assiettée de nourriture dans un tintement de couverts et de verres. Et tentent de maintenir leur équilibre à travers l'épaisse moquette mouvante. L'ambiance s'échauffe. Rester assis devient désagréable. Cet endroit est bien trop chic, les canapés et les fauteuils sont trop profonds. Et cette idée obsédante de veiller à ne rien renverser ni laisser de traces de brûlé… À dire vrai, cette fête d'anniversaire n'est vraiment réussie qu'aux alentours de minuit, lorsque deux groupes d'importance à peu près égale se sont formés : l'ensemble des femmes descend à la buanderie, tandis que les hommes se rendent dans le garage.

Dans la buanderie. Les femmes sont ivres. Certaines d'entre elles, qui n'ont pas fumé depuis la guerre, ont une cigarette au coin de la bouche. Elles envoient la fumée dans tous les sens et revivent le bon vieux temps en regardant le filtre maculé de rouge à lèvres. Elles soufflent la fumée, tête renversée en arrière, émettent des sons aigus et des cris stridents à la moindre occasion. S'appellent « les filles ». L'une d'elles s'est mise à débiter des obscénités. Elle affirme que les hommes ne sont que des grandes gueules. Qu'il n'y a que la braguette et le cul. Quelques-unes rougissent légèrement. L'espace d'un instant. Puis on entend : « Hi ! hi ! » Cris perçants. Tout cela est trop drôle. La femme de l'un des cuistots, pleine d'entrain et de joie, tente de retrouver un pas de danse à travers la pièce. Les autres rigolent. Deux qui étaient montées sur la table de la buanderie sautent à terre avec fracas. Elles parviennent à se maintenir en équilibre et prennent part à la leçon de danse.

Dans le garage, de grandes discussions sont en cours. Sur l'argent et le profit. Il y a là toutes sortes de gens ordinaires en train de deviser sur les perspectives de l'économie et de l'industrie. Mais il est principalement question de revenus et de bénéfices. Quelqu'un demande si tout ça, ça rapporte de l'argent. Ses mots restent comme suspendus dans les airs, telle une formule magique : « rapporter de l'argent ». De l'argent, ça peut en rapporter un sacré paquet. On gagne cent mille couronnes rien qu'en une seule pêche. Du bénéfice à l'état pur. Les marins se mettent à parler pêche. Sauf les chefs mécaniciens qui ont laissé tomber leur veste, retroussé leurs manches de chemise et se sont immergés dans le moteur de la Skoda qui, au milieu de ce garage, a l'air d'une goutte d'eau dans l'océan.

– Elle s'est mise à faire un foutu drôle de bruit, dit le capitaine Geirmund. Qu'est-ce que ça peut bien être ?

Deux patrons de pêche ont réussi à piéger le banquier Vilhjalm Edvard dans un coin. Selon eux, la politique de prêt des banques est purement et simplement criminelle. En particulier à l'égard des entreprises d'export. Ici, dans le sud, on met des bâtons dans les roues aux bateaux de pêche. Et l'économie du pays là-dedans ? Vilhjalm commençait à être ivre. Il avait renversé son verre sur lui et était assis sur un paquet de lignes de pêche, ne prenant pas garde aux hameçons. Il dit :

– Eh bien, venez me voir dès lundi matin, les gars. Je vais vous arranger votre affaire.

Le révérend Sigvaldi vint se joindre au groupe des patrons de pêche inquiets du cours de l'économie. Il avait entendu qu'il était question de prêts et il profita d'une pause dans la conversation pour demander subrepticement si, lui aussi, il pouvait venir lundi matin, sans doute pour obtenir un prêt.

Mais au milieu de la salle se trouvait le maître des lieux. Il affichait une mine soucieuse. Il tenait entre ses deux grosses pattes un verre contenant un cocktail et se balançait sur ses hanches. Comme pour en assouplir les articulations, juste à l'endroit où l'os de la cuisse s'emboîte dans le bassin. Il avait une expression de capitaine. On voyait qu'il avait la responsabilité de l'équipage de ce garage. Il était devenu distant et maussade. Il se tenait bien planté sur ses jambes écartées. Affûtait son regard et balançait les hanches. Son beau-frère Bardur Killian était en train de lui parler.

– C'est un projet qui ne présente pas le moindre risque, dit Bardur. Tu trouveras difficilement un investissement plus sûr et un moyen plus simple de te faire de l'argent.

– ?

– Écoute voir. La marchandise se trouve au Service des douanes. Elle n'attend que l'acquittement des droits de douane. Il s'agit d'un tas de bricoles destinées à atterrir dans les chaussures des gamins à Noël : des cartes à jouer, des pères Noël en plastique, des trucs dans ce genre, qui n'attendent que d'être sortis de là.

– À qui tout ça appartient-il ? demanda Geirmund Monsieur Muscle.

– Écoute, c'est un type que je connais qui possède cette marchandise. Mais, pour le moment, il n'est pas dans le coup.

– Ah, il lui est arrivé quelque chose ?

– Non, non. Pour tout te dire, à l'heure actuelle, il est au trou, ce pauvre vieux. Mais ça n'a rien à voir avec notre affaire ! Écoute, l'idée, c'est de vendre cette marchandise en lots. Treize paquets par lot. Puis on fait imprimer des cartes avec « Pour…… » et « De la part du Père Noël ». Imagine, pour les parents, comme cela leur faciliterait la tâche : tout est prêt pour être glissé dans les souliers la nuit de Noël. Plus de problèmes !

– Ah oui ? Et où est-ce que j'interviens dans ton projet ?

– Tu vois, la seule chose qui manque, ce sont des fonds pour une période… quoi, de deux-trois mois. C'est là que tu interviens. Au moins comme caution ou garant. Et tu ramasseras au minimum le double. C'est du bénéfice cent pour cent garanti !

– Le double ? Pour aller fourrer quelques babioles à des gamins, dans leurs chaussures ?

– J'ai dit le double ? Le triple ! Tous les deux, on devrait pouvoir en tirer le triple !

– Je ne sais pas, Bardur. Je n'ai jamais été un très grand Père Noël. Mais est-ce qu'on peut faire une chose pareille ? Sans aucun scrupule ? La fête des gamins et tout le reste ?…

– Des scrupules ? Écoute, si ce n'est pas nous qui faisons notre beurre avec ça, d'autres s'en chargeront. De toute façon, on se fait tous avoir à Noël.

Le visage de Geirmund resta crispé un moment. Il se balança seize fois de suite à droite et à gauche et dit enfin :

– Appelle-moi demain pour en reparler.

– Écoute, vieux, je le savais ! Écoute, vieux, tu ne le regretteras pas !

* * *

Il faut maintenant raconter qu'un jour, il y a bien longtemps, l'entreprise de pièces détachées de grand-père a dû se trouver un nom officiel. Et un numéro. Pour des raisons fiscales ou pour la comptabilité. Enfin, pour une raison dans ce genre. Jusque-là, elle avait été désignée, selon les circonstances, par différents noms : commerce de pièces détachées, Lækjarbakki, chez Fusi. Mais, du jour au lendemain, il fallut déclarer un nom officiel et le vieux se creusa la tête avec cette question. Tel que je le connais, il a certainement dû imaginer des noms tirés de la mythologie, comme « Asgard », « Walhalla », « Au marteau de Thor », ou encore « Nid d'aigle ». Pourtant, l'entreprise fut finalement enregistrée sous le nom de « Vente de pièces détachées ESSOR ».

Essor.

Ce nom donna à ma grand-mère Solveig l'occasion d'incessants sarcasmes auxquels elle ne mit jamais fin. Jusqu'au jour de sa mort, elle se moqua de lui à cause de ce nom. Quel essor ça a été ! Tu parles d'un essor ! Ah ah ah !

En fait, « Essor » ne fut jamais utilisé. Pas une seule fois l'entreprise ne fut désignée ainsi. Pas plus qu'elle n'apparaît sous cette appellation dans les registres ou les comptes. Seul un très petit nombre de clients l'ont quelquefois entendu nommer ainsi. Pour tout le monde, l'affaire de grand-père continua de s'appeler Lækjar-bakki ou la casse de Sigfus. « Essor » serait complètement tombé dans l'oubli si deux choses ne l'en avaient empê-ché. La première, c'étaient les continuelles remarques ironiques émanant de ma grand-mère. Où se nichait l'essor ? Dans le fait d'être venu moisir à cet endroit pour vendre des pièces détachées, de s'être installé à l'écart de la société ? Le second obstacle, ce fut lorsque Sigfus junior avait repris l'entreprise et qu'il l'avait transportée en ville pour en faire un puissant empire. Il dépoussiéra alors ce nom aussi vieillot que grotesque et le donna à son entreprise : ESSOR S.A. devint une célèbre et dynamique compagnie de la capitale.

« Une pièce de rechange s'achète chez ESSOR. » Tel devint le slogan de l'entreprise. Une grande enseigne avait été accrochée au-dessus du portail d'accès. Le mot Essor y figurait sur un faisceau de lignes courbes, évoquant un lever de soleil d'où partait une avalanche de rayons dorés. L'aurore aux doigts de rose. Les véhicules d'Essor étaient des camionnettes rouges pourvues d'une grue à l'arrière. Sur les portières était représenté le même lever de soleil. Ils étaient appelés lorsqu'il y avait des carcasses de voitures à enlever après un accident, qu'il fallait emporter de vieilles ferrailles hors d'usage, ou encore dans le cas de saisies judiciaires de véhicules. Il y avait également la cour d'entrée d'Essor. Là étaient entreposés les articles de valeur, le stock et la raison d'être de l'entreprise : des milliers de carcasses de voitures et de pièces détachées. L'attrait exercé par ces superbes pièces de rechange posait un réel problème. Beaucoup avaient tenté d'entrer la nuit par effraction pour prendre ce dont ils avaient besoin. Il était parfaitement inutile d'empiler des berlines les unes sur les autres en guise de mur et de placer là des hommes pour surveiller. Sigfus junior fit l'acquisition de la meilleure protection qui soit contre le vol : deux chiens-loups affamés et assoiffés de sang qui rôdaient la nuit à la recherche du moindre cambrioleur à se mettre sous la dent.

Mais s'il y avait bien une institution qui faisait partie de la vie de la capitale et était liée à la fameuse entreprise de pièces détachées, c'étaient « les enchères d'Essor », aussi célèbres que mémorables.

Ces ventes aux enchères étaient organisées environ quatre fois par an. On y mettait en vente des voitures en plus ou moins bon état qui, pour une quelconque raison, avaient été confisquées à leurs propriétaires. Généralement parce qu'ils avaient négligé de payer leurs dettes et s'étaient vu saisir leur bien. Une vingtaine de voitures étaient ainsi proposées à chaque enchère. Des automobiles de toutes les tailles et de tous les modèles. Une foule importante s'amassait toujours dans la cour d'entrée qui, ces jours-là, revêtait ses plus beaux atours et se parait de fanions et de drapeaux. Il y avait même un petit chapiteau sous lequel venaient prendre un rafraîchissement aussi bien les acquéreurs potentiels des voitures mises en vente que les autres, ceux qui étaient là seulement pour assister aux enchères et passer un agréable moment.

Même s'il était affirmé que toutes ces voitures étaient en état de marche et qu'elles pouvaient rouler ou, en tout cas, qu'elles n'en étaient pas encore au stade du désossage en pièces détachées, ce qui était quand même la vocation première de l'entreprise, on pouvait rarement considérer qu'elles étaient vraiment utilisables. Et si une partie d'entre elles semblaient en mesure de tenir le coup, la plupart souffraient de maux incurables : moteurs surchauffés, châssis gauchis, boîtes de vitesses endommagées, embrayages hors d'usage. La majorité arrivaient en bout de course et les propriétaires se souciaient moins de les sauver du marteau d'enchère, lorsqu'il s'agissait de pareils tas de ferrailles, que lorsque c'étaient réellement de bonnes voitures. Tout le suspense de ces enchères venait de ce que l'on n'avait jamais aucune certitude. Il était impossible de déterminer par avance ou de juger d'après leur aspect extérieur si ces voitures valaient encore quelque chose ou non. Ces ventes attiraient donc essentiellement une clientèle d'amateurs de loterie ou de jeux de hasard. Impossible de se faire au préalable une idée de l'état des articles proposés. Telle était la règle du jeu. Les seules informations disponibles étaient la marque et le modèle du véhicule, dont on pouvait néanmoins entrevoir l'allure générale à une certaine distance. Suffisamment près pour se rendre compte si la carrosserie était cabossée ou déformée. Pour le reste, c'était un véritable coup de poker.

À moins que, comme dit le poète, on ait une tante au palais et que l'on connaisse ceux qui gouvernent derrière les murailles du château. En l'occurrence, derrière les grilles de l'entreprise de pièces détachées. C'était justement le cas de mon père qui trouva là l'un de ses moyens géniaux de se faire de l'argent vite et sans risque, et qui sut tirer parti du fait que le roi des pièces détachées était son propre frère. Il eut l'idée de se livrer à cette partie de poker, non sans avoir jeté un œil au préalable sur le jeu. Il venait fouiner sur les lieux quelques jours avant la mise aux enchères. Il évaluait l'état des véhicules et savait toujours par avance le prix maximum que l'on pouvait mettre sur chaque voiture. Un certain nombre d'entre elles paraissaient au premier coup d'œil fort mal en point. Mais un examen plus attentif révélait qu'elles étaient en excellent état de marche. Ces voitures-là, mon père les achetait pour une bouchée de pain au cours des enchères. Il les repeignait ensuite, les rafistolait. Ou bien même il se contentait de les nettoyer et de les faire briller. Il les revendait pour un bon paquet d'argent. De cette manière, il fit de gros bénéfices en peu de temps. À la maison, dans le sous-sol de l'oncle Fridrik, ce furent alors des jours glorieux. Les poches du vieux étaient toujours pleines de billets qu'il dépensait à la moindre occasion. À quelques semaines d'intervalle, il arrivait à la maison au volant d'une nouvelle voiture. C'étaient toujours de superbes automobiles qu'il n'avait pas le cœur de revendre tout de suite et à bord desquelles il aimait se montrer pendant une quinzaine de jours avant de se décider à leur faire changer de propriétaire, moyennant un substantiel bénéfice.

Cette activité était bien entendu clandestine, car l'oncle Sigfus était soit tellement honnête qu'il ne devait être au courant de rien, soit, comme le disait papa, tellement trouillard qu'il n'osait pas être mêlé à quoi que ce soit qui ne fût pas en parfaite adéquation avec les règlements et les traditions. Toujours est-il qu'il ne participait pas à ce trafic et faisait comme s'il n'était au courant de rien. Et pour que les choses ne soient pas trop voyantes, pour que ce ne soit pas toujours le frère du patron qui achète avec tant d'empressement, c'étaient généralement des amis de mon père qui se chargeaient du travail : Gardar et Globlesi, le chauffeur Sigtrygg Sigurdsson ou encore le fameux chanteur populaire Kobbi Kalypso. Ce dernier était pour ainsi dire le seul, l'éternel et le véritable bras droit de mon père. Du moins lorsqu'il n'était pas hors jeu à cause de l'alcool ou des médicaments. Quand il achetait des voitures à la vente aux enchères d'Essor, mon père se tenait à l'écart, dans un endroit quelconque. Peut-être assis à la maison près du téléphone en attendant les nouvelles. Un peu plus tard, Kobbi arrivait au volant d'un magnifique tacot qu'il avait acheté pour rien. Il restait dîner avec nous. Les deux amis étaient alors en grande forme. Ils racontaient toutes sortes de bêtises et rigolaient. Ils étaient riches et n'évoquaient jamais de sommes inférieures au million. Puis ils nous envoyaient, nous autres enfants, chercher de la glace pour le dessert. Nous pouvions garder les billets de cent couronnes qui restaient et on nous disait :

– Allez, vous pouvez aller dépenser tout ça au stade.

Il est bien possible que cette manière de gagner de l'argent n'ait pas été totalement illégale. Elle aurait pu être classée dans la catégorie « légal mais peu moral ». Mais cela ne suffisait pas à mon père. Il lui fallait développer cette activité. Gagner encore plus et plus vite. Et puisqu'il était possible d'acheter pour une bouchée de pain de bonnes voitures qui, à première vue, ressemblaient à des épaves, n'était-il pas possible également de vendre comme de belles voitures de vieilles guimbardes plus ou moins en état de marche, mais dûment camouflées ? Il se mit à récupérer toutes les épaves qu'il trouvait, installa un atelier clandestin dans une cabane où les vieilleries étaient remises en état, où ces tas de ferrailles rouillées étaient repeintes au pistolet et prenaient ainsi une allure resplendissante, où l'on rafistolait ce qui fichait le camp, où les radiateurs étaient colmatés au chewing-gum, où l'on versait une sorte de mixture dans les moteurs mal en point afin qu'ils puissent encore fonctionner quelques heures. Alors, les épaves étaient revendues à prix d'or à de candides veuves ou à des jeunes gens inexpérimentés. Mais les journaux eurent vent de ce commerce. De même que la police judiciaire. Et au moment précis où ce gagne-pain efficace avait rendu le vieux tellement optimiste que lui et notre mère s'étaient mis à passer en revue les annonces immobilières, à rechercher une petite maison ou un appartement avec un balcon et des portes-fenêtres, et qu'ils nous avaient demandé à tous trois si ça nous dirait d'avoir chacun notre chambre, un mandat d'arrêt fut lancé contre mon père. Il réussit bien sûr à quitter le pays avec une partie du pactole. Lui et Kobbi arrivèrent à Copenhague avec les gains qu'ils avaient empochés en vendant ces voitures hors d'usage le jour où le journal *Visir* titrait en première page que l'on venait de découvrir des pratiques illégales dans un commerce de voitures. Le lendemain même paraissait une photo du vieux avec une interview d'une femme qui s'était fait rouler. Il y avait également une image de l'atelier installé dans la cabane et étaient évoqués les liens existant entre mon père, cet escroc endurci, et Sigfus Killian d'Essor. Ce fut un moment terrible. Mon père et Kobbi Kalypso arrivèrent en ville en possession d'une partie de cet argent et ils en dépensèrent la totalité en beuveries et autres imbécillités. À la fin, ils n'eurent même plus de quoi payer le sinistre hôtel de Vesterbro où ils se firent tabasser. Ils furent ensuite arrêtés à leur descente d'avion. La gueule de bois les faisait trembler. Ils portaient des lunettes de soleil pour cacher les hématomes et les écorchures dont leur visage était couvert. La presse était sur place. Photos. Noms. Rien de vraiment drôle alors d'être le fils de Bardur Killian. Il resta en détention une dizaine de jours et perdit dans l'histoire au moins autant d'argent qu'il en avait gagné. Même si, autant que je sache, aucun jugement ne fut jamais rendu. Avec le temps, l'affaire finit par être oubliée d'une manière ou d'une autre. Quant à l'oncle Sigfus et son affaire de pièces détachées, il ne fit pas non plus l'objet de poursuites. Il ne fut d'ailleurs jamais formellement impliqué dans ce scandale, bien que souvent il affirmât que jamais sa respectable entreprise n'avait connu un tel revers. Cette affaire empoisonna l'atmosphère familiale pendant longtemps. Durant les deux années qui suivirent, Sigfus essaya de faire comme s'il ne connaissait pas mon père, vêtu de son manteau de clochard et de son chapeau noir.

Onzième chapitre

Il arriva un jour où Solveig, fille de Salomon de Laufskalar, eut soixante-dix ans. Il était temps de réunir la famille. Au moins les parents les plus proches. Et de tirer un trait sur les vieux différends. Pour une occasion aussi solennelle, tous devaient être rassemblés autour de la vieille dame afin de célébrer en sa compagnie cette longue et heureuse vie.

Mais, à cette époque, Sigfus junior s'était engagé devant témoins à ne plus jamais adresser la parole à son frère Bardur. Ce dernier avait en effet ruiné la réputation de son entreprise et entamé le crédit dont elle jouissait, à la suite de l'escroquerie qu'il avait montée autour des ventes aux enchères d'Essor. Geirmund le marin était lui aussi furieux contre Bardur qui l'avait trompé en lui faisant gaspiller de l'argent dans un trafic de cadeaux de Noël destinés à être placés dans les chaussures des enfants. Une affaire qui n'avait entraîné que des dépenses et des pertes. Geirmund en voulait également à Vilhjalm Edvard, car il s'était rendu compte un jour que le banquier prélevait au passage de substantielles commissions sur les tableaux qu'il sélectionnait pour la maison du pêcheur. Quant à Lara et au révérend Sigvaldi, ils ressentaient eux aussi une certaine amertume à l'égard du directeur de banque qui avait laissé ses collègues recouvrer, par des méthodes plutôt coercitives, une somme que leur devait Sigvaldi à la suite d'affaires malheureuses. Et la liste pouvait encore continuer longtemps. Mais lorsque Solveig lança les invitations pour sa réception d'anniversaire, il n'était plus question de penser à de telles broutilles.

À cette époque, elle était allée vivre chez Lara, le révérend Sigvaldi et Laki. Ou, pour être plus exact, avec eux. Car Solveig avait apporté des fonds pour qu'ils puissent acheter un appartement plus grand où elle aurait sa chambre à elle. Il s'agissait d'un agréable quatre-pièces mansardé dans le quartier ouest de la ville. La vieille dame y occupait une chambre avec une lucarne. C'est dans ce foyer que fut organisé l'anniversaire. Une fête si importante que les membres de la famille dans leur totalité devaient, pour l'occasion, oublier leurs griefs respectifs. Pour la seule et unique raison que Solveig de Laufskalar en avait décidé ainsi. Et tous ses enfants répondirent à l'invitation. Tous, sauf Salomon, bien sûr, qui restait toujours muet. Et bien que, selon l'ordre du jour, tous les membres de la famille de Lækjarbakki aient dû enterrer la hache de guerre afin de se rencontrer dans la paix et l'harmonie et de n'évoquer que de bons et beaux souvenirs, la vieille dame négligea de se conformer à ses propres prescriptions : elle n'invita pas son ex-mari, père de ses sept enfants, Sigfus Killian senior, qui officiait à présent comme concierge dans un lycée. Un anniversaire qui le concernait aussi peu que si l'empereur de Chine avait invité sa suite pour le thé.

Dans l'entrée de l'appartement mansardé, ils étaient trois pour recevoir les invités qui se présentaient : Lara, Solveig l'intéressée, et Aslak.

– Ah ! mon cheeer, que c'est meeerveilleux que tu aies pu venir, disait Lara à tous ceux qui arrivaient.

Après quoi elle plaquait sa joue contre le visage du nouveau venu et faisait claquer ses lèvres. Et jusqu'à la fin de cette journée, chacun devait garder dans les narines des effluves de poudre, de parfum et d'autres cosmétiques. Une fois que l'invité avait embrassé si cordialement la maîtresse de maison, il va sans dire qu'il lui fallait également embrasser la vieille dame dont c'était l'anniversaire. Une fois parvenu à ce stade, il était impossible d'éviter Aslak qui se tenait lui aussi à l'entrée, prêt à se faire embrasser : tellement propret, si bien coiffé, tiré à quatre épingles, mignon. Par bonheur, on pouvait s'arrêter là. On n'avait pas à embrasser le révérend Sigvaldi. Il ne faisait pas partie du comité d'accueil, mais marchait de long en large dans l'appartement, déplaçant tel ou tel objet sans raison. Il avait un sourire nerveux qui recouvrait entièrement son visage et il s'épongeait les tempes avec un mouchoir blanc.

Puis tout le monde finit par arriver jusqu'au salon. Bardur en compagnie de sa femme et de ses trois enfants. Le banquier Vilhjalm et Frida avec leurs trois filles et leur garçon. Le psychiatre Fridrik et sa belle-mère Gertrud. Sigfus Killian, le prince des pièces détachées. Seul, cela va de soi. Et les hôtes, bien sûr. Pour finir, la dernière de la fratrie, Hrodny, arriva en claudiquant. Le trio composé de Lara, Solveig et Laki se précipita à l'entrée pour se faire embrasser. Hrodny était toute seule. Leur fils était parti en mer à bord d'un chalutier. Quant à Geirmund père, il viendrait peut-être plus tard. Il avait promis de venir, dit Hrodny. Mais ça pourrait prendre un petit moment, car c'était le dernier jour de la tournée et c'étaient le *Kolgrim* et son équipage qui avaient fait la meilleure pêche de la saison. Il était donc question de fêter l'événement en vitesse au carré, une fois qu'ils auraient fini de récurer la cale.

Les enfants allèrent s'installer dans les fauteuils et les canapés, ainsi que les femmes, celles du moins qui réussirent à trouver un siège encore vide. Les hommes, quant à eux, restaient debout, traînaient les pieds et jetaient des coups d'œil par la fenêtre, comme pour surveiller sans cesse les conditions météo. Derrière une vitre se trouvait un thermomètre. Il affichait onze degrés. Et il y avait de quoi dire là-dessus. Onze degrés. Dis donc ! Ce n'était pas qu'il faisait particulièrement froid ou particulièrement chaud, mais la température n'en demeurait pas moins un excellent sujet de conversation. À tour de rôle, chacun allait vérifier par lui-même. Il se penchait sur la vitre qui se couvrait aussitôt d'une tache de buée. Quelqu'un s'écria qu'il faisait même onze et demi, ce qui permit de poursuivre cette discussion et de retourner constater à la fenêtre. Deux femmes se trouvaient à côté d'Aslak. Elles lui demandaient comment cela se passait à l'école. Solveig déambulait, un sourire céleste sur le visage et les mains jointes. L'atmosphère était plutôt lourde. Mais les choses ne tardèrent pas à s'améliorer car Geirmund Monsieur Muscle tint sa promesse et vint. Il avait fait assez vite. Il était encore vêtu de sa tenue de marin, une bouteille passée dans sa ceinture de pantalon. Bruyant et brutal. Les hommes et les femmes de l'assistance se figèrent. Ils sentaient planer le scandale, s'attendaient à ce que les choses se terminent mal, au moins celles qui avaient commencé. Ce fichu marin était complètement ivre, attifé comme s'il allait écailler du poisson. En tout cas, certainement pas d'une manière qui pouvait convenir à la respectable vieille dame. Lara et son fils Laki ne se précipitèrent pas à la rencontre de ce roi de la pêche mal rasé pour l'embrasser. Ce fut Solveig qui le fit. Elle s'avança et le reçut à bras ouverts, le remerciant d'être venu. C'était vraiment gentil. Il fut manifestement surpris par cet accueil auquel il ne se serait jamais attendu de la part de son étrange et taciturne belle-mère. Il ne la connaissait pas vraiment. Il commença à présenter ses excuses. Il était fagoté comme un pauvre matelot, mais il ne faisait que passer... Néanmoins, la reine de la fête insista :

– Mon cher Geiri, je sais très bien que les héros de la mer n'ont pas toujours le temps de se mettre sur leur trente et un !

Et il se laissa entraîner au milieu du salon, docile comme un agneau. Elle fit déguerpir deux gamins qui accaparaient les fauteuils les plus confortables et invita le champion des océans à prendre place. Elle lui demanda ce qu'il voulait boire. Puis, d'elle-même, alla lui chercher une tasse de café. Mais, tandis qu'elle s'occupait de lui, il tira la bouteille de sa ceinture, fit sauter le bouchon, but une gorgée et l'avala dans une épouvantable grimace. Il offrit aussitôt à boire aux hommes qui se trouvaient dans les parages. Tous refusèrent, essayant toutefois de témoigner un certain intérêt. Ils lorgnèrent la bouteille et demandèrent quel était ce breuvage.

– Eh, il semblerait que ce soit cette sacrée cochonnerie de cognac, grogna Geirmund, mais pour moi, rien ne vaut la bonne vieille gnôle islandaise. Du cognac Napoléon. Ce sont les gars du *Kolgrim* qui me l'ont donné. Je balance toujours une bouteille de schnaps dans chaque couchette pour le dernier jour. Mais celle-là, ce sont les gars qui se sont cotisés pour me la payer.

Sigfus Karl eut la permission d'examiner la bouteille ; il la renifla. L'odeur le fit frissonner. Il cria :

– Tiens ! C'est du cinq étoiles !

Son frère le banquier se détourna, essayant de dissimuler un sourire méprisant.

C'est alors que la reine de la fête refit son apparition avec une tasse de café destinée au héros de la mer. Il versa du cognac dans la tasse, disant que ça descendait mieux lorsque c'était mélangé avec du café. Et rien ne se produisit. Sinon que le marin parlait et que Solveig l'écoutait. Dans la cuisine, les femmes accouraient les unes après les autres afin de consoler Lara qui pleurait au détriment de son maquillage. Ce type allait gâcher la réception d'anniversaire de sa mère. Au salon, les hommes s'affairaient à oublier leurs différends réciproques. Cela se passait plutôt bien entre les frères, ainsi qu'avec le révérend Sigvaldi. Ils prenaient plaisir à se retrouver ensemble. Mais ce qui les amusait par-dessus tout, c'était de voir Solveig et le marin discuter en tête à tête. Celle-ci se tenait sans cesse prête à lui refaire son mélange, à remettre du café dans sa tasse de cognac. Et le marin le buvait aussi sec. La bouteille était aux trois quarts pleine lorsqu'il était arrivé. Mais elle se tarissait vite et Geirmund parlait bruyamment et sans détour. Il dit à Solveig qu'il n'avait jamais rien apprécié en elle. Qu'en fait il était mort de peur la première fois où il vint à Lækjarbakki avec Hrodny.

– Dois-je vraiment croire ces paroles, cher Geiri ? demanda Solveig. Tu n'as pas grand-chose à craindre. Surtout pas d'une vieille femme comme moi.

– Je dirais même que je faisais dans mon froc ! hurla Geirmund. Une vraie pétoche !

Il dit aussi qu'il s'était rendu compte que tous se moquaient du rustaud inculte qu'il était. Mais Solveig assura que, dès le premier instant, elle avait été ravie de l'avoir pour gendre, lui qui était exactement l'homme qu'il fallait à sa petite Hrodny. Geirmund fut comme enivré par le compliment. Il se mit à parler de son enfance difficile. Il avait grandi sur la côte nord, au pied du Snæfellsnes, dans une région où les noms des villages sont formés avec des mots comme « glace » ou « neige » et où il se prenait des baffes avec des moufles détrempées par la mer. Il brisa sa tasse à café. Une de celles du service au motif de mouettes de Lara. La coupe était presque pleine. Mais à ce moment : driiing ! La sonnette de la porte d'entrée retentit. Sur le seuil, la voix d'un jeune homme demanda si Solveig Killian était là. Solveig de Laufskalar se leva et se dirigea vers l'entrée. Elle continuait de sourire mais elle avait légèrement pâli sous l'effet de la colère, car elle ne supportait pas ce nom qu'elle dut pourtant endurer une bonne partie de son existence. Elle saisit le télégramme que lui tendait le garçon dans l'encadrement de la porte. Un télégramme de félicitations de la part du concierge Sigfus Killian : « Pour un grand jour, en l'honneur d'une femme remarquable. Salut à vous, filles d'Islande ! Sigfus. »

Solveig Killian de Laufskalar fourra le télégramme dans sa poche avec un sourire glacé que personne ne put apercevoir. Elle joua à être sénile et un peu sourde le temps qu'il fallut pour esquiver les questions sur l'expéditeur du télégramme. Puis elle retrouva sa concentration en disant au revoir au marin et en le remerciant d'être venu. Hrodny avait en effet mis à profit cette interruption pour faire déguerpir Geirmund. Il ne se fit pas prier, se leva, les jambes chancelantes et l'air ahuri, se laissant soutenir par son épouse jusqu'à la porte. Il enfila ses galoches de pêcheur et mit sa vareuse. Il était brusquement devenu maussade.

– Pourquoi est-on si pressés ? Est-ce que j'ai fait quelque chose de mal ?

Il avait mis ses galoches à l'envers et était gêné pour marcher. Il se donna à plusieurs reprises une tape sur le front. Comme pour faire redémarrer l'activité de son cerveau. Voulant se précipiter au-dehors, il se trompa de porte et poussa un hurlement que tout le quartier dut entendre :

– Mais bordel, où est-ce que j'ai atterri ? !

Sa belle-mère le lui expliqua et il prêta l'oreille. Soudain, il se mit en colère contre la vieille dame.

– Il y a une chose qu'il faut que je te dise ! s'exclama-t-il en approchant de sa belle-mère son visage colossal, parcouru de petits vaisseaux rouges.

– Allez Geiri… ordonna Hrodny en le tirant.

Mais le héros des mers ne prêtait aucune attention à sa femme. S'exprimant de sa voix bourrue sous le nez de Solveig, il continua à lui faire comprendre qu'il avait quelque chose à lui dire. Et il le lui fit savoir :

– Je ne veux plus que tu refoutes les pieds dans ma maison !

Solveig de Laufskalar demeura imperturbable. Elle se contenta de sourire aimablement et dit au capitaine :

– J'en prends bonne note, cher Geiri. Mais toi, tu resteras le bienvenu chez moi. Tu viens quand tu veux !

Geirmund gardait la même expression. Comme s'il cherchait encore les mots justes pour la déclaration qu'il venait de faire. Il pointa sa patte gigantesque vers le visage de la reine de la fête. On aurait dit qu'il essayait de reprendre contenance. Il la regarda fixement et son gros et rugueux visage se décomposa entièrement. Il éclata en sanglots. Solveig le prit dans ses bras et lui tapota le dos, tandis qu'il essayait de se ressaisir. Puis il déclara qu'elle aussi serait toujours la bienvenue chez lui. Qu'elle pourrait même avoir toute la maison pour elle. Lui pouvait aller habiter à bord du *Kolgrim*.

– Pas de problème. Je peux tout à fait aller sur mon bateau.

Puis Hrodny sortit en boitillant, soutenant son marin en pleurs.

* * *

Kobbi Kalypso prit une décision. Après avoir vécu une séparation de plus et une faillite supplémentaire. Après une nouvelle période de beuverie et de prise de médicaments. Après s'être mis à cracher du sang. Cela faisait déjà un moment qu'il avait perdu sa voix. C'était manifeste. Sa voix et son oreille. Et quand bien même il parviendrait à retrouver un peu de tout cela, rien n'y ferait : plus personne n'avait envie de l'écouter chanter. Il prit donc la décision d'avaler en une seule fois les cachets qui lui restaient. Un puissant somnifère. La dose était suffisante pour assommer définitivement dix gaillards, aux dires des spécialistes. Kobbi vivait seul dans un minuscule appartement, une chambre avec une kitchenette et des toilettes, dans une maison qui tombait en ruine. Personne d'autre n'habitait là. Les autres locataires avaient récemment déguerpi. Ils avaient fui les vitres brisées, les lavabos bouchés, les poissons d'argent qui grouillaient dans toute la baraque et les loyers impayés. C'est dans ce cadre que Kobbi regarda les choses en face : sa vie ne valait pas la peine d'être vécue et ce qu'il avait de mieux à faire était d'ingérer ces somnifères. Il était vêtu d'un pantalon et d'un tee-shirt. Il se tenait agenouillé sur un matelas posé à même le sol, l'élément le plus précieux de son mobilier. Il avala une vingtaine de petites pilules vertes (quinze suffisaient largement pour tuer un homme, affirmèrent les infirmières de l'unité de réanimation). Il les ingurgita avec une rasade de schnaps et se laissa tomber, la face contre le matelas. Il sentit ses yeux se fermer.

La nuit survint. Pas âme qui vive dans la maison. En dehors des poissons d'argent. Dans la kitchenette, le robinet laissait échapper une goutte toutes les demi-heures, qui venait percuter dans un bruit sourd l'inox de l'évier. Puis ce fut le jour. Rien ne se passa dans cette maison où gisait, inerte, un homme en tee-shirt, la face contre le matelas. De nouveau la nuit. Les poissons d'argent s'agitaient à l'étage et la goutte d'eau continuait à tomber avec le même son et au même rythme, telle une vénérable et fiable horloge.

Le lendemain, le téléphone sonna. La sonnerie retentit à plusieurs reprises. Les poissons d'argent l'entendirent peut-être, mais le corps étendu sur le matelas demeura complètement immobile. Il commença alors à pleuvoir. Le vent se leva. Les bourrasques se faufilaient à travers les murs et faisaient craquer la charpente. Mais pas un cheveu ne bougeait sur la tête soigneusement peignée du chanteur populaire.

Presque trois jours et trois nuits s'écoulèrent. Pas le moindre signe de vie dans l'appartement de Kobbi Kalypso, excepté les poissons d'argent qui filaient le long des plinthes.

Cependant, le lendemain matin, un incroyable miracle se produit : une paupière se soulève. Un œil à l'éclat maladif et jaunâtre louche en direction du matelas, totalement immobile. Une heure plus tard, dans la même inertie, une conscience s'anime dans ce corps : une soif épouvantable. C'est vraiment au poil, de mourir. C'est même pas mal du tout, on pourrait dire. Mais cette soif intolérable… À boire ! À côté, une goutte d'eau tombe dans l'évier en inox. Une goutte d'eau. Limpide et rafraîchissante. Heureux celui qui pourrait recevoir sur sa langue brûlante une goutte d'eau comme celle-ci. Mais avant il faut aller la chercher, se traîner jusqu'au point d'eau. Un effort qui requiert des forces qui font défaut. Un corps complètement engourdi et, qui sait, peut-être devenu inexistant. N'y aurait-il donc plus que cette tête déshydratée qui gît écrasée contre le matelas ? Ce qui a disparu pour de bon, c'est l'un des deux bras. À tel point que cela en devient palpable. Le bras gauche, ainsi que le nez, qui a pris une forme si étrange à force de rester tordu et comprimé contre le matelas. Il n'a guère supporté le poids de la tête.

Il parvint à bouger cette tête. Un acte d'héroïsme ! Et durant quatre heures, puisant dans tout ce qu'il lui restait d'énergie, il réussit à avancer de quelques centimètres, toujours sur le ventre. Il rampa vers le coin cuisine, en direction de l'évier. Chaque demi-heure, on entendait ce claquement sourd. Et l'idée de cette goutte d'eau avait l'effet d'un puissant carburant et propulsait cet homme au bras gauche à la traîne, comme un poids mort. Mais surgit un obstacle insurmontable : l'évier, bien trop haut, qui le dominait, tel un gratte-ciel. À moins de se faire oiseau et de voler, il était impossible d'en atteindre le sommet. La majeure partie de la journée fut consacrée aux tentatives acharnées pour parvenir à cet objectif. En vain. Il ne parvenait pas à soulever son visage du sol de plus de quelques centimètres alors qu'une goutte s'écrasait au fond de l'évier.

Attendre… et rien d'autre.

Avec la pluie, l'eau s'était peu à peu infiltrée sur le rebord d'une fenêtre mal calfeutrée. Cela se produisait toujours quand le vent soufflait dans cette direction. Un léger filet d'eau s'écoulait du chambranle, puis descendait le long du mur pour se répandre par terre. Ô source rafraîchissante envoyée par les cieux ! Le chanteur populaire réussit à se traîner jusqu'à cette flaque qu'il entreprit de lécher sur le sol crasseux, au milieu des poissons d'argent. La pluie tomba encore. Le filet d'eau réapparut dans l'interstice de la fenêtre, s'écoula le long du mur et l'homme assoiffé put en avaler davantage. Tout fut consommé. Il ne restait plus qu'à remettre son âme entre les mains du Père céleste. L'idéal serait de revenir sur le matelas pour entrer dans l'ultime repos. Mais en cours de route, alors qu'il passait à proximité de la table sur laquelle se trouvait le téléphone, celui-ci se mit à sonner. Dring ! Puis de nouveau. La table bascule, le téléphone noir s'écrase au sol et le combiné vient rouler au niveau de son visage. La voix enjouée de Bardur Killian crie : « Allo ! Allo ! » Il est en train de mettre sur pied un nouveau projet, sûr à cent pour cent, pour se faire en une seule fois un maximum d'argent. « Allo ! » Kobbi Kalypso pose sa bouche contre le combiné et respire. Il est persuadé de prononcer des mots, mais celui qui est à l'autre bout du fil n'entend que le souffle de sa respiration. Un souffle effrayant. Comme une vieille sépulture qui se serait mise à respirer et qui, par une nuit de tempête, s'aviserait de revenir à la vie et demanderait grâce pour les âmes damnées de ses habitants.

Une bonne demi-heure plus tard, Bardur arriva en compagnie du corps inanimé du chanteur populaire dans le service de réanimation où l'on mit en œuvre de grands moyens pour ramener ce dernier à la vie. Bardur voulut rester au chevet de son ami pour le veiller. Mais il fallut expédier Kobbi en salle d'opération afin de l'amputer du nez et d'une bonne longueur du bras gauche. Quiconque s'endort avec le bras comprimé sous le poids de son corps ne tarde pas à se réveiller, le bras exsangue et complètement engourdi. Mais Kobbi était resté dans cette position durant trois jours et trois nuits, sans bouger d'un cheveu. Et le nez fier et majestueux du chanteur populaire avait enduré des conditions identiques. Il avait dû rester tordu et écrasé contre la joue gauche pendant le même laps de temps. Il était devenu noir et il disparut sous l'effet des bistouris effilés des chirurgiens. Ceux-ci s'efforcèrent toutefois de sauver le bras pour la forme. Ils se proposèrent de laisser en place les os et la peau. Quant aux muscles, ils furent intégralement extraits et retirés. Mais personne ne pouvait se prononcer sur l'activité cérébrale. La dose ingurgitée n'avait pas dû avoir pour effet de stimuler son imagination. Et comme on pouvait s'y attendre, l'événement donna lieu à un article de journal : l'homme qui avait survécu en dépit d'une dose mortelle. Quoi qu'il en soit, Kobbi était arrivé à l'hôpital au moment critique : son cœur avait cessé de battre. Il était probable que la responsable était cette petite flaque d'eau vers laquelle il s'était traîné : elle avait failli l'achever. C'est ce que déclara ensuite le chef de service. Lorsque le liquide était arrivé dans son estomac, la digestion s'était remise en route et le sang avait à nouveau véhiculé le somnifère.

Le lendemain, il avait plus ou moins repris conscience. Il était cloué au lit, complètement épuisé, ne réussissant à rester éveillé que deux ou trois heures d'affilée. Mais il avait assez de vigueur pour que Bardur Killian vienne lui rendre visite et s'asseye à son chevet. La partie médiane de son visage était enveloppée d'un bandage qui ne laissait voir que les yeux et la bouche. Entre les deux, le pansement reposait à plat sur un néant.

– Eh bien, maintenant, je ne suis plus très beau !

Ce furent les premiers mots que Kobbi prononça dès qu'il s'aperçut de la présence de son ami. Bardur voulut prononcer des paroles de réconfort, mais il dut reconnaître, dans son for intérieur, que c'était la pure vérité. Aucun mot ne put franchir ses lèvres. Il saisit alors la main droite de Kobbi et l'étreignit. Le chanteur eut un rire confiné dans un coin de sa bouche.

Quinze jours plus tard, Kobbi sortit de l'hôpital et, pendant les semaines qui suivirent, il vécut chez nous. Mon père le choyait en permanence. Il nous avait demandé de nous montrer prévenants à son égard. Il était malade, n'était pas en très grande forme et nous faisions notre possible pour le distraire. Il conservait le bandage qui lui barrait le visage. Quant à son bras, il demeurait handicapé et attaché. Jamais plus, désormais, il ne serait d'une quelconque utilité. En revanche, Kobbi se rendit plus tard à l'étranger pour se faire poser une prothèse nasale en plastique. Pourvu de son nouveau nez, on avait toujours l'impression qu'il se rendait au carnaval.

J'entendis mes parents dire que, pour le moment, il fallait faire notre possible pour lui rendre l'existence supportable, afin qu'il ne recommence pas. Mais le chanteur populaire ne semblait pas avoir de telles idées en tête. Au contraire, il était plus joyeux que jamais. Il passait ses journées allongé sur le canapé et s'amusait à nous faire dire des bêtises, à moi et aux autres enfants. Il nous racontait des bobards. Il nous faisait croire, par exemple, qu'il connaissait des types complètement fous qui portaient des noms on ne peut plus grotesques, comme Marin Sursson des Champs d'Écume ou Eljagrim Alfbrandson de Pisseville. Ces histoires nous galvanisaient. On se mettait à raconter toutes sortes d'imbécillités sans queue ni tête. Ça le faisait rire au point que les larmes dégoulinaient le long de ses joues. Entre deux éclats de rire, il disait : « Ouais, la vie, ça a quand même du bon. » J'ai rarement rencontré quelqu'un d'aussi drôle lorsqu'il racontait ses histoires. Un week-end, nous sommes allés nous promener tous les quatre à bord d'une vieille jeep que mon père avait empruntée. Lui, le chanteur, Gundi et moi. Une promenade à Thingvellir. Un petit café au Valhöll et un esquimau à Thrastarlundur. Au crépuscule, alors que nous rentrions à la maison en passant par Hellisheidi, Gundi s'assoupit à côté de moi, sur le siège arrière. J'étais moi aussi petit à petit gagné par le sommeil. Mais à l'avant, les deux compères discutaient à mi-voix :

– Les types comme toi, je les envie, dit le chanteur.

– Comme moi ! Un homme condamné et ruiné…

– Non, tu n'es pas ruiné. Tu as tout.

– Si seulement c'était vrai, mon vieux Kobbi. Je ne possède même pas la voiture dans laquelle nous roulons…

– Tu as tout. Tu possèdes un foyer.

– Un foyer. Je loue cette tanière à mon frère !

Je levai les yeux et observai les deux hommes de dos. Face à eux, le soleil couchant diffusait ses lueurs rougeâtres. La voiture ronronnait sur la route.

– Je n'ai jamais réussi à fonder une famille, dit Kobbi Kalypso. Mais une fois, après quelques mois de vie commune avec ma troisième femme et ma fille, la petite Gerda, on était assis tous ensemble dans le salon. J'avais plutôt la gueule de bois et je me sentais triste. La gamine était en train d'écouter des disques sur l'électrophone. C'est alors qu'elle a rampé jusqu'au canapé sur lequel j'étais assis et qu'elle est venue se pelotonner contre moi. J'ai soudain compris que nous étions en train de chanter à tue-tête des chansons d'enfant. Eh bien, c'est ça que j'appelle tout avoir. Vivre avec sa fille, être installé avec elle sur le canapé du salon et chanter avec elle. Mais tu peux imaginer que ça ne pouvait pas durer. Pas plus cette fois-là que les autres. Et on finit toujours par atterrir avec ses cliques et ses claques dans une piaule quelconque. Tout seul.

* * *

Ce que mon père Bardur Killian affectionnait par-dessus tout, c'était de récolter un maximum au prix du moindre effort. C'était son idéal dans l'existence. S'il parvenait à posséder quelque chose, cela ne suscitait chez lui aucune attache sentimentale particulière. Il reperdait immanquablement et sans tarder la presque totalité de ce qu'il venait d'acquérir. Et sans en ressentir d'amertume, autant qu'on pouvait en juger.

Mais il existait néanmoins un bien qui lui tenait à cœur. C'était notre résidence d'été. Et, le temps passant, il se mit à accorder une grande importance à cet endroit. Il aurait sans aucun doute été prêt à marcher sur le feu et la lave pour pouvoir la garder.

À l'origine, cette résidence d'été avait été achetée pour une bouchée de pain. Et par une sorte de toquade. Probablement au cours d'un épisode de beuverie avec Kobbi. En tout cas, au terme d'un week-end, il rentra en se pavanant à la maison en compagnie du chanteur. Il se dégageait d'eux comme des effluves de fête. Et la nouvelle qu'il rapportait pour la famille, c'était qu'il venait d'acheter une maison de vacances.

Pour un prix dérisoire ! Il s'agissait d'une maison située dans le plus bel endroit que l'on pût imaginer : le parc national de Thingvellir, l'ancien site de l'Assemblée islandaise. Un superbe chalet, affirmaient les deux amis, fiers et heureux. Ils s'étaient rendus dans l'est du pays afin d'admirer le château et essayaient de se rappeler de quoi il avait l'air. L'un s'empressait d'acquiescer dès que l'autre en rajoutait un peu trop dans sa description. Et ils surenchérissaient : la taille, le mobilier... Bien sûr, pour l'instant, il n'y avait qu'une unique pièce, grande et vide. Mais on pourrait facilement la cloisonner et y aménager une cuisine et un salon. Plus une chambre à coucher, sinon deux. Et la hauteur de plafond était telle que l'on pourrait sans problème poser un plancher et installer une chambre en mezzanine.

– Hein, tu ne crois pas, Kobbi ?

– Une mezzanine aménagée en chambre ! avait répondu l'autre. Sans problème. Et même un véritable étage avec deux ou trois chambres. Surtout si on fait un toit mansardé.

– Ouais ! avait lâché mon père en se désolidarisant un peu. À présent, il prenait garde de ne pas trop broder. Il est certainement nécessaire de réaménager le toit en mansarde. Mais ce n'est évidemment pas un problème.

Et où cette maison se trouvait-elle ? À Thingvellir ! Ni plus ni moins. Peut-être pas en plein milieu du parc. Mais juste à l'extérieur. Un site drôlement beau. Tout à côté du lac. De la végétation ? Oui, oui, il leur semblait bien qu'il y en avait.

– Hein, Kobbi, il y a ce qu'il faut comme végétation, là-bas ?

– Pour sûr, quelle question ! Des bruyères, des buissons et d'autres choses dans ce genre !

Cette propriété avait été achetée pour une bouchée de pain. Quelques mois de salaires, ou à peu près. Et des traites que l'on n'aurait pas à payer tout de suite.

Il fut donc décidé qu'on irait voir ce château dès le week-end suivant. Toute la famille. Nous autres enfants, on aurait préféré s'y précipiter sans plus tarder. Il nous était difficile de devoir patienter jusqu'à la fin de la semaine. Avoir une maison d'été, c'était le rêve de tous les enfants. Les nuits qui suivirent, nous restâmes tard à discuter dans nos lits. On ne parlait que de cette maison de campagne. On essayait de se la représenter, allant jusqu'à la dessiner sur des feuilles de papier d'après la description qui nous en avait été faite… On se répartissait les chambres, en bas et à l'étage. Avec Gundi, on voulait absolument habiter en haut et avoir chacun notre chambre. Notre grande sœur, quant à elle, préférait s'installer en bas pour avoir un accès direct à la terrasse et prendre des bains de soleil. Et puis on monterait aux arbres, on ferait des tours en barque sur le lac. On aurait des chevaux et on galoperait à travers le parc comme des shérifs fougueux sortis de westerns.

Arriva le week-end. Nous partîmes vers l'est à bord de notre petite voiture. Tous ensemble. Le vieux était au volant et notre mère était à l'avant, à ses côtés. Nous étions tous les trois installés sur le siège arrière, parcourus par la joie et l'excitation. Mais notre père demeurait silencieux et semblait un peu nerveux. Il répétait sans cesse qu'il ne fallait pas imaginer quelque chose de trop grandiose. Il restait encore beaucoup de travaux à faire sur place. Ça ne deviendrait peut-être pas du jour au lendemain une vraie maison de vacances. Ça prendrait du temps et de l'argent… Mais il était parfaitement inutile de tenter d'entamer notre enthousiasme. On avait bien entendu la belle description qu'il avait faite de cet endroit. Et on s'apprêtait à voir notre rêve se réaliser.

Thingvellir. Des images qui défilent. Des traînées de soleil qui scintillent au gré des eaux du lac. Interrompues d'averses accompagnées de rafales de vent.

– Ça y est, on y est, papa !

– Non, on arrive dans un instant…

– Est-ce que c'est cette maison-là ? (Une grande demeure.)

– Euh non ! pas tout à fait…

Il lui fallut un certain temps avant de retrouver l'endroit. Après un moment passé à errer dans le parc national, nous prîmes la direction de Grafningur.

– Ça devrait être par là, dit mon père en prenant la direction d'une grappe de maisons de vacances. Mais ça n'était pas sûr. Il apparut que ce n'était pas à Grafningur. On s'en rendit compte après avoir tourné en rond sans avoir trouvé notre maison. On retourna donc à Thingvellir pour prendre de l'autre côté du lac. De plus en plus loin. Au-delà d'une montagne. Et on verrait bien. Le paysage devenait de plus en plus lunaire. Mais notre père commençait à s'y retrouver.

– Veidilundur ! cria-t-il joyeusement, je me rappelle ce panneau.

Et après s'être égarés sur des chemins creusés d'ornières, entre des maisons de campagne et des chalets plus ou moins achevés, nous trouvâmes enfin le palais dans lequel papa et Kobbi avaient investi le week-end précédent.

À dire vrai, il s'agissait d'une vieille cabine de chantier qui avait été amenée là par camion. Elle reposait sur des cales, sur un bout de terrain inculte. Un cadenas rouillé sur une porte en décomposition. Bien sûr, la clef que possédait mon père était la bonne. Avec un crissement, la lumière du jour se fraya un chemin entre le battant et le chambranle. On pouvait jeter un œil à l'intérieur. Le plafond était de quelques centimètres plus élevé qu'une hauteur d'homme. La création d'une mezzanine aurait obligé les gens à se tenir pliés en deux. Il y avait une petite table de cuisine, mais elle remplissait la plus grande partie de l'espace et, sur cette table, il y avait une bouteille d'aquavit vide et quelques canettes de soda contenant des vieux mégots.

Personne pour souhaiter la bienvenue dans la nouvelle résidence d'été de la famille. Même notre mère ne prononça pas un mot à propos de cette terrible déception. Nous ne nous attardâmes pas. Et le chemin du retour se fit dans le plus grand silence.

* * *

Bien que l'histoire de notre résidence secondaire ait commencé sous de mauvais auspices, le vieux ne se découragea pas. Il entreprit d'aller passer de longs moments là-bas. Il ne cessait d'amasser les matériaux les plus divers : des planches, des tuyaux, des tôles ondulées, du terreau, des plantes, une pompe et de la clôture. Sans jamais évoquer cette maison de vacances, sans essayer de livrer une quelconque information à la famille, nous eûmes peu à peu la sensation que quelque chose d'extraordinaire était en train de se produire sur place. À cette époque-là, il travaillait vingt-quatre heures sur vingt-quatre. Il aménageait le fameux atelier clandestin dans une sombre remise située à l'ouest de la capitale. Il avait enrôlé pour cela quelques touche-à-tout de son entourage pour retaper les vieilles guimbardes. Il faisait également quelques tournées de pêche en mer. Puis il s'était rendu dans le nord du pays dans le but de vendre aux paysans du coin et à leur famille un stock d'habits du dimanche, vieux et élimés, dont il avait fait l'acquisition

dans une vente aux enchères. La liquidation d'une entreprise de vente en gros qui avait fait faillite. Dans ses
moments libres, il réunissait ses amis et les emmenait
dans l'est, à l'arrière d'un camion. Ils se rendaient au lac
de Thingvellir pour retaper notre cabane. Il s'écoula un
an après notre première visite en famille où nous avions
découvert la fameuse cabine de chantier. Et il nous fallut
nous préparer une nouvelle fois à entreprendre le voyage.
Il nous poussa dans la voiture (il avait alors acheté une
Zim, une voiture russe, un ancien taxi), et nous prîmes la
route en direction du lac de Thingvellir.

Il s'était produit un miracle. La cabine de chantier
s'était métamorphosée en une résidence d'été tout à fait
respectable. Elle avait été agrandie. Il y avait maintenant un petit salon meublé d'un divan recouvert d'une
couverture et d'un vieux fauteuil. Une échelle permettait l'accès à une sorte de mezzanine sur laquelle une
chambre avait été aménagée à notre intention. Dans
l'organisation d'origine, il n'y avait qu'une entrée et
une petite pièce. Bien sûr, les toilettes étaient pour le
moment à l'extérieur. Une drôle de construction qui faisait penser à une fusée. Mais le vieux affirma qu'il avait
prévu d'installer une fosse septique et qu'alors les toilettes intégreraient la maison. Quant au terrain alentour,
il avait été aplani et enrichi en humus. Une clôture
entourait la propriété qui s'étendait sur environ un
demi-hectare. Des arbustes avaient été plantés çà et là.

Bref, un vrai paradis.

Cet endroit nous appartint l'espace de deux étés.

Tout bien considéré, c'était peut-être suffisant. On
finissait par s'en lasser. Notre père ne manquait pour
rien au monde une occasion d'y aller. Le moindre
week-end, et parfois plus souvent, on partait « dans

l'est », comme on disait (notre domaine ne parvint jamais à être baptisé).

C'était évidemment agréable de se trouver « dans l'est ». En particulier lorsqu'on flânait au bord du lac, une canne à pêche à la main. Ou encore lorsqu'on jouait aux gendarmes et aux voleurs, ce divertissement sain et éducatif, dans la nature verdoyante du Seigneur. Mais une chose posait problème : notre père ne réussissait jamais à se détendre en cet endroit. Il avait sans cesse besoin de s'activer à une tâche quelconque et considérait comme un grand bonheur de pouvoir s'occuper à diverses bricoles. Et il voulait que nous l'aidions. Un week-end, nous nous préparions à aller dans l'est et nous nous réjouissions à la perspective de profiter de la vie à la campagne et de nous amuser. Mais, le moment venu, le coffre de la voiture fut chargé de pots de fongicide que nous allions devoir passer sur les parties en bois exposées à l'air : les clôtures, les toilettes et la terrasse. Cela prendrait la journée du lendemain, du matin jusqu'au soir. Et tout fut infecté par la forte odeur de ce produit. Nos vêtements, nos sacs de couchage et nos rêves nocturnes. Sans oublier la bouillie au lait et le pain de malt du petit déjeuner.

Durant les deux années où la maison nous appartint, le vieux eut la manie de planter des arbres. À chaque voyage que nous faisions dans l'est, on emportait telle ou telle sorte d'arbuste, grand ou petit, avec de la terre. L'ensemble dans un sac ou un baquet, tout prêt à être planté dans un trou aménagé à cet effet. Ces plantes étaient parfois installées entre nous trois sur le siège arrière, afin qu'elles voyagent dans les meilleures conditions. Après quoi elles étaient replantées avec grand soin sur notre modeste terrain. On creusait des trous profonds, on y mettait du fumier de vache et les

273

arbustes étaient fixés à des piquets et des tuteurs. C'est de cette manière que fut élaborée cette forêt de l'avenir. Dès que le vieux était sur place, son attention se focalisait sur ces arbres. Il les arrosait, leur apportait de l'engrais. Il nous disait que, d'ici à dix ou quinze ans, ce serait drôlement beau et agréable.

– Ça sera vraiment chouette de vivre ici, alors !

C'était un vrai bonheur que de s'assoupir dans une chaise longue sur la terrasse. De siroter un jus de fruit, lorsque le temps le permettait. D'écouter le chant des bécasses et le bourdonnement serein des mouches bleues. Puis, lorsque la nuit tombait, on passait à l'intérieur. On allumait les lampes à pétrole qui répandaient une lueur jaune et vacillante sur le visage des habitants du foyer.

Cette résidence de campagne dans l'est était donc l'une des rares choses que mon père eût possédée à cette époque et qu'il fût visiblement attristé de perdre. Si je me souviens bien, ce fut à la suite de son histoire d'escroquerie de voitures qu'on la lui confisqua bien qu'il mît en œuvre toute son ingéniosité pour ne pas la perdre et qu'il sollicitât toutes ses relations. Je l'entendis même, pendu au téléphone à longueur de soirée, tenter d'obtenir de son frère Vilhjalm Edvard qu'il use de son influence et de sa position à la banque pour sauver la maison de vacances familiale qui, en réalité, était au nom de ma mère. Mais rien n'y fit. Un jour, il nous fallut nous rendre à l'évidence : nous n'avions plus de résidence secondaire. Dorénavant, nous n'irions plus jamais dans l'est. Bien que le sujet ait été clos, on sentait bien que, dans le cœur de pierre de mon père, ce dur à cuire, on touchait une corde sensible sitôt qu'était dite ou faite la moindre chose rappelant notre résidence d'été à Veidilundur, près du lac de Thingvellir.

* * *

Mon oncle banquier, Vilhjalm Edvard, ne réussit pas à sauver cette maison dans l'est. Peut-être était-ce d'ailleurs impossible. Mais un an plus tard, lui-même acheta une maison de campagne. Un dimanche après-midi, il nous rendit l'une de ses rares visites avec sa famille, dans notre sous-sol de la maison de l'oncle Fridrik, afin de nous parler de sa nouvelle acquisition et nous proposer de venir la voir le week-end suivant. Cette perspective n'enthousiasma pas beaucoup mon père. Mais, avec mon frère et ma sœur, nous perdîmes tout contrôle : avec sa stature et sa richesse, notre oncle Vilhjalm était l'être le plus merveilleux. La joie nous rendait fébriles. On se mit à bondir en tous sens en disant : « Si papa, hein papa, allez papa, on y va ! » Le cousin Biggi était étendu sur le canapé du salon et s'était endormi d'ennui. Mais ses trois sœurs, les princesses Elsa, Dilja et la petite Frida, couraient à travers l'appartement. Côte à côte, elles poussaient des cris d'étonnement, montraient du doigt, débordantes de joie. En fin de compte, il fut décidé que nous leur rendrions visite le week-end suivant. L'endroit se trouvait à une bonne distance de la capitale, dans une vallée boisée, traversée par une rivière où l'on pouvait pêcher le saumon. Il y avait également un lac. C'est en ce lieu que l'oncle Vilhjalm avait fait l'acquisition d'un véritable palais qui convenait à la fois à la considération dont il jouissait et au rang qui était le sien : un chalet bâti en solides rondins. La première chose qui frappa notre regard, lorsque notre voiture pénétra dans la propriété, fut une barrière, faite elle aussi de robustes poutres de bois, et dont la planche transversale était ornée de cornes de bison (qui provenaient d'un véritable « buffalo », nous affirma le cousin Biggi). Nous avions projeté d'arriver en début de journée et de rester jusqu'au goûter. C'est également ce que l'oncle Vilhjalm avait prévu. Mais nous ne fûmes sur place que dans la soirée, notre voiture nous ayant lâchés en cours de route. Il s'agissait d'une vieille Renault qui s'était mise à faire des siennes sitôt passé les dernières maisons de la capitale. Elle devint de plus en plus capricieuse. Elle avançait avec des à-coups et des secousses. Calait dans les côtes. On dut s'arrêter dans une petite ville sur notre route et mon père réussit à trouver un mécanicien. Et bien que ce dernier ait répété au moins cent fois : « Ouh ! j'aime pas trop ça ! », la réparation fut rapide et la voiture se remit en route comme sous l'effet d'un tir de canon. Nous reprîmes ainsi le chemin de la villa en rondins de l'oncle Vilhjalm. Trois ou quatre limousines luxueuses étaient garées devant la façade. Il y avait la Mercedes du banquier et les voitures des personnes qu'il avait invitées pour la soirée. Quand nous sommes entrés, une femme était en train de recouvrir la table du salon d'une nappe blanche. Vilhjalm, lui, était en compagnie de ses invités au bord de la rivière saumoneuse. Frida, la maîtresse de maison, sortait de l'une des chambres où elle venait de faire une petite sieste afin d'être en beauté pour la soirée. Elle était en robe de chambre, encore un peu endormie et quelque peu stressée après nous avoir aperçus. Elle déclara qu'ils nous avaient attendus toute la journée. Plein de joie et d'enthousiasme, mon frère Gundi lui répondit que si l'on avait tant tardé, c'est parce qu'on avait entendu plein de « bang » et de « paf » dans notre voiture, c'était super. Mon père lui tapota le dessus de la tête, comme pour le faire taire. Il dit :

– Bon, les enfants, vous ne voulez pas aller vous amuser dehors ?

Peu de temps après, lorsque l'oncle Vilhjalm fit son apparition, vêtu d'une tenue de pêcheur, des mouches accrochées à son bonnet et suivi de deux messieurs grisonnants et distingués affichant une expression mondaine, la femme qui mettait le couvert demanda sur un ton cassant, tandis qu'elle nous jetait un regard, si elle devait prévoir d'autres couverts. Aussitôt, mon père assura sèchement que nous ne restions pas. Mais l'oncle Villi ne tint pas compte de sa protestation. Il prit à part la jeune femme et lui donna des instructions. Il fut décidé que les enfants de Vilhjalm et le cousin Laki qui était venu passer le week-end ne prendraient pas leur repas avec eux, mais mangeraient avec nous, dans la cuisine, et laisseraient leur place à mes parents, à la grande table nappée de blanc, en compagnie des hôtes distingués.

Mon père refusa de rester, parla de s'en aller sur-le-champ et refusa même de manger un morceau. On aurait sans doute vite repris le chemin de la ville, sans cette fichue voiture qui ne marchait pas. Il n'était pas prudent de partir le soir à bord de ce véhicule en mauvais état qui menaçait de nous lâcher n'importe où sur la route du retour, et en pleine nuit. Par conséquent, nous passâmes la nuit dans la villa de rondins. Il y avait suffisamment de place. Nous eûmes une chambre rien que pour nous à l'étage. Nous nous endormîmes avec les bruits de la fête et la fumée des cigarettes qui montait jusqu'à nous. Mon père resta en bas jusque tard dans la nuit. C'était une véritable aventure. Le lendemain matin, avec mes cousins et cousines, nous avons eu la permission de descendre au lac en compagnie de l'oncle Villi. Là, dans un hangar à bateau, était amarré un hors-bord dont nous avons minutieusement examiné le moteur. Biggi et Laki me décrivirent la vitesse à laquelle pouvait aller le bateau et de quelle manière on mettait les gaz. Ils assurèrent qu'ils avaient eu l'occasion de le conduire et qu'ils avaient tracé de grands S à la surface des flots, faisant gicler l'eau dans toutes les directions. Mais ce n'était pas le moment de mettre en route le bateau. L'oncle Vilhjalm dit qu'il n'en était tout bonnement pas capable. « Plus tard, les enfants. » Il était inhabituellement blême et se dissimulait derrière ses lunettes de soleil. Puis nous sommes rentrés au chalet au moment où mon père venait de renoncer à réparer la voiture. Ses mains et son visage étaient devenus noirs après son séjour sous le moteur, à l'arrière de la voiture qui refusait de démarrer. Ce fut donc l'un des hôtes distingués qui nous déposa en ville. Ma mère, mon frère, ma sœur et moi-même montâmes à bord de la luxueuse automobile. Mon père suivait, en remorque. Avec Gundi, nous trouvions cela particulièrement excitant. Nous passions notre temps à faire des signes de la main à notre père derrière le pare-brise arrière de la belle voiture. Lui, installé au volant, affichait une mine grimaçante et crispée, le regard rivé au câble qui le tirait. Il ne nous répondait pas. Une fois arrivé au relais-bar de la route, il demeura silencieux et maussade. Il refusa de s'asseoir un instant et regarda sans cesse sa montre, comme s'il devait régler des affaires urgentes. Je vis l'hôte distingué prendre ma mère à part et lui dire :

– On a du mal à croire que cet homme est le frère d'un directeur de banque.

– Ah oui ?

– Il a plutôt l'air d'un braqueur de banque.

– Allons, pas de jalousie, répondit ma mère.

Son rictus était glacial.

Douzième chapitre

De tous les trésors que possédait l'oncle Villi, le plus extraordinaire était sans conteste le poste de radio Blaupunkt du salon.

Il s'agissait pourtant d'un poste de radio banal, semblable à ceux que l'on pouvait voir chez la plupart des gens : un morceau d'étoffe tendu sur la face avant, à travers lequel passait la voix du présentateur ; des boutons qu'il était possible de tourner ; en regardant derrière, on sentait une odeur de chaud et on apercevait par des ouvertures des fils, des lampes allumées et le haut-parleur. Si on baissait le volume au minimum, sans toutefois éteindre le poste, au moyen de la molette portant l'inscription allemande *Lautstärke*, on continuait à entendre un son, distant et sourd, ou même un bourdonnement indistinct. Un peu comme lorsque l'on se tient tout contre un poteau électrique ou un transformateur.

Le soir, lorsque l'obscurité était tombée, et en particulier les jours où le ciel sans nuages scintillait d'étoiles et que s'y déployaient des aurores boréales, il se passait quantité de choses à l'intérieur de l'appareil. Sur la plaque de verre du devant, on pouvait lire le nom de villes du monde entier : London, Stockholm, Moskau ou Hilversum... De certaines stations, on percevait des voix fantomatiques. Des chuchotements, même.

Ailleurs, c'était de la musique qui, soudain, retentissait bruyamment ou, au contraire, était à peine audible. D'autres stations n'émettaient qu'en morse. Mais, à Hilversum, c'était toujours une voix d'homme, tendue et fébrile. Une voix qui semblait près de se briser, comme sous le coup d'une forte émotion. Il lui arrivait de se taire. Généralement dans une sorte de signal de détresse. Cela me causait un tel choc que je devais éteindre la radio et m'en éloigner rapidement, le cœur battant.

Dans la cuisine, sur le réfrigérateur, trônait une boîte à gâteaux. Sur chacune des faces était représentée une partie du monde. Quant aux deux Amériques, elles se déployaient sur l'ensemble du couvercle. J'y repérais les endroits insolites qui envoyaient des messages en morse dans la nuit étoilée, lorsque les aurores boréales lançaient leurs lueurs flamboyantes sur la voûte céleste. J'identifiais également les endroits qui diffusaient de la musique dont le volume augmentait et baissait, comme si le chef d'orchestre avait perdu la raison. Et la voix masculine frénétique d'Hilversum. Le poste Blaupunkt et la boîte à gâteaux. Ils étaient le passeport et le billet qui permettaient de s'évader loin de l'appartement en sous-sol de l'oncle Fridrik. Loin dans le vaste monde. Et aujourd'hui, alors que je suis parti depuis bien long-temps, ma pensée revient à cet endroit…

– Une dernière question.

– Une dernière question ! Mais bon Dieu, à quoi joues-tu ? Je n'ai pas l'impression d'être un père en train de discuter tranquillement avec son fils. Ça a plu-tôt l'air d'une interview. Jamais vu une chose pareille !

– Est-ce que tu ne passais pas ton temps à te compa-rer à Vilhjalm Edvard ?

– À Villi ? Ha ! Ha ! Jamais il ne m'est venu à l'idée d'essayer de lui ressembler. Tu ne vas pas commencer à nous assommer avec ce genre de psychologie puérile ! Villi et moi, on n'a jamais été d'accord sur quoi que ce soit. Si, une fois. Je me souviens. On était sur la même longueur d'ondes. Rien qu'une pauvre petite fois…

– Quand était-ce ?

– Un jour où un quelconque imbécile a prétendu que notre beau-frère Sigvaldi était un escroc. On a eu tous les deux la même réponse : Sigvaldi n'avait rien d'un escroc, ce n'était qu'un banal pauvre type.

– Ah bon !

– Tu vois. Je m'en souviens bien. On a été d'accord cette fois-là. Parce que, quand on est deux à dire spontanément la même chose au même moment, on doit s'accrocher par les doigts. Les petits doigts. Tu connais ça.

– Oui…

– Bon, alors, tu vois, c'est parce qu'on doit s'accrocher par les petits doigts que je m'en souviens. Et qu'on doit aussi citer un poète. Et moi, j'ai cité Einar Benediktsson. Sais-tu quel poète Villi a cité ? Nelson Rockefeller ! Ouh ! Écoute bien ça, mon garçon, puisque tu veux vraiment savoir à qui j'essayais de ressembler. Ça n'était pas à Villi. Je peux te le certifier. Celui à qui je voulais le plus ressembler, et tu peux même l'écrire si ça te chante, c'était Kobbi le chanteur. Oui, Kalypso. Lui, c'était un héros ! Ça, on peut dire que je l'ai souvent envié. Il n'a jamais compris la chance qu'il avait, à quel point il était privilégié. Un vrai génie. Chanteur, danseur, homme à femmes, toujours seul et sans aucune dépendance. Mon frère Villi ! Non merci, et bon appétit !

* * *

Le cousin Aslak et moi, on se rencontrait quelquefois à l'occasion des matchs de handball. Il faisait naturellement partie du club « Faucon », comme on le sait. C'était sans doute la plus riche des associations de la capitale. Pénétrée d'un esprit de club de jeunesse et de vision chrétienne de la vie. Elle possédait son propre gymnase et toutes sortes de terrains de jeux situés dans un espace agréable et herbeux, au pied d'une colline verdoyante. Pour ma part, je m'entraînais au club minable « Énergie », qui ne possédait rien et dont le rayonnement était plus que modeste. « Énergie » devait partager avec quatre autres petits clubs les équipements de handball : un baraquement militaire qui s'appelait Halogaland et se trouvait à Vogar, à la limite est de la capitale de l'époque. Il avait été construit durant la Seconde Guerre mondiale par les soldats américains des forces d'occupation. Parmi les cinq associations minables qui se partageaient ce hangar humide, « Énergie » était probablement la plus modeste. Notre club n'était en mesure de produire ni titres de championnat, ni coupes, dans quelque domaine que ce soit, et il se retrouvait immanquablement en fin de classement de dernière division. On racontait qu'« Énergie » avait été fondé dans la zone des baraquements militaires de l'ouest de Reykjavik et qu'il ne s'était jamais vraiment remis de la destruction de ce quartier. Les remarques moqueuses qui résonnaient dans nos oreilles en provenance des gradins de spectateurs visaient le plus souvent le nom même du club. Si, lors d'une réunion, on faisait savoir que l'on jouait sous les couleurs d'« Énergie », il y avait généralement quelques garçons trouvant très spirituel de demander si « Énergie » n'était pas le club de la ville qui en manquait le plus. Nos tenues étaient rayées de rouge, comme une enseigne de barbier. Ou comme un berlingot. Elles étaient souvent usées, sales et décolorées, en raison de la situation économique misérable du club.

Mais on s'y amusait énormément. Tout au moins aux séances d'entraînement de handball. Il y avait là un curieux mélange de garçons venus d'un peu partout. Toutes sortes d'originaux et de rustauds qui n'étaient pas dans leur élément dans la bonne société. Quant à nos entraîneurs, ils étaient vraiment exceptionnels. Les principales séances d'entraînement avaient lieu le samedi soir. À dix-huit heures trente. Et elles duraient deux heures. Ce n'étaient pas les séances les plus recherchées de la semaine. Mais c'était sur nous que cela tombait. Les entraîneurs étaient trois ou quatre types d'une équipe jouant en seconde division aux championnats d'Islande. C'était une équipe satellite célèbre qui, dans ses bons jours, était capable de gagner contre n'importe qui. Mais qui, en dehors de ces jours-là, ne valait rien du tout. C'était surtout le dimanche que cette équipe de deuxième division jouait en dessous de ses capacités. Les joueurs restaient plantés sur le terrain, désorientés, les mains tremblantes, et constituaient une proie facile pour les premiers péquenots venus qui n'avaient pas gagné un match depuis des années. Il faut dire que les joueurs qui entraînaient notre équipe d'« Énergie » étaient de joyeux lurons. Le samedi soir, à dix-huit heures trente, ils avaient généralement revêtu leur tenue pour aller danser : complets vestons moulants de couleur mauve, chemises roses aux cols démesurés et chaussures de danse à hauts talons et semelles épaisses. En effet, le samedi soir, ce hangar leur servait de local pour s'amuser et s'échauffer avant leurs sorties nocturnes. Nous autres garçons qui nous entraînions sur le terrain et nous attendions à être métamorphosés en machines à vaincre et à concasser l'adversaire, n'étions en fait qu'un alibi pour ces entraîneurs. Ils répartissaient les équipes en toute hâte, puis allaient prendre place sur les gradins et commençaient leurs mélanges. Ils sortaient de sacs en plastique des demi-bouteilles d'aquavit et du soda à l'orange. Ou encore, du genièvre et des canettes de Coca-Cola. Et pendant que nous nous excitions sur le terrain, nous entendions des éclats de rire et des tintements de bouteilles entrechoquées dans les gradins. Peu à peu, malgré tout, les entraîneurs commençaient à s'intéresser à notre jeu. Il faut rappeler que la séance devait durer deux heures, mais qu'elle se prolongeait souvent bien plus tard, car le bâtiment n'était pas utilisé de la soirée. Donc, après quelques heures passées à faire la fête, les entraîneurs étaient en grande forme. Ils enlevaient leurs chaussures et leurs chaussettes, faisaient un revers à leurs pantalons évasés. Ils arrivaient pieds nus sur le terrain et nous obligeaient à jouer au football. Les joueurs les plus responsables de notre groupe émettaient alors quelques objections, affirmant qu'ils étaient venus pour s'entraîner au handball et rappelant que, le lendemain, nous attendait un match difficile contre FH ou Fram à Laugardalur. Ce n'était donc pas le moment de s'amuser. Mais ce genre d'avertissements n'avait pas beaucoup d'effet sur nos gars en costumes mauves, qui commençaient à être passablement éméchés. Ils nous demandaient quelles sortes de gonzesses on était, si on n'osait même pas jouer un peu au football. On se mettait alors à donner des coups de pied dans le ballon. Cela durait souvent jusqu'au moment où les entraîneurs risquaient d'être en retard à leur rendez-vous avec des filles. Et c'était en montant dans le taxi qu'ils nous disaient au revoir, avec leurs sacs où s'entrechoquaient des bouteilles. Nous, nous restions sur place. Puis, dans les vestiaires, nous nous disputions sur la manière de constituer les équipes pour le match de championnat de Reykjavik ayant lieu le lendemain.

Il arrivait, comme je l'ai dit, que nous rencontrions le club des « Faucons » : le cousin Laki et ses camarades. Ils arrivaient habillés de vêtements propres et repassés. Tous avaient un sac aux couleurs de leur club. Ils arrivaient à bord d'un petit bus depuis leur terrain de sport, et trois ou quatre responsables dignes de ce nom les accompagnaient. Ils commençaient à courir et à s'échauffer dans le gymnase bien avant que nous autres d'« Énergie » ayons fait notre apparition sur le terrain, en ordre dispersé. L'un de leurs entraîneurs mettait en place un rapide échauffement pour les joueurs, tandis qu'un autre préparait les gardiens de but pour le match. Sur le côté, se tenait la star de l'équipe, mon cousin Laki. Il se faisait masser les mollets par un grand type chauve avec une serviette sur les épaules. Quant à nous, les gars d'« Énergie », nous restions là, sans savoir quoi faire, au bord du terrain ou dans le couloir menant aux vestiaires, transis dans nos vestes de survêtement à capuche. Et nous nous interrogions mutuellement : « Ils ne sont pas encore arrivés » ? Il s'agissait de nos entraîneurs. « Ils devaient apporter nos maillots. » Et, au bout du compte, l'un d'eux finissait par se montrer. Il avait la gueule de bois. L'un de nous avait été obligé de l'appeler depuis une cabine téléphonique. Il tenait à la main un sac en plastique dont émanait une odeur nauséabonde et dans lequel étaient entassés pêle-mêle nos maillots froissés. Les joueurs du club des « Faucons » étaient déjà prêts, arborant leurs belles tenues écarlates, lorsque nous entrions en courant sur le terrain dans nos équipements délavés et élimés. Pendant ce temps, notre entraîneur somnolent était allé s'asseoir sur le banc et regardait, stupéfait et interdit, une bouteille de bière. Il va sans dire que c'étaient ces fumiers qui empochaient la victoire. Sauf lorsque des circonstances vraiment exceptionnelles se produisaient. Notre arme secrète était un type plutôt violent. Mais il n'était pas souvent là. Dans l'équipe toujours victorieuse des « Faucons », c'était le cousin Laki qui était la vedette. Il était incroyablement fin et rusé quand il avait la balle. Plus que quiconque, il savait intercepter les passes. Il parcourait le terrain en dribblant avec élégance pour finalement marquer le but. Des tirs puissants ou des lobs qui passaient par-dessus le gardien. Dans l'assistance, les adultes s'empressaient de chuchoter que c'était vraiment un grand talent. Et à nos yeux, nous qui avions le même âge que lui, Laki était promis à la célébrité. Certains trouvaient que c'était un peu trop. Non seulement il était le meilleur en sport, mais il était en outre une célébrité du théâtre et des spectacles pour enfants. Lors d'une de nos défaites historiques contre Laki et ses camarades des « Faucons », j'entendis pour la première fois quelqu'un lui crier sur un ton désagréable et moqueur : « Ma-man. » Cela se passait quelques années après la retransmission télévisée du célèbre opéra *Amal et les visiteurs de la nuit*. Ce « Ma-man » fut lancé d'une voix stridente depuis nos bancs de touche, au moment où Laki, dans un geste élégant, marquait son cinquième but de la rencontre. Le fou rire suscité par ce « Ma-man » se propagea comme l'incendie sur l'herbe sèche et gagna l'ensemble du gymnase. Jusqu'à la fin du match, il fut impossible pour Laki de toucher la balle sans que l'un des spectateurs chante « Maman ». Et lorsqu'on siffla l'arrêt du jeu, même l'arbitre s'était mis à rire en douce et à secouer la tête, comme si un souvenir comique lui revenait en mémoire.

* * *

Au terme de cette rencontre, Laki et moi-même devions rentrer afin d'assister à la fête de confirmation de notre cousine Elsa, la fille aînée de notre oncle Vilhjalm, le prince de la finance. C'était ce jour-là qu'avait lieu sa confirmation, et un événement aussi grandiose ne s'était guère produit auparavant dans la famille. Les préparatifs de la fête avaient duré toute la dernière partie de l'hiver. La tante Lara téléphonait régulièrement à ma mère pour lui parler des vêtements et des cadeaux de confirmation. Ensemble, elles se rendaient chez Frida pour se plonger dans cette atmosphère de joie. Tous ces petits tracas étaient fort distrayants. Et puis, le fait que Laki et moi devions jouer un match important précisément ce jour-là apportait un élément particulièrement excitant. Bien sûr, il était dommage que nous manquions le début des festivités. Mais, d'un autre côté, c'était une occasion tout indiquée pour méditer sur le remarquable entrecroisement des fils du destin dans la grande famille de Lækjarbakki. N'était-ce pas étonnant ?

Ces femmes bien intentionnées entreprirent d'organiser les choses pour Aslak et moi. Elles téléphonèrent pour savoir comment, en y mettant un peu du nôtre, nous pourrions arriver le plus vite possible à Arnarnes sitôt le match terminé. Il nous faudrait prendre le bus de Sudurlandsbraut jusqu'à Lækjargata. Et, de là, le bus qui part vers le sud toutes les heures et demie. Les deux cousins ensemble ! Et tant pis s'ils manquent le début de la fête. Le handball est tellement important pour ces garçons !

J'entendis dire autour de moi qu'un grand nombre de gens étaient engagés dans cette affaire. Ma sœur Imba et Gundi, mon frère, m'affirmèrent, sans que je leur aie demandé quoi que ce soit, que je devais être accompagné du cousin Laki après le match.

– Personne ne m'a rien dit là-dessus, ai-je rétorqué, contrarié et amer, comme on peut l'être à treize ans.

Mais je ne pus éviter d'en entendre parler et je reçus des instructions précises avant d'aller disputer le match. Ces femmes autoritaires avaient étudié le trajet des bus pour nous rendre les choses aussi simples que possible. Lorsque nous nous sommes retrouvés face à face au gymnase, je ne pus m'empêcher de lui dire :

– On va certainement voyager ensemble tout à l'heure pour aller à la confirmation.

En règle générale, nous n'avions pas pour habitude de faire étalage de nos affaires de famille quand nous nous rencontrions pour jouer au handball.

– Oui, c'est ce qu'on m'a dit, répondit distinctement Laki en souriant, mais avec une certaine froideur, me sembla-t-il.

Je fus aussitôt sur mes gardes. Avait-il à redire sur ce qui était convenu ? Est-ce que je m'imposais ? Ça n'est pas moi qui l'avais voulu, c'était entendu ! Puis la rencontre fut ce qu'elle fut. Les « Faucons » nous écrasèrent. Laki ne cessait de marquer des buts. Pour moi, ce fut une véritable catastrophe. À deux reprises, je laissai échapper la balle et on finit par me faire sortir du terrain parce que je faisais n'importe quoi. Tout cela s'annonçait mal. Et je ne me sentais pas d'humeur à venir rechercher la protection de Laki après ce match, à supporter sa compagnie, d'autant plus que la chose ne semblait pas l'enthousiasmer. Aussitôt le match terminé, je me ruai dans les vestiaires, passai ma tenue du dimanche sans même prendre de douche. Je me précipitai dehors, et remontai, en courant d'une seule traite, jusqu'à la route de Hafnarfjord. Je fis de l'auto-stop jusqu'à Arranges.

– Où est Aslak ? m'interrogèrent-ils tous lorsque j'apparus.

Je grommelai quelques mots que j'étouffai dans un bâillement. Les autres se jetaient des coups d'œil perplexes. Pas de Laki. Comment est-ce que le match s'est passé ? J'éprouvai à nouveau le besoin de bâiller et n'entendis pas la question. Puis je dis en me détournant :

– Ah, le match ? Comme ci comme ça, mais je ne me rappelle pas trop, sauf que, bon, pas terrible au début, et puis après, c'était comme ci comme ça…

Avec l'idée que Laki pouvait surgir d'un instant à l'autre. Mais le temps passait et il n'arrivait toujours pas. Je commençais à avoir mauvaise conscience. Peut-être était-il encore en train de m'attendre, cet imbécile ! Je tournais en rond, l'esprit ailleurs. J'entendais les voix de ces millions de personnes présentes à cette réception. Un tintamarre de discussions et de rires si forts que le sol en tremblait. Comme si l'apocalypse était proche. Mais je ne parvenais pas à saisir le moindre mot. Puis Laki fit son apparition, presque deux heures plus tard, alors que le terme de cette soirée approchait. Son visage avait une expression blessée lorsqu'il posa son regard sur moi. Les oncles et les tantes accoururent pour lui demander ce qui s'était passé.

– Eh bien, dit-il poliment, il était convenu qu'on se retrouverait, mais il y a probablement eu un malentendu.

Après avoir attendu un bon moment, j'ai fini par comprendre qu'il avait dû s'en aller.

– Comme c'est dommage, s'exclama tante Lara en me regardant du coin de l'œil.

– Mais comment s'est passé votre match, les garçons ? demanda une voix masculine.

Laki s'illumina. Il retrouva sa joie et dit, avec la modestie et la courtoisie qui le caractérisaient :

– On ne s'en est pas trop mal tiré !

J'étais certain qu'il allait se trouver quelqu'un pour demander qui avait marqué le plus de buts. Mais, par bonheur, au même instant, on entendit retentir des sons de trompette depuis la terrasse. C'était le point culminant de la soirée.

Il est pratiquement impossible de décrire cette fête de confirmation sans que cela passe pour une affabulation délirante. Ce fut comme la cerise sur le gâteau dans le quotidien de cette famille. Des sons de trompette venaient de la terrasse. Il y avait en effet un orchestre avec des trompettes, des tambours, un bassiste, un chanteur et un chef d'orchestre. Tous portaient des costumes rouges identiques. Le jardin avait été décoré de drapeaux. Il y avait des tables et des ballons. Comme pour un jour de fête nationale. C'était l'instant où la jeune fille se voyait offrir son cadeau de confirmation. Les trompettes résonnèrent comme pour annoncer le début d'une joute médiévale. D'ailleurs, cette image n'est pas abusive, car le portail s'ouvrit et le banquier Vilhjalm foula l'herbe du jardin en tenant par la bride un petit cheval blanc bien bichonné : une jument sellée et harnachée, avec un ruban noué autour de la queue – le cadeau pour ce cher ange qui venait d'être confirmé. Les trois princesses, Elsa, Dilja et la petite Frida, poussèrent aussitôt des cris de joie et applaudirent. La fillette se précipita dans les bras de son père puis alla embrasser le cheval qui sembla apprécier sa nouvelle propriétaire. Il secoua la tête amicalement sous l'effet de ses caresses. Les invités éprouvaient des difficultés à dissimuler leur émotion à la vue d'un spectacle aussi merveilleux.

L'oncle Vilhjalm s'était approché de moi. Je l'entendis qui s'adressait à ma mère, ou plutôt à lui-même, sur un ton bouleversé et rêveur :

– Est-ce qu'elles ne sont pas superbes... Est-ce qu'elles ne sont pas vraiment superbes...

Ma mère approuva avec courtoisie. Puis elle lança un regard scrutateur au banquier qui, avec un sourire ému et une expression lointaine, observait ses filles en train d'embrasser et de cajoler le cheval. Ces jolies fillettes vêtues de leurs robes estivales. Ma mère me regarda alors du coin de l'œil avec une expression de malaise. On aurait dit que Vilhjalm revenait sur terre. Il avait un sourire qui semblait demander pardon. Mais il retrouva bientôt son air triomphant. Il regarda ma mère en disant :

– Les enfants, c'est ce qu'il y a de plus magnifique au monde. Et peut-être la seule chose vraiment importante, tout compte fait.

Il reprit sa tête de directeur de banque et me demanda en me pinçant gentiment la joue :

– Et toi, mon cher neveu, quand dois-tu faire ta confirmation ?

– Bah chais pas... répondis-je d'une voix qui s'enlisait et s'apprêtait à muer.

– L'année prochaine, traduisit ma mère.

– Ah, l'an prochain, oui, c'est comme ma petite Dilja.

– Et comme Aslak, interrompit soudainement ma tante Lara avec un sourire figé.

– Eh bien, les trois cousins seront tous confirmés l'année prochaine, s'exclamèrent les adultes. Ça promet d'être amusant.

Lorsque nous sommes rentrés à la maison, un peu groggys après la fête, j'ai pensé à cette perspective. C'est ici, dans le sous-sol de l'oncle Fridrik, qu'auront lieu les réjouissances.

* * *

Dès qu'il s'agissait d'une épreuve de force, mon père avait tendance à s'enthousiasmer. Il était toujours plein d'énergie quand il avait l'occasion de se servir de ses mains. Il ne fallait pas grand-chose pour qu'il commence à se démener comme un lutteur et à vociférer comme un marin en détresse. Une fois, maman était occupée à préparer des petits gâteaux pour Noël et enrôla le vieux pour tourner la manivelle de la moulinette. Il était allongé dans le canapé du salon et bâillait. Dans la cuisine, la préparation des gâteaux se poursuivait dans d'agréables effluves. Avec mon frère et ma sœur, tranquillement installés, nous décorions les bonshommes de pain d'épice avec des glaçages de différentes couleurs. Maman enfournait les plaques. C'est à ce moment que le maître de maison fut appelé à la moulinette. Il trouvait cela on ne peut plus stimulant et s'amusait bien. Il fit remarquer que l'on pouvait apporter quelques améliorations dans l'organisation du travail, afin d'en augmenter le rendement, et se mit aussitôt à donner des instructions dans ce sens. Il changea de place la moulinette et la table de la cuisine. Il se mit alors à actionner la manivelle, mais avec une telle force que le massif appareil se détacha à trois reprises du bord de la table. Mon père était lancé et n'entendait rien de ce qui se passait autour de lui. Il se précipita en braillant dans l'arrière-cuisine et en revint en tenant deux grands serre-joints qu'il cala sur le manche d'une grosse clef anglaise, si bien que le bord de la table en fut broyé. Il put alors repartir en guerre contre la manivelle. Cette activité lui donna tellement chaud qu'il retira son pull. Puis sa chemise. Il s'agitait en maillot de corps dans la cuisine et, après quelques tours supplémentaires de manivelle, il enleva son maillot. Il était maintenant torse nu et grimaçant, s'affairant sur sa manivelle. Mais lorsque Gundi, qui devait avoir trois ou quatre ans à l'époque, aperçut notre père dans cet accoutrement, cette dégaine de singe velu et en sueur, le visage tordu et le regard dément, il reçut un choc et se mit à hurler. Pris de panique, il s'enfuit et alla s'enfermer à clef dans les toilettes. La clef étant ensuite tombée de la serrure, il lui fut impossible de ressortir, car, dans son affolement, avec ses mains qui tremblaient, il était incapable de la remettre tout seul dans le trou. Les conseils donnés par mon père qui se tenait de l'autre côté de la porte ne faisaient qu'amplifier sa panique. Et cette soirée de pâtisserie se termina avec le concours de la police en possession d'un énorme trousseau de clefs et qui réussit à libérer le petit garçon de sa captivité.

* * *

Tryggvi et Ingibjörg, le vieux couple Salem, moururent tous deux à une semaine d'intervalle, au foyer pour anciens marins où ils passèrent les derniers moments de leur existence. Tryggvi ne connut pas

grand-chose de ses ultimes années. Il était devenu tellement sénile qu'il ne pouvait plus ni parler ni se déplacer. Il restait allongé là où on l'avait allongé et assis là
où on l'avait assis. Il gardait une lueur douce dans le
regard et cette attitude digne et délicate dont il ne s'était
jamais départi sa vie durant. En revanche, Ingibjörg
Salem conserva jusqu'au bout toute sa conscience. Elle
continua de vouloir s'occuper de ses œuvres de bienfaisance, même si, désormais, elle séjournait dans cette
maison de retraite.

La première année, elle organisa une vente de charité
avec le produit des activités manuelles des autres rési-
dents. Elle souhaitait que les bénéfices servent à l'achat
d'un nouvel orgue pour la chapelle de l'institution. Mais,
à présent, elle se mélangeait complètement dans les histoires d'argent. La hausse des prix de la dernière décennie lui était passée au-dessus de la tête. De sorte que les
prix auxquels elle mit en vente les objets étaient bien
inférieurs à la valeur même des matériaux, ce qui
entraîna un déficit considérable. Il se trouva des gens
délicats pour trouver un moyen d'empêcher la poursuite de ses activités de bienfaisance en cet endroit paisible. À la suite de cette déconvenue, elle tomba malade
et garda le lit en se lamentant. Elle sentait bien que le
monde l'avait abandonnée. Deux années s'écoulèrent
ainsi, au grand dam du personnel du foyer.

Pendant ce temps, l'état de Tryggvi était demeuré
inchangé. Il menait son existence dans un équilibre
serein. Jamais une plainte. Jusqu'à la mort d'Ingibjörg.
Personne ne lui annonça l'événement, qui eut lieu dans
une autre aile du bâtiment. D'ailleurs, on n'imaginait
pas qu'il puisse comprendre le moindre mot. Mais le
jour où Ingibjörg entra dans les œuvres de la paroisse
éternelle, Tryggvi se leva et s'évapora de son pas mal

assuré. Il fut ramené, sans aucune résistance de sa part. Mais lorsqu'on le mit au lit, il contracta une forte fièvre et son cœur se mit à battre de manière irrégulière. Il ne faisait pas entendre d'autre son que des gémissements et des soupirs. Son état empirait à vue d'œil. Le septième jour, il mourut. Des funérailles communes furent organisées, comme il était logique.

Bardur, le fils adoptif, était demeuré nuit et jour au chevet de Tryggvi dans les derniers moments. Durant les années que le couple avait passées dans leur maison de retraite, il était venu les voir régulièrement. Il était parfois accompagné de sa fille Ingibjörg. Le vieux Tryggvi n'avait pas vraiment conscience des gens qui allaient et venaient. Lors de ses visites, Bardur écoutait patiemment les doléances de la vieille dame. Comme ce monde impitoyable l'avait trahie ! La seule chose qui lui apportait un peu de baume au cœur, c'était lorsque Ingibjörg Bardardottir, alors lycéenne, lui rendait visite. La vieille femme affirmait qu'elle était le seul être au monde à lui avoir témoigné un peu de loyauté. À l'exception, peut-être, de Vilhjalm Edvard, le directeur de banque, dont elle parla souvent pendant un moment : ce grand homme, ce bienfaiteur de personnes âgées.

Le connaissait-elle réellement ? Bardur doutait qu'ils aient vraiment eu l'occasion de se rencontrer depuis l'époque où lui et son frère étaient enfants à Lækjarbakki. D'ailleurs, Ingibjörg ne se rappelait jamais son nom. Elle l'appelait seulement le directeur de banque. Ce fut plus tard que Bardur eut la confirmation qu'il s'agissait bel et bien de son puissant frère.

– Bien sûr, assura le personnel de la maison de retraite. Vilhjalm le directeur de banque. Il est venu quelques fois rendre visite au vieux couple. N'était-il pas un proche parent ? Il a également l'intention de se charger de leur enterrement.

En avait-il réellement l'intention ? C'était justement ce qui préoccupait Bardur. La perspective de devoir assumer lui-même les funérailles du couple défunt ne l'enthousiasmait pas vraiment. Il estimait que ce serait une bonne chose que son riche frère veuille se charger de cette affaire embarrassante. Il lui passa un coup de fil.

– Oui, j'ai décidé d'aider ces pauvres vieux quand ils ont eu des difficultés financières. J'ai appris par un avocat de la banque que des taxes foncières et d'autres misères de ce genre s'étaient accumulées sur leur tête ! Hein ? Oui, t'en fais pas, mon vieux, je leur ai également promis de m'occuper de leur enterrement. Il n'y a pas de problème. Ce sera juste à la chapelle. Il y aura un flûtiste qui viendra interpréter quelques préludes et des trucs comme ça. Que ça ne soit pas trop pesant. Je t'en prie, ça ne me dérange pas. Bien, mon vieux Bardur. Il y a quelqu'un à côté de moi qui… On se verra à… Hein ? Oui ! Alors tu viendras à la chapelle ! Oui, j'en suis ravi, mon vieux. Alors on se verra là-bas !

* * *

Les funérailles. On s'était habillé pour la circonstance. Toute la famille. Ma sœur Ingibjörg semblait un peu abattue. Elle si gentille et si droite. Ce matin-là, elle était irascible et prête à fondre en larmes si, par exemple, on s'asseyait sur la tenue qu'elle venait de repasser. Notre mère nous demanda de la ménager. Mon frère Gundi et moi, nous n'étions pas affectés le moins du monde. Ça nous était complètement égal. En dehors du fait qu'à cette époque-là nous avions un peu peur des revenants. Nous n'étions pas très rassurés avec ces histoires de cadavres et de cimetière. Nous essayions de le dissimuler en fanfaronnant. Notre père semblait lui aussi un peu nerveux. Il avait un regard absent et des rides sur le front.

– C'étaient quand même ses parents adoptifs ! nous murmura notre sœur Imba sur un ton bourru.

Ce que nous ne contredisions certainement pas…

Il n'y avait pas beaucoup de monde. Tante Lara et le révérend Sigvaldi. Ils ne laissaient jamais passer une occasion d'aller à un enterrement. Et nous cinq. Également l'oncle Vilhjalm Edvard. Il était le seul représentant de sa famille. Puis, au moment où la cérémonie commençait, apparut un homme coiffé d'un chapeau. Il était habillé avec élégance. Mais avait une allure d'alcoolique. Il ne retira pas son chapeau lorsqu'il prit place sur un banc de l'église. Lui et mon père, dont le visage avait pris la forme d'un point d'interrogation, se saluèrent d'un signe de tête. L'homme opina, comme pour répondre à cette interrogation.

On avait l'impression que le prêtre avait connu Tryggvi et Ingibjörg. Il parla de leur existence chrétienne et du fait qu'ils n'avaient pas pu avoir d'enfant. Pas un mot sur papa. Il ne mentionna que le lien d'amitié unissant le couple Salem à leurs parents de Lækjarbakki, et leur cousin Vilhjalm Edvard Killian, qui leur avait apporté assistance et soutien dans leurs vieux jours. En levant les yeux, je vis que mon père grimaçait encore davantage en écoutant ce discours. Quant à Vilhjalm, il se rengorgeait sur son siège en entendant prononcer son nom.

Il s'agissait d'une crémation. Il n'y avait donc pas à traîner derrière un cercueil à travers le cimetière. Lorsque je descendis le perron de la chapelle, mon père était en

train de discuter avec le type au chapeau. Il tendit à ma
mère les clefs de la voiture sans dire un mot et s'éloigna
à grands pas avec l'homme. Lara et le révérend
Sigvaldi échangèrent quelques paroles avec Vilhjalm
Edvard. Quant à nous quatre, nous quittâmes les lieux.
Sur le chemin du retour, maman se parlait à elle-même
à mi-voix. Elle était au volant et secouait la tête. « Que
se passe-t-il, où va-t-il encore nous entraîner ? Il n'a
même pas dit au revoir ! » Car si, le moins que l'on
puisse dire, mon père n'avait pas montré beaucoup
d'égards envers sa famille au cours de toutes ces
années, il avait quand même l'habitude de dire au
revoir. Il fallait au moins lui accorder cela.

* * *

Joakim Isfeld. Avocat à la cour d'appel. Il travaillait
aujourd'hui au tribunal de Reykjavik. C'était une
vieille connaissance de Bardur Killian. Il avait, il y a
fort longtemps, raté quelques affaires en raison de son
penchant pour la boisson et les coups risqués. Il était
divorcé et un peu blasé de l'existence. Mais, en ce
matin de funérailles, il était passé aux archives du tribunal afin de rechercher le testament du couple Salem.
Après avoir photocopié le document et avalé une gorgée d'une flasque qu'il gardait dans sa serviette, il se
précipita à la chapelle afin de montrer le papier à son
ami Bardur et d'entreprendre pour lui des poursuites
contre son frère, le directeur de banque.

Le testament le plus récent fait par le vieux couple
datait d'à peine six mois. Les biens y étaient grossière-
ment énoncés : immobilier, titres, livrets, actions, meubles,
voiture. Il était ensuite fait mention d'une donation au

dernier vivant. Mais, une fois décédés tous les deux, on devait disposer de leurs biens de la façon suivante :

> Deux cent mille couronnes reviendront aux œuvres de l'Église nationale.
>
> Cent mille couronnes reviendront à la caisse pour le logement de l'église Hallgrim.
>
> Cinquante mille couronnes reviendront à Mlle Ingibjörg Bardardottir, dans le but de financer ses études.
>
> S'il reste quelque chose, une fois ces sommes attribuées et les frais d'enterrement payés, l'argent reviendra à notre famille, nos amis et à notre bienfaiteur, Vilhjalm Edvard Killian, banquier.
>
> Par la présente est déclaré nul notre testament daté du 24 XI 1965.
>
> Fait à Reykjavik (date) : Ingibjörg Bardardottir (signature) ; et pour Tryggvi Jakobsson : Vilhjalm Edvard Killian (signature). Témoin : Rév. Sigvaldi Arnason (signature).

– Tout cela relève ni plus ni moins de l'infraction, dit Joakim Isfeld. Voilà une affaire crapuleuse à souhait. Maintenant, on peut épingler ce salaud de directeur de banque. Excuse-moi de parler comme ça de ton frère. Mais regarde de quelle manière il s'est comporté avec toi !

– Avec moi ?

– Mais oui. Selon le testament de 65, tu devais hériter de tout le pactole. Avant qu'il ne soit modifié. « S'il reste quelque chose ! » Ah, ah, ah ! Ces deux vieux se sont peut-être imaginé que ces quelques centaines de milliers de couronnes mentionnées dans le testament représentaient une grosse somme d'argent ! Mais, en l'occurrence, ce qui « reste », ça se monte à environ quatre-vingt à quatre-vingt-quinze pour cent de leurs biens. Et ça va revenir au bienfaiteur. C'est même lui qui a signé pour le vieux ! Le principal héritier ! Ces gens-là, ils mériteraient d'être condamnés au pain sec et à l'eau !

– Et le révérend Sigvaldi, il a signé ?…

– Oui, qui c'est, ça ? Un parent ?

– C'est notre beau-frère. Un minable.

– Écoute, et ta fille qui hérite de cinquante mille couronnes pour ses études…

– Oui, la vieille dame tenait à ce qu'elle…

– Bien sûr, mais qu'est-ce qu'elle va faire comme études, avec cinquante mille couronnes ? Peut-être passer son permis de conduire ! C'est pour elle, Bardur, que tu dois poursuivre ce fumier en justice !

Ils concoctèrent ensemble un plan pour étayer l'accusation, estimèrent approximativement la valeur de l'héritage, puis se rendirent au magasin d'État en vue d'acheter de l'alcool. Ils firent appel à Sigtrygg Sigurdsson, le chauffeur de camion qui, à cette époque, travaillait pour la compagnie de taxis de Reykjavik. Ils se firent véhiculer ici et là. Ils bougèrent beaucoup, au cours de ces quelques jours. Ils montrèrent les documents à une quantité de gens. Tous ceux qui les voyaient tapaient du poing sur la table en disant que la seule chose à faire était d'attaquer.

Cependant, plus ils ébruitaient cette histoire, augmentant le nombre de personnes témoins de l'avidité et de la bassesse du riche directeur de banque, plus Bardur était convaincu qu'il ne devait rien entreprendre. Sur ce coup-là, il devait faire preuve de plus de grandeur que son frère. Si cet homme de haut rang voulait s'abaisser à le priver de l'héritage du vieux couple, il ne fallait pas qu'il se gêne. Bardur Killian n'irait pas se salir en se bagarrant devant un tribunal pour obtenir cet argent.

Lorsque cette décision fut connue, les gens devinrent furieux. Mais Bardur demeurait inébranlable. L'avocat Joakim Isfeld lui téléphonait à toute heure du jour et de la nuit pour tenter de le convaincre d'attaquer. Rien n'y fit. Quelques ennemis de Vilhjalm Edvard qui avaient entendu parler de cette affaire rendirent visite à Bardur pour le décider à agir, pour le bien de tous. On essaya même de le corrompre, mais sans succès. La seule chose qui l'ébranla, ce fut le coup de fil de sa sœur Lara. Elle avait entendu dire que Bardur envisageait d'intenter un procès et elle l'implora, pour l'amour du ciel, de ne rien entreprendre à la légère. Ce serait si désolant pour la famille, et particulièrement pour leur mère qui accordait tant d'importance à ce que tous s'entendent bien. Et lorsque le banquier en personne téléphona, la voix tonitruante et exaltée, disant qu'il avait recruté cinq ouvriers pour vider l'appartement du couple Salem et proposant à Bardur de venir prendre deux ou trois babioles en souvenir, il décida qu'il n'irait pas plus loin dans cette histoire.

* * *

Peut-être Bardur aurait-il dû en être fier. Peut-être aurait-il dû se sentir soulagé, après avoir pris cette décision pleine de noblesse, et s'en tenir là. À son refus de prendre part à cette sordide dispute d'héritage et ces coups bas. À la sauvegarde de son honneur, qu'il avait placé au-dessus d'un éventuel profit. Mais tel ne fut pas le cas. Il était empli d'un sentiment de vide absolu. Il avait l'impression que tout était fini à présent et était pénétré d'une obsédante sensation de privation. Il ne regrettait pas seulement cet argent auquel il venait de renoncer. Un argent dont il aurait bien eu besoin. En réalité, ce qui lui faisait défaut, c'était l'idéal dans lequel il avait été élevé et nourri, celui qu'il avait poursuivi sa vie durant : mettre la main, partout et en toute occasion, sur le moindre sou qu'il pouvait grappiller. Depuis toujours, il avait travaillé dur dans l'espoir de gagner de l'argent. De gagner davantage que son frère Villi, ce fumier. Et lorsque l'occasion de toucher le gros lot finissait par se présenter, offerte sur un plateau d'argent, il lui tournait le dos en remerciant poliment.

Quelques jours plus tard, il se faisait pincer pour conduite en état d'ivresse et on lui retira son permis. Après cet événement, il n'osa pas rentrer à la maison mais se rendit chez Kobbi Kalypso afin de l'entraîner dans une virée qui ne pouvait s'achever qu'en beuverie. Souvent, il lui était arrivé de déserter le foyer. Souvent, il avait bu et fait la fête. Mais il y avait généralement une bonne raison à cela, des choses en vue, des aventures. Aujourd'hui, il n'était poussé que par une pulsion d'autodestruction. Il se fichait de tout. S'il se réveillait avec un goût de sang dans la bouche et la tête comme fracassée, sans un sou en poche et sans savoir où il se trouvait, ça lui était égal. Ce n'est qu'en parvenant à mettre la main sur une bouteille que les choses commençaient à aller mieux.

* * *

Kobbi Kalypso arriva à la maison où tout n'était que chagrin et tension. Il avait des nouvelles de mon père. Quelles nouvelles ? Mais Kobbi était fébrile et ivre. Il avait tant de mal à s'exprimer qu'on ne comprenait pas un traître mot de ce qu'il racontait. Il finit pourtant par se faire comprendre : il avait envoyé mon père en cure de désintoxication. Il venait juste de l'accompagner au centre.

– J'avais fini par le perdre. Mais je l'ai retrouvé chez cette merde de Silli. 11 B, route du cimetière. Il m'a empêché de me tuer, dit Kobbi en s'efforçant de tenir fermement sa tasse de café dans sa patte. C'était juste l'année dernière. Elles l'ont dit, les infirmières : la dose mortelle, c'est quinze. Quinze pilules, oui. Une dose mortelle ! Mais Bardur, il a arrêté tout ça. Je ne sais pas. J'aurais peut-être dû lui casser la figure. Mais il a tout. Il vous a, vous, ici. Pas vrai ? Il m'a empêché de mourir ! Aujourd'hui, c'était mon tour de l'en empêcher.

Le chanteur était d'humeur grandiloquente. Il avait manifestement l'impression d'avoir accompli un acte d'héroïsme. Mais il braillait si fort que l'oncle Fridrik descendit et jeta un œil dans la cuisine. Kobbi ne le remarqua même pas.

– Est-ce-que-ton-père-est-là ? me demanda le psychiatre de sa voix aiguë.

Maman accourut et lui dit ce qu'il en était. J'entendis Fridrik dire qu'il aurait fallu attaquer en justice. Puis il remit ses lunettes en place de sa main tremblante, jeta un regard affolé à ma mère et s'enfuit, en robe de chambre, par la chaufferie.

* * *

Bardur entend un coup de klaxon. Il ouvre la porte d'entrée du centre. Ses yeux scrutent le parking. Un autre coup de klaxon. Perçant et puissant. Bardur tient son chapeau sous le vent. Il marche vers une voiture au moteur allumé. Il jette un regard interrogateur à l'intérieur. Sigfus senior, l'ex-roi des pièces détachées, lui signifie avec autorité d'entrer dans le véhicule. Bardur s'exécute promptement, claque la portière et la voiture démarre avec des à-coups. Bardur allume une cigarette et regarde son père.

– Je ne m'attendais pas à ce que tu viennes me chercher.

– Ah bon ?

– Dis-moi ! Ça fait un bout de temps depuis la dernière fois que je me suis assis à côté de toi dans une voiture.

– Ah bon ?

– Tu ne te rappelles pas quand c'était ? Et comment ça s'est terminé ?

– Non. J'ai complètement oublié. Et c'est tant mieux !

Sigfus lance un regard furieux à son fils et se cramponne au volant. Ce genre d'évocation ne l'enthousiasme pas.

Ils roulent en silence pendant un moment. Contrairement à son habitude, Bardur affiche une mine soucieuse. Il fume et regarde par la fenêtre de sa portière les bas-côtés boueux qui défilent. Sigfus finit par rompre le silence :

– C'était comment ?

Bardur n'entend pas. Il observe les gouttes de pluie qui s'abattent sur le pare-brise en un tempo nerveux. Le vieux répète sa question. Impatient.

– C'était comment, quoi ?

– Eh bien oui : l'hôpital.

Ah, ça… Dans sa tête se déroule à nouveau et à toute vitesse le séjour qu'il a passé dans cet hôpital. Son réveil avec une épouvantable gueule de bois. Une vraie galerie de gueules de bois qui lui infligeaient des tortures. Dans sa tête et dans son corps. Les boyaux qui se démenaient et se révoltaient. La tête qui semblait sur le point d'éclater à chaque battement du cœur. La frayeur, lorsqu'on ne se souvient de rien. Même pas de l'endroit où l'on se trouve. La seule chose qu'il savait, c'était que le lieu était terrifiant. Avec une femme en uniforme, un fichu sur les cheveux, qui venait le voir. Son expression était semblable à celle des surveillantes de l'asile où était interné son frère Salomon. Peut-être était-ce là qu'il se trouvait ? Une énorme seringue. L'horreur. En plein dans le derrière. Aïe ! Je me réveille à nouveau. Je me sens mieux. Je trouve un peignoir et je sors de la chambre. Des bribes de musique qui parviennent, assourdies, d'une salle de séjour. « Parfait, tu es sur pied ? » Une infirmière médiévale avec la bouche qui tombe, les bras croisés, rouges à force de laver et de récurer. Et peut-être aussi de frapper les gens. A-t-elle l'intention de me frapper ? Un vague souvenir de l'entretien qu'il a eu avec un médecin. Il a consenti lui-même à tout cela : la cure. Et tous les patients en robe de chambre. Certains portaient les peignoirs du service. C'était son cas à lui. D'autres, vêtus de peignoirs en soie. Il y avait des gens célèbres. L'un d'entre eux était un comique. Un autre, rédacteur en chef d'un quotidien. Ils formaient l'aristocratie du lieu. Il y avait également un pochard de renom : Halli Hurricane. C'est d'histoires d'alcool dont on parlait ici. Le cuisinier sort des cuisines avec un grand récipient de bouillie d'avoine. On dirait qu'il joue les loups de mer. Il balance la bouillie dans les assiettes. On dit le bénédicité. Mon Dieu, faites que jamais plus nous ne buvions. À table, la conversation tourne autour du démon de l'alcool. Halli Hurricane dit qu'en fait, cette saloperie de drogue, c'est encore pire. Il s'est envoyé des amphétamines pendant vingt ans. « Et je veux qu'il soit bien clair que si j'ai pu me procurer tout ça, c'est grâce aux médecins. Ce qui est dégueulasse, et il n'y a pas si longtemps que je m'en suis rendu compte, c'est que ça m'aurait coûté moins cher d'acheter à des dealers ! » L'après-midi vient un prêtre. Il prêche en menaçant des flammes de l'Enfer. Il reste longtemps à observer l'assemblée, sans dire un mot. Puis il crie : « Regardez ! Oui, vous ! Misérables ! Pauvres de vous ! » Rarement Bardur a reçu un tel choc au cours de son existence. C'était à la limite de ce qu'il pouvait supporter. Et tous ces foutus sermons insultants qui se succédaient. Qui était-il, ce prêtre ? Puis il y avait les groupes de rencontre. Les gens témoignaient. Le rédacteur en chef disait que l'opinion publique était la pire des choses qu'il avait eu à combattre. Ce que colportait le citoyen moyen. Voilà qui pousse l'individu à boire toujours davantage. Il s'exprime comme dans un éditorial de journal. Et c'est pareil pour le comique célèbre, ce virtuose des plagiats et de l'illusionnisme. « Cela n'a rien d'amusant de devoir être sans cesse de bonne humeur. On ne doit laisser personne s'apercevoir qu'au plus profond de soi, on n'est qu'un fiston à sa maman mal à l'aise et craintif. Ça, c'est un lourd fardeau à porter. » Et les autres, ceux qui ne ploient pas sous le joug de la célébrité, ne se font pas remarquer. En comparaison, leurs peines sont plus légères que le duvet. Ce n'est pas le cas de l'alcoolique de renom qui, finalement, s'est levé alors que tous avaient fini par oublier leurs tracas. Plus personne ne se souvenait même de l'existence de l'alcool. Ils allaient bientôt reprendre une existence nouvelle. Une vie tournée vers leurs enfants et leur travail, leur famille, leur responsabilité d'individus.

« Je m'appelle Harald. Je veux qu'on le sache ! » Sa voix était incroyablement rauque et éraillée. « La plupart d'entre vous savent que l'on m'appelle Halli Hurricane ! Je suis aussi sans aucun doute le plus célèbre parmi les gens ici présents. J'ai eu ma première condamnation lorsque j'avais dix-huit ans. J'avais organisé une fête. J'y avais invité des petites nanas. Des soldats américains devaient également être de la partie, parce qu'ils participaient aux frais. J'apportais de l'alcool, un toit, de l'électricité et de la chaleur. Je devais avoir quelque chose en retour. Selon les termes du jugement, on a dit que j'avais fait des bénéfices sur la légèreté des filles. En d'autres termes, ils disaient que c'était de la prostitution. Je veux que l'on sache que si on m'a appelé Halli Hurricane, c'est parce que je suis toujours aussi calme. Je veux également que l'on sache que je me suis senti bien ici. J'ai bien mangé. J'ai reçu ce qu'il fallait de vitamines. Maintenant, je suis fort comme un éléphant. Je suis invalide à soixante-quinze pour cent. C'est aujourd'hui que j'ai touché ma pension d'invalidité. On est vendredi soir et j'ai de l'argent sur moi. Je me sens bien. Eh bien les gars, je vous dis au revoir. Je vais en ville pour retomber. Je veux qu'on le sache… » Il s'ensuivit une vraie débandade. Une débandade morale. La plupart décidèrent de signer leur sortie et de suivre l'exemple de cet orateur unique…

– C'était pas mal, finit par répondre Bardur. J'ai eu un peu froid aux pieds.

– Froid aux pieds !

Tous portaient des chaussons. Sauf lui. Une grande infirmière avait fini par lui prêter une paire de sandales de plage. Il avait l'intention d'ajouter quelque chose. Mais Sigfus s'était mis à répéter à plusieurs reprises : « Froid aux pieds ! » Comme si jamais il n'avait entendu quelque chose d'aussi étrange.

– Froid aux pieds ! reprit Sigfus. Tu vois, je suis descendu en ville hier. J'avais un truc à aller chercher à la pharmacie. La pharmacie Ingolf. Il y avait un groupe d'ivrognes qui se trouvaient là, devant. Ils étaient vêtus de chemises blanches répugnantes et de vestes grises. Il se dégageait d'eux une odeur de poubelle. L'un d'eux m'a demandé un peu d'argent. Je lui ai tendu quelques pièces. Ils voulaient que je leur achète de l'alcool à brûler. Je leur ai répondu qu'ils pouvaient s'en charger eux-mêmes. Ce que je veux dire par là, c'est que ce sont de vraies épaves. Qui pissent peut-être dans leurs frocs. Ce sont des minables. Ils l'ont toujours été. Des pochards, des moins-que-rien et des petits voyous. Une existence de parasitisme et de mendicité. Ils n'ont qu'un idéal en tête : être bourrés du matin jusqu'au soir. Mais je veux quand même te dire que j'éprouve pourtant un certain respect pour eux. Et tu sais pourquoi ?

Il n'attendit pas la réponse.

– Eh bien je les respecte parce qu'ils ne demandent pas que l'on ait pitié d'eux. Ils ne cherchent pas à se faire admettre dans des hôpitaux ou des centres pour se faire gaver de bouillie d'avoine tiède et se laisser bercer en s'endormant. Ils boivent juste parce qu'il ont envie de boire. Sinon, ils auraient arrêté.

Sigfus tendit la main, comme pour étouffer une protestation qui ne vint pas.

– Tu vois, moi aussi, j'ai picolé autrefois. Je m'en allais tout seul dans les montagnes, qu'il neige ou qu'il tempête. Je m'allongeais sous ma tente. Je m'envoyais quelques bouteilles de schnaps dans les moments où je ne dormais pas. Puis je m'arrêtais. Et je n'avais pas besoin d'aide pour ça. Je n'avais pas besoin d'aller dans un bâtiment bien chauffé, avec des médecins et une équipe d'infirmières à qui j'aurais demandé de l'aide.

Bien sûr, on parle de l'alcoolisme comme d'une maladie. Mais ce qu'il y a surtout, c'est la déchéance quotidienne des Islandais. Et ça, les gens devraient le garder en mémoire. Si quelqu'un boit, il peut très bien aller s'allonger dans la nature avec trois ou quatre bouteilles de schnaps. Ou traîner vêtu d'une chemise blanche en nylon et d'un manteau de vagabond devant la pharmacie Ingolf. Et se pisser dessus. Si on ne veut pas s'arrêter, on peut picoler jusqu'à en crever et être repêché ensuite dans la mer. Mais si on veut arrêter, eh bien on le fait. C'est pas plus difficile que ça.

Bardur n'écoute pas. Il pense que son père pourrait être embauché comme prédicateur dans un centre comme celui dont il sort. Mais il en a assez de toutes ces choses. Il commence à prêter attention à la voiture. Une voiture flambant neuve. Dans l'habitacle, ça pue le plastique. Une Moscovite !

– Dis-moi, elle est à toi, cette voiture ?

– Mais oui… répond-il, non sans une certaine fierté. Elle fait parfaitement l'affaire pour rouler en ville. Évidemment, ce n'est pas une Willys, ajoute-t-il en pensée. Que le Seigneur ait pitié de ma bonne vieille jeep. Il y a longtemps qu'elle a terminé en pièces détachées chez Sigfus junior.

– Dis-moi, c'est de l'acier de la toundra, hein ? Pour le grand adversaire du communisme. Bah mon vieux ! Au volant d'une voiture de chez le camarade Brejnev !

L'humeur de Bardur s'égayait. C'était maintenant au tour du vieux d'être en difficulté.

– Eh oui, c'est une Russe, je le sais bien.

Sigfus senior donna un coup de poing sur le tableau de bord.

– Mais les Russes, en dehors de tout le reste, ce sont les seuls à avoir été capables de tenir tête à Hitler, sans avoir besoin de l'aide de l'armée américaine.

Ils étaient arrivés devant chez Bardur.

– Tu ne veux pas entrer un moment ? demanda ce dernier.

– Non. Il vaut peut-être mieux que tu sois seul pour dire bonjour à ta famille.

– Pas de problème.

Bardur sortit de la voiture.

– Écoute un peu, mon garçon !

– Oui.

Il rentre à moitié dans la voiture. L'odeur de plastique russe le prend à la gorge.

– Parfois, j'ai l'impression que tu es le seul qui aies quelque chose dans le crâne. Einar Ben, lui aussi, il buvait comme un trou.

Le vieil homme était-il un peu ému ?

– Tu me promets de ne pas faire dans ton froc !

– Je ne promets rien du tout.

La portière claqua.

Il s'éloigna.

Table

I

II

III

RÉALISATION : NORD COMPO À VILLENEUVE-D'ASCQ
IMPRESSION : CPI BRODARD ET TAUPIN À LA FLÈCHE
DÉPÔT LÉGAL : SEPTEMBRE 2009. N° 100264 (53882)
IMPRIMÉ EN FRANCE

Collection Points